KB132909

산을 달리는 러너

박태외(막시) 에세이

차 례

4장 도전! UTMB

5장 대회는 최고의 훈련

6장 드디어 몽블랑

장비 및 용어 소개

기본장비

모자나 선글라스
직사광선에서 눈을
보호하기 위해 사용.

러닝 베스트
트레일 러닝에
필요한 각종 소도구들을
담을 수 있는 조끼.

스마트 시계
운동강도 측정 및
GPS 기능 덕분에
훌륭한 트레일 러닝
보조 기구.

트레일 폴
가파른 산을
오르내릴 때
지지대가 되어 준다.

테이핑
무릎이나 발목 등
부상을 방지하기 위해
관절 부위에 감아준다.

트레일 러닝화
트레일 러닝에
특화된 신발.
아웃솔 접지력이 좋고
토캡이 단단한 재질.

그 외 부속품(보통 러닝 베스트에 담는다)

호루라기
조난 등 위급 시 도움을 받기 위해 지참.

헤드 랜턴 및 안전등
야간 산행 시 시야 확보 및
본인의 위치를 알리기 위해 사용.

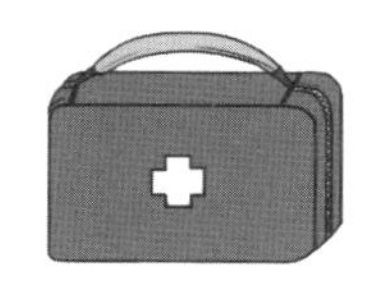

구급킷
급작스러운 컨디션 난조나
가벼운 부상을 대비하여 지참.

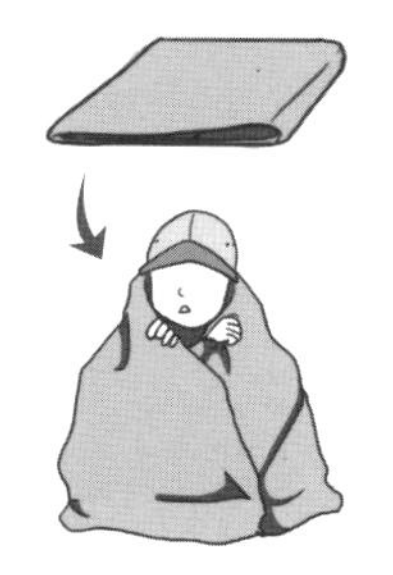

서바이벌 블랭킷
트레일 러닝 대회의 필수 장비로
보온이나 방수를 위해
얇은 은박으로 만들어진
비상 생존용 담요.

비상식량
체력 관리와 긴급 상황을 대비한
에너지 젤, 사탕, 단백질바 등의
비상식량.

장비 및 용어 소개

트레일 러닝(trail running)

산길을 뜻하는 'Trail'과 달리기를 뜻하는 'Running'의 합성어로 산이나 비포장도로를 자유롭게 달리는 운동이다. 전 세계에서 가장 유명한 트레일러닝 대회는 UTMB(Ultra-Trail du Mont-Blanc)다. 이에 반해 트레킹(하이킹)은 트레일을 자유롭게 걷는 운동이자 여행이다.

알피니즘(alpinism)

알피니즘은 수렵이나 신앙을 위해 산을 오르는 것이 아닌 등산 자체에서 기쁨과 즐거움을 찾고 뜨거운 열정으로 산에 도전하는 태도를 뜻하며, 알피니즘을 추구하는 사람들을 '알피니스트'라고 한다.

마라톤 서브 3(sub-3)

풀코스 마라톤(42.195km)을 3시간(2시간 59분 59초) 이내에 완주하는 것을 뜻하며 많은 아마추어 마라토너의 버킷리스트다.

CP(check point)

트레일 러닝 대회에서 주최 측이 선수들에게 물과 간식을 제공하기 위해 대회 코스 중간중간에 설치하는 보급 지점으로 선수들의 기록을 측정하는 역할도 한다. 계절과 난이도에 따라 5~10km 내외에 1개씩 설치된다.

알바

등산이나 트레일 러닝에서 계획된 길에서 벗어나 다른 길로 가는 것을 뜻한다. 트레일러닝 대회에서는 반드시 정해진 코스를 달려야 하기 때문에 알바를 했을 경우 다시 원래의 코스로 돌아가야 한다.

러닝스톤(running stone)

UTMB 결승전인 UTMB 몽블랑 대회에 참가하기 위한 추첨권으로 UTMB 대회를 완주했을 때 얻을 수 있으며, 국내 유일의 UTMB 대회인 트랜스제주는 20K 1개, 50K 2개, 100K 3개를 제공한다. 현물이 아니며 가상 추첨권이다. UTMB 몽블랑 대회에 신청하면 그동안 얻은 러닝스톤을 자동으로 차감하며 추첨이 진행된다. 즉, 러닝스톤을 많이 모을수록 대회 당첨 확률이 올라간다.

LSD(Long Slow Distance)

장거리를 느린 속도로 뛰는 달리기 훈련으로 풀코스 마라톤을 완주하기 위한 체력을 기르고 지방 연소 능력을 향상하는 데 효과적이다.

PB(Personal Best)

개인 최고 기록.

인터벌(Interval)

빠른 속도의 달리기와 느린 속도의 달리기를 번갈아 하는 훈련법으로 달리기 속도와 최대 산소 섭취 능력을 길러준다. 서브 3 달성을 위한 필수 훈련이다.

마라닉(maranic)

마라톤과 피크닉의 합성어로 마라톤을 소풍처럼 재미있게 하자는 의미다. 국내에서는 달리기 유튜브 채널 중 최대 구독자를 보유한 '마라닉TV'를 통해 널리 알려졌다.

prologue: 산에서 걷고 달리는 즐거움

몇 년 전까지만 해도 나는 산에서 뛰는 걸 상상조차 하지 못했다. 이탈리아, 프랑스, 스위스에 우뚝 솟은 몽블랑에 가는 건 꿈에도 나오지 않았다. 시골에서 자란 나는 도시가 좋아 해외여행도 대도시 위주로 다녔다. 그런 내가 지금은 산을 찾아 산이 있는 시골로 떠난다. 그만큼 산이 좋아졌다. 내 삶에 어처구니없는 일이 일어난 것이다. 삶을 충만하고 행복하게 하는 건 많다. 산과 달리기도 그렇다. 산은 동화 속 파랑새만큼이나 가까운 곳에 있다. 산은 나를 자유롭게 한다. 산에서는 전혀 예상치 못한 기쁨과 즐거움을 얻을 때가 많다. 달리기는 나를 도전하게 하고 달리는 거리가 늘수록 실력이 쌓인다. 달리기로 생긴 자신감은 삶의 전반적인 부분까지 퍼진다. 한마디로 산 달리기는 살맛 나는 삶을 선물한다.

산을 알게 된 건 행운이다. 산을 모르고 살았을 때보다 삶은 즐거움과 설렘으로 가득하다. 산으로 둘러싸여 척박하다고 배운 우리나라가 이젠 축복으로 다가온다. 산은 살아갈 수많은 날 동안 다 다니지 못할 만큼 넓은 놀이터가 될 것이다.

2020년, 산에서 뛰기 시작했을 때 내 주위에 산을 달리는 사람은 없었다. 조언을 해주는 사람이 없어 어처구니없는 실수와 시행착오도 많이 겪었다. 덕분에 온몸으로 기억하는 생생한 경험을 했고, 살아있는 지식과 정보도 쌓았다. 산에서 달릴수록 트레일 러닝의 참맛을 알게 된 건 당연한 순서였다. 시행착오를 겪을 때마다 트레일 러닝을 시작하는 러너들은 나처럼 어처구니없는 경험은 하지 않기를 바랐다. UTMB 몽블랑 대회를 준비하면서 그 마음은 더 커졌다. 아직 산을 달리는 걸 이상하게 바라보는 사람들에게는 '산에서 달리는 게 그리 대단하지 않다'는 것과 '등산만큼 산을 즐기는 좋은 방법'이라는 것을 알려주고 싶었다. 이런 의욕이 조금씩 모여 산 달리기 책을 쓰기 시작했다. 어떻게 목차를 잡을지 고민했다. 트레일 러닝화와 장비, 산 달리기 코스, 유명한 트레일 러닝 대회, 산 달리기 훈련법, 멘탈 단련 순으로 쓰는 것도 고려했으나, 그렇게 쓰면 트레일 러닝 기본서가 될 것 같았다. 기본서는 나의 영역이 아닌 달리기 코치의 영역이기도 하고, 산 달리기를 하며 겪은 시행착오와 그 과정에서 얻은 배움과 성장이 끼어들 여지도 없다.

누군가 산 달리기 기본서를 쓰길 바라며 나는 내가 잘 쓸 수 있는 방식으로 목차를 정했다. 산 달리기를 시작한 순간부터 도전의 대미인 UTMB 몽블랑 대회까지의 과정을 차례로 담기로 했다. 2011년부터 달리고 2019년부터 본격적으로 산에서 뛰며 알게 된 정보과 경험, 수많은 트레일 러너들을 통해 알게 된 다양한 물음과 대답을 에세이로 풀었다. 책은 6개 장으로 구성됐다. 독자들은 궁극의 트레일 러닝 대회에 도전한 러너의 경험을 따라가며 트레일 러닝화와 장비는 어떻게 고르는지, 어디에서 산 달리기를 하면 좋은지, 어떻게 하면 산 달리기를 잘할 수 있는지, 더 재미있고 신나게 트레일 러닝을 할 수 있는 방법은 무엇인지, 전국에는 어떤 트레일 러닝 대회가 있는지, 대회 준비는 어떻게 하는지, UTMB 대회는 어떻게 참가하는지에 관한 질문을 다양한 에피소드를 통해 알게 될 것이다. 책을 다 읽으면 뿌연 안개가 걷히며 트레일 러닝에 대한 자신감이 쑥 솟아 있을 것이다.

책에 나오는 트레일 러닝 제품은 브랜드와 제품명을 그대로 썼다. 업체로부터 지원받은 제품이 아니기에 광고는 아니다. 우연이나 지인의 추천으로 내가 직접 사서 쓴 제품들이다. 나에게 맞는다고 해서 다른 사람에게도 맞는 건 아니지만, 제품명을 그대로 전달하는 것이 독자의 궁금증을 해소하고 도움도 될 거라 판단했다. 산을 뛰는 사람들에게 이미 유명한 사람은 실명이나 닉네임을 그대로 썼다. 산 달리기를 시작하면 곧 알게 될 사람들이기 때문이다. 책을 쓰며 한국에도 UTMB 몽블랑 같은 대회가 많아지길 바랐다. 이건 산을 달리는 사람이 지금보다 훨씬 많아져야 가능하다. 2023년 처음으로 UTMB 대회가 된 트랜스 제주의 국내 참가자는 1,711명이다. 2023 트랜스 제주 대회에 참가하지 않은 트레일 러너들도 많겠지만, 산을 달리는 사람들이 지금보다 10배는 많아져야 UTMB 몽블랑 같은 규모의 대회가 전국 곳곳에서 열릴 수 있을 것이다.

산을 달리는 사람들이 늘어나는 데 조금이라도 보탬이 되고 싶다. '산뛰러너'로 산에 더 자주 출몰하며 이 좋은 산 달리기를 널리 알릴 것이다. 산 달리기에 관한 책을 쓰는 것도 그 노력 중 하나다. 이 책을 통해 더 많은 사람이 산 달리기를 알게 되고, 산에서 즐겁고 신나게 뛰어다니길 바란다.

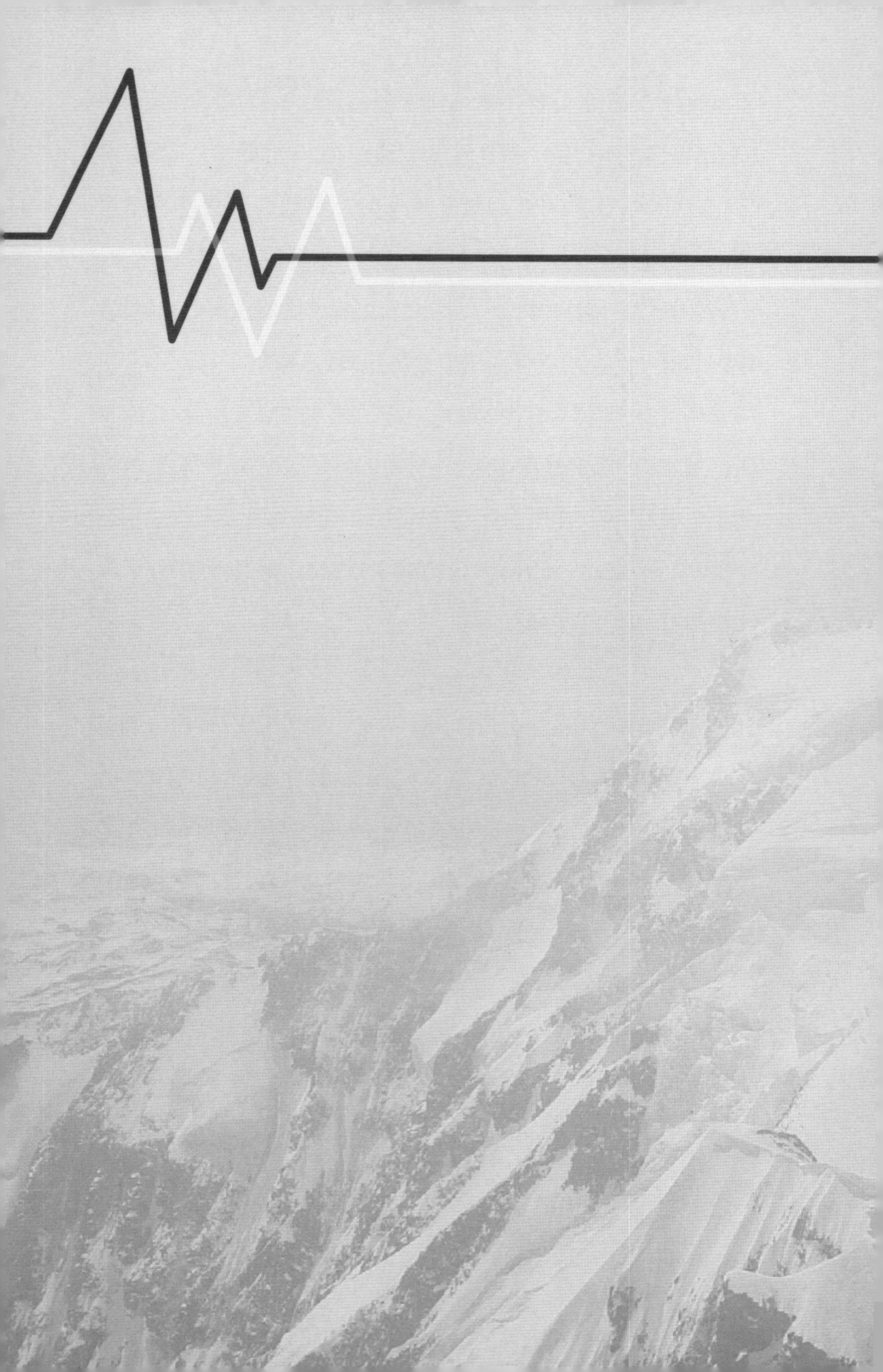

1장

어쩌다 보니 산 달리기

지상 최대의 산 달리기 대회 출발선에서

알피니즘의 발상지이자 제1회 동계올림픽이 열린 샤모니에서 버스로 1시간 30분 떨어진 오흑시에흐. 여기는 유럽의 언덕인 몽블랑의 한가운데다. 오흑시에흐의 아침은 지상 최대의 트레일 러닝 축제에 들뜬 트레일 러너들의 함성과 기대로 가득하다. 세계 최고 수준의 엘리트 트레일 러닝 선수들과 각자의 이유와 행운으로 대회 참가권을 움켜쥔 마스터즈 트레일 러너들이 UTMB 몽블랑 대회의 출발 총성을 기다리고 있다. 짧게는 몇 달, 길게는 몇 년간 땀방울을 흘린 그들의 눈빛에선 뜨거운 광선이 쏟아질 것 같다.

전 세계에서 모여든 1,800명의 선수 사이에서 나도 한 자리를 당당히 차지하고 있다. 심장은 빨라지고 가슴은 뜨거워진다. 머릿속에서는 트레일 러닝을 시작하고 달린 날들이 하나씩 선명하게 떠오른다. 긴장 반 설렘 반으로 서 있는 나는 엘리트 선수도 아니고, 입상을 기대하는 유망주도 아니다. 그저 운으로 당첨된 수많은 참가자 중 한 명일 뿐이다. 그러나 누구보다 긴 시간 몰입해서 대회를 준비했고, 트레일 러너로서의 자부심도 가득하다. 누구나 한번은 뽑히기 마련인 작은 이벤트조차 당첨된 적이 없지만, 달리기는 달랐다. 10대 1의 경쟁률을 한 번에 통과한 도쿄마라톤이 그랬고, 이번 UTMB 몽블랑 대회도 그렇다. 어떤 이는 몇 년 동안 한 번도 당첨되지 못했고 앞으로도 기약이 없다며 아쉬워했지만, 달리기에 관한 한 나는 단 한 번의 시도로 행운을 움켜쥐었다. 특별한 행운이 나에게 찾아온 이유를 논리적으로 설명할 수는 없지만, 이 행운의 다른 이름은 개근상이 아닐까 싶다. 어제도 달렸고, 오늘도 달리고, 내일도 달릴 거라고 믿는 사람에게 주는….

트레일 러닝을 시작한 계기는 코로나 19였다. 달리기를 꽤 오래 했지만, 트레일 러닝에선 초보 딱지를 뗀 지 얼마 되지 않았다. 사람이 모이는 것조차 막았던 코로나로 모든 마라톤 대회가 취소됐던 어느 날, 별다른 생각 없이 산에서 달려보았다. 마음이 이끄는 대로 했던 달리기가 트레일 러닝의 시작이었다. 그 이전에도 마라톤 대회 준비를 위해 산에서 종종 달린 적이 있지만, 그때는 그것이 트레일 러닝인 줄도 몰랐다. 가끔은 산을 오르고 때론 둘레길을 둘러가며 조금씩 트레일 러닝에 익숙해졌다. 트레일 러너가 되기 위해 별다른 재능이 필요한 건 아니었다. 그저 트레일 러닝화 끈을 묶고 산으로 향하는 것과 그것을 반복하는 것이면 충분했다. 일단 트레일 러닝을 시작하자 크고 작은 트레일 러닝과 트레일 러닝 대회가 하나씩 나타났다. 그것은 트레일 러너로 가는 관문이었다. 문을 하나씩 열고 앞으로 나가는 데는 시간이 걸렸지만, 시간이 쌓이면서 나는 조금씩 그럴싸한 트레일 러너로 변신에 변신을 거듭했다.

코로나가 막 기승을 부리기 시작한 2020년 3월, 서울 국제 마라톤이 취소된 며칠 뒤였다. 집에서 가까운 불암산에서 걷고 있었다. 앞으로 어떤 재미로 달리기를 할까 생각하던 차에 서울 둘레길 안내 리본이 눈에 들어왔다. '이게 뭐지?' 궁금증이 찾아왔다. 잠시 멈춰 스마트폰으로 '서울 둘레길'을 검색했다. 서울 둘레길은 서울과 경기도 경계선을 잇는 157km의 길이었다. 걷기에 좋다는 기사와 달리기로 완주했다는 리뷰가 따라 나왔다. 마음은 이미 서울 둘레길을 달리기 시작했다. 한 번도 가보지 않았던 서울의 여러 지역을 둘러보고 싶은 마음이 내 안에 싹트기 시작한 것이다.

마음이 먼저 출발했으니 다리가 따라가는 건 순리였다. 트레일 러닝화부터 장만했다. 달리기를 오래 했지만, 트레일 러닝화는 없었다. 러닝화를 살 땐 검색이 기본이다. 컬럼비아의 몬트레일 칼도라도가 눈에 띄었다. 적당한 가격에 평소 좋아하는 브랜드다. 리뷰도 나쁘지 않았다. 요즘 러닝화는 10만 원을 훌쩍 넘어가지만, 그때는 5만 원 언저리에도 괜찮은 걸 구할 수 있었다. 칼도라도는 딱 그런 트레일 러닝화였다.

택배로 배송된 칼도라도는 마음에 들었다. 색상과 디자인은 숲과 어울렸고 쿠션은 충분했다. 좋은 트레일 러닝화의 조건이 무엇인지 잘 몰랐지만, 모든 게 좋아 보였다. 어쩌다 산에서 달리려는 나를 위한 맞춤형 트레일 러닝화라 여겼다.

지금은 서울 둘레길을 한 번에 완주하는 사람도 있다는 걸 알지만, 당시에는 감히 상상조차 하지 못했다. 나는 매주 한 번씩 여덟 번에 나눠 달릴 생각이었다. 서울 둘레길에서 달리는 첫 번째 날이 다가오고 있었다. 어린이가 설날을 기다리듯 설렘이 솟구쳤다. 달리지 않는 사람들은 도저히 이해할 수 없지만, 이미 런또(러닝+또라이)의 길을 가기 시작한 나는 서울 둘레길을 달리는 것이 손꼽아 기다리는 여행처럼 느껴졌다.

드디어 그날이 왔다. 칼도라도를 신은 나는 서울 둘레길이 시작되는 곳, 도봉산 옆 서울창포원으로 향했다. 집에서 멀지 않은 곳이라 금방 도착했다. 몇 분의 간격으로 오랜 달리기 친구 둘이 도착했다. 서울 둘레길 한 바퀴 달리기의 출발을 격려

해주러 온 것이다. 세상에서 가장 소중한 건 시간이라 믿는 나는 기꺼이 자기 시간을 내준 친구들이 고마웠다.

첫날이니까 무리하지 않기로 했다. 나는 한 바퀴를 돌기로 마음먹었지만, 두 친구는 그저 응원하러 왔다. 서울 둘레길 1코스의 2/3, 거리로는 10km 지점인 불암산 생태공원 즈음에서 첫 번째 서울 둘레길 달리기를 마쳤다. 친구들은 헤어지면서 "8코스를 끝낼 때는 작은 파티를 하자"고 했다. 실제로 파티를 할지 안 할지 알 수 없었지만, 말만으로도 고마웠다. 그들이 보여준 우정은 에스프레소처럼 진했다. 지금은 트레일 러닝을 할 땐 러닝 베스트를 입지만, 그땐 그런 물건이 있는지조차 몰라 등산배낭을 멨다. 배낭의 용량은 18리터로 트레일 러닝용으로는 컸다. 달리는 동안 덜컹거리고 안에 든 물건들이 이리저리 움직이며 바스락바스락 소리를 내기도 했다. 훗날 가방끈을 조절하면 안에 든 물건이 고정된다는 걸 알았다. 허술함 그 자체였지만 달리는 데는 그다지 문제가 되지 않았다.

서울 둘레길의 대부분은 숲이 울창한 산길이지만, 자동차가 다니는 도로와 잘 정비된 하천길도 종종 있다. 그 길을 달리는 동안 서울이라는 도시의 매력을 새삼 느꼈다. 돈을 기준으로 보면 강남과 강북은 뚜렷한 경계가 있지만, 살기 좋은 동네로 치면 차이가 없었다. 특히 걷기과 달리기의 관점에서 보면 서울은 평등한 도시였다.

나의 첫 트레일 러닝화였던 칼도라도는 마음에 쏙 들었다. 서울 둘레길 1구간부터 8구간까지 157km를 달리는 동안 한 번도 애를 먹이지 않았다. 색상도 연두연두 늦봄과 초록초록 여름에 어울렸고 쿠션과 접지력도 충분히 좋았다. 이것저것 따지지 않고 대충 산 것 치고는 훌륭했다. 이즈음 내 주위에도 트레일 러닝을 하는 사람이 하나씩 생기기 시작했다. 나는 늘 칼도라도를 추천했다. 아는 것이 그것뿐이긴 했지만, 가격과 성능 모두 나무랄 데가 없었기 때문이다. 하지만 칼도라도의 수준이 딱 서울 둘레길까지라는 걸 얼마 지나지 않아 지리산 화대 종주를 하며 깨달았다. 트레일의 상태에 따라 더 적합한 러닝화가 있다는 것을 경험하기 전에는 알 길이 없었던 것이다.

길은 새로운 길을 낸다고 한다. 트레일 러닝도 마찬가지다. 새로운 트레일 러닝의 서막이 막 꿈틀대고 있었다. 어느 날 친하게 지내는 동호회 이온 형과 중랑천을 달렸다. 그는 나에게 화대 종주를 하자고 했다.

"화대 종주가 뭐예요?"

지리산은 알지만, 화대 종주는 처음 들었다. 화대 종주는 전남 구례 화엄사에서 출발해 지리산 천왕봉을 찍고 경남 산청 대원사까지 가는 것이라고 했다. 거리는 48km였다. 42.195km까지는 달려봤지만, 48km를 걷거나 달려본 적은 없었기에 난이도를 짐작할 수 없었다. 낯선 달리기에 대한 설렘과 스무 번가량의 풀코스 마라톤 대회 완주, 서울 둘레길 완주와 그 경험이 만들어낸 자신감은 망설임 없는 도전을 이끌었다. 동네 형은 자신의 친구 '블루'가 선봉에 설 거라고 했다.

처음 '블루'라는 닉네임을 들었을 때 쥬라기 공원에 나오는 공룡 랩터가 생각났다. 왠지 날렵한 몸매의 소유자일 것 같았다. 하지만 웬걸, 처음 만났을 때 그는 티라노사우루스에 가까웠다. 한때는 마라톤 서브 3 주자였으나 달리기를 멈추자 살이 조금씩 쪘다고 했다. '블루'라는 닉네임은 한창 달릴 때 붙인 게 분명해 보였다. 그렇게 인연이 된 블루 형은 몽블랑 대회를 앞두고 내게 손수건을 선물로 주었고 지금 내 손목에 감겨 있다. 달리기를 함께 하고 시원한 막걸리를 몇 잔 나누는 동안 우리는 막역한 사이가 됐다. 사람의 인연이 시작될 때는 앞으로 어떻게 될지 모르지만, 시간과 적당한 노력을 더하면 결국 괜찮은 사이로 발전한다. 초보 러너가 달리기에 시간과 노력을 들이면 더 잘 달리게 되는 것처럼.

서울 둘레길 1코스의 남은 구간부터 마지막 8코스까지는(현재 21코스로 개편) 항상 혼자 달렸다. 달리기 친구는 많았지만, 트레일 러닝을 시작한 친구는 없었기 때문이다. 동네 달리기와 달리 멀리 가서 출발하고 다시 집으로 돌아와야 하는 서울 둘레길 달리기는 제법 큰마음을 먹지 않고서는 함께 하기 쉽지 않다. 서울 둘레길을 완주하는 동안 나는 다치거나 특별한 위험과 맞닥뜨리지 않았지만, 산에서는 어떤 일이든 일어날 수 있다. 지금 만약 서울 둘레길을 다시 달린다면 누군가와 함께 달리고 있을 것이다. 산에서 가장 중요한 건 안전이고 무엇이든 함께 하면 더 쉽고 재미있으니까.

잠시 회상에 젖은 나를 깨운 건 선수들의 함성이다. 대회 출발 시각이 다가올수록 사람들의 눈빛은 점점 더 초롱초롱해지고 기대에 찬 목소리는 주위를 흔든다. 내 몸에서는 뜨거운 무엇이 계속해서 솟아나고 있다. 세상에서 가장 뜨거운 심장을 가진 사람들과 함께 한 자리에 섰다. 그것만으로도 말로 표현할 수 없는 기분이 나를 감싼다. 심장은 활화산처럼 타오르며 당장이라도 달려나갈 태세를 갖추기 시작한다. 다시 한번 다짐한다. 그간 최선을 다해 준비했기에 오늘도 최선을 다해 달린다. CP와 결승선에서는 여유를 갖고 즐긴다. 준비한 만큼 결과가 따라오면 좋겠지만, 처음 달리는 몽블랑에선 어떤 일이든 일어날 수 있기에 결과에 연연하지 않는다. 중간중간 선택의 순간에는 욕심 대신 안전을 택한다. 나는 승부사가 되기 위해서가 아닌, 경험자가 되기 위해 여기에 온 것이다. 호흡을 가다듬었다.

"10, 9, 8, 7, 6, 5, 4, 3, 2, 1."

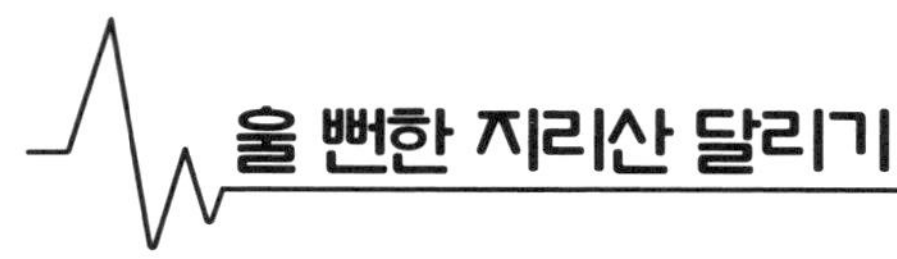

울 뻔한 지리산 달리기

서울 둘레길을 완주하기도 전에 지리산에 가는 날이 다가왔다. 10km 러너가 바로 풀 마라톤을 뛰는 격이었다. 살면서 힘든 일이 순서대로 찾아오면 좋겠지만, 그런 건 없다. 감당하지 못할 힘겨움이 어린 나이에 닥치기도 한다. 산 달리기도 마찬가지였다. 지금 다시 화대 종주를 하라면 굳센 마음을 먹어야 하지만, 당시에는 그런 게 전혀 없었다. 정신 차려보니 지리산에 서 있었다는 말이 어울렸다. 무언가를 도전하기 위해선 차라리 무지한 것도 좋은 방법이다. 살면서 해본 많은 것들은 정말 아무것도 몰라서 할 수 있었다. 무박으로 지리산 화대 종주를 하기 위해선 새벽 일찍 출발하는 것이 필수다. 그래야 무박 종주가 가능하다. 서울에서 운전해서 지리산에 간다면 한숨도 자지 못하고 달리기를 해야 하니 시작부터 잠과 싸워야 한다. 시간만 충분하다면 하루 전날 인근 숙소에서 자고 새벽 일찍 시작하는 게 좋다. 직장인의 시간이란 그리 넉넉하지는 않다. 이리저리 머리를 굴려봐도 버스가 최선이다. 서울에서 밤 10시에 출발하는 안내 산악회 버스를 타기로 했다. 새벽 2시에 화엄사 앞에 도착하고 당일 오후 6시에 대원사 앞에서 서울로 출발하는 버스였다.

지리산을 떠올리면 쏟아지는 별과 찬란한 일출, 웅장한 산세와 아름다운 숲길이 떠오른다. 내가 가면 그런 영화 같은 풍경이 그림자처럼 따라오리라 믿는다. 그건 나를 세상의 중심에 놓았기 때문이다. 서울에서 출발한 버스는 4시간 만에 화엄사 앞에 도착했다. 내가 상상하는 모든 것들을 볼 수 있길 기대하며 버스 좌석에서 엉덩이를 일으켰다. 화엄사 주차장에 내리자 어둠만 가득했다. 하늘이 맑았다면 휘영청 밝은 달과 쏟아지는 별들이 우리를 밝게 비췄겠지만, 하늘에 꽉 찬 구름은 주위를 암흑천지로 만들어버렸다. 모자 위에 덧씌워진 헤드 랜턴을 켜고 나서야 일행들의 얼굴이 눈에 들어왔다.

트레일 러닝을 시작하고 장비를 하나씩 마련했다. 이른 새벽에 출발하는 산 달리기를 위해서는 헤드 랜턴이 필수다. 헤드 랜턴에 관해서는 아무런 지식과 경험이 없던 터라 함께 가는 지인들에게 무엇을 사야 할지 물었다. 마침 동호회 형이 랜턴이 하나 더 있다며 그냥 준다고 했다. 영화에서는 주인공들이 꼭 서로 어긋나지만, 현실에서는 '마침'이라는 단어가 의외로 자주 일어난다. 현실에서 '마침'은 누군가를 위해 나의 것을 '기꺼이 나누는 마음'의 다른 이름일 것이다. 헤드 랜턴의 종류는 밝기와 무게에 따라 다양했다. 배터리도 충전형과 교체형이 있었다. 밝고 가벼운 게 대체로 비쌌다. 아는 브랜드가 하나도 없었지만, 비싼 것일수록 좋은 브랜드인 건 무엇이나 마찬가지다. 어떤 일이 일어날지 알 수 없는 산 달리기를 할 때 안전 장비는 무조건 좋아야 한다. 그것이 비록 평생에 한 번도 쓸 일이 없을지라도 말이다.

주차장에서 화엄사까지 가는 길은 차도였다. 차도 아래는 계곡물이 경쾌한 소리를 내며 흐르고 있었다. 우리는 마라톤 대회 전 몸을 풀듯 천천히 달렸다. 48km를 앞에 둔 사람들 같지 않게 신발 소리 중간중간에 웃음이 더해졌다. 이른 새벽에 왁자지껄했던 우리 때문에 산에 사는 곤충들과 작은 동물들이 잠에서 깨어 투덜거렸을지도 모를 일이다. 지리산으로 들어가자마자 가파른 오르막이 시작되었다. 조금 과장하면 이마가 바닥에 닿을 듯했다. '코재'라 불리는 곳이었다. 거기서 뛰는 사람은 제정신이 아닌 사람이거나 초인이어야 한다. 다행히 우리는 모두 보통 사람이었다. 빠른 걸음으로 올랐다. 코재를 오르는 동안 헉헉대는 것 외엔 아무것도 할 수 없었다. 코재 정상에 오르고 나서야 겨우 호흡을 가다듬고 사진 한 장을 남겼다. 지리산은 처음부터 매운맛을 보여줬는데 그건 시작에 불과했다.

코재를 지나 잠깐 임도가 나타났을 때, 지금부터는 이런 달릴만한 길이 계속 펼쳐질 거라 믿었다. 어처구니없는 상상이었다. 임도는 고작 1km였고 다시 울퉁불퉁 오르막이 나타났다. 서울 둘레길만 생각하던 나에겐 도저히 달릴 수 없는 길이 계속 이어졌다. 화대 종주 트레일 러닝 대회가 있다는 걸 얼마 전 알게 된 나는 대회를 만든 사람이나 대회에 참가하는 사람 모두 제정신이 아니라고 생각했고, 시간이 흐를수록 그 생각은 점차 시멘트처럼 굳어졌다. 이런 내 확신과 달리 화대 종주는 해마다 열리고 선수들도 꾸준히 참가한다. 도무지 달릴 수 없는 길이지만, 이런 길도 아무렇지 않게 달리는 사람은 많고, 이런 대회를 찾아다니는 초인들도 있다는 걸 지금은 안다. 악명 높은 대회일수록 사람들이 많이 찾는 건 사람들의 도전 심리를 자극하기 때문일 것이다. 어떤 코스가 어려울지 연구하는 레이스 디렉터도 있을 것이다. 세상에는 상상을 초월하는 사람이 많다.

천왕봉으로 올라갈수록 힘들었지만, 저 고개만 넘으면 끝날 거라는 기대감이 있었다. 마라톤 선수가 결승선에서 힘을 내듯 나도 제법 힘을 냈다. 달릴 수 있는 길이라 달리는 기쁨도 잠시나마 누렸다. 천왕봉 정상석 앞에는 많은 사람이 사진을 찍기 위해 줄을 서 있었다. 사람들이 산을 많이 찾는 토요일이었고 우리나라 최고 명산이었으니 충분히 예상했던 일이다. 대회였다면 바로 내려갔겠지만, 우리는 사진을 찍기로 했다. 언제 다시 이곳에 올지 모르기도 했고 그 정도의 여유는 있었다. 기다리는 시간은 휴식이자 지친 우리를 위한 하늘의 선물이라고 생각하기로 했다. 천왕봉까지 올라오는 동안 기대했던 모든 장면은 하나하나 부서졌다. 찬란한 일출도, 아름다운 풍경도, 숨 막히는 장관도 없었다. 내가 감당할 수 없는 코스, 흐린 날씨, 시종일관 이어지는 힘겨움이 그 자리를 차지했다. 오후 4시까지는 내려가야 한다는 조급함이 만든, 어쩌면 당연한 결과였다. 정상석 앞에서 사진을 찍고 하산을 시작했다. 그런데 이해할 수 없는 일이 일어났다. 하산인 줄 알았는데 등산의 반복이었다. 흐린 날씨로 풍경은 기가 막히지 않았는데 하산은 기가 막혀 돌아버릴 지경이었다.

지리산을 가본 사람이거나, 산행 코스를 미리 꼼꼼하게 확인하는 사람이라면 하산이라도 오르막 내리막이 계속 이어진다는 걸 알았겠지만, 나는 아무것도 아닌 사람이었다. 등산일 때는 오르막이고 하산일 때는 내리막일 거라는 내 딴에는 아주 상식적인 판단을 했지만, 그건 정말 교과서적인 생각일 뿐이다. 화대 종주 이후에도 코스도를 볼 생각은 못 했다. 그로부터 2년이 지나서야 코스도를 보기 시작했다. 그래도 화대 종주라는 경험을 통해 나는 등산할 때도 오름과 내림이 반복되고 하산할 때도 오름과 내림이 반복된다는 걸 알게 됐다.

발의 아우성은 지리산에 오른 지 얼마 지나지 않아 시작됐다. 서울 둘레길을 돌 때 너무나 좋아 남들에게 추천했던 칼도라도는 험한 바위와 돌길에 이리 채이고 저리 채이며 내 발을 나 몰라라 했다. 지리산의 바위와 돌을 감당하기엔 칼도라도의 토캡은 물렀고 미드솔은 얇았다. 걷는 건 감당해도 뛰는 건 도저히 감당하지 못했다. 세상에 무조건 좋고 무조건 나쁜 건 없다. 지리산에서 전혀 힘을 쓰지 못하는 칼도라도에 한숨이 나왔지만, 이 경험으로 나는 단숨에 트레일 러닝화에 눈을 떴다.

하산과 동시에 찾아온 건 허리 통증이었다. 지리산 화대 종주를 하면서도 등산 배낭을 멨는데, 평소보다 많은 물건이 이쪽저쪽으로 요동치고 아래 뒤로 오르내리면서 허리에 부담을 줬던 탓이다. 시간이 흐르면서 '아, 내가 왜 이 짓을 하고 있지? 이게 진정 내가 원했던 달리기인가' 후회가 되었다. 하산길인데 자꾸 오르막이 이어지는 건 변함없었다.

마지막 휴식처였던 치밭목 대피소에선 그냥 주저앉고 말았다. 일행 중에는 내가 제일 어렸고, 제일 뽀송뽀송해야 했건만 내가 제일 먼저 만신창이가 됐고 발과 허리는 계속 아우성을 쳤다. 최소한 울지 않았던 것이 다행이었다. 나의 울상에 지리산이 조금 아량을 베풀어도 됐을 텐데 너덜길이 시작됐다.

"첩첩산중이라더니… 슈밥과 신발."

이즈음부터는 조금씩 성질이 났다.

'아, 이건 정말 달릴 수 있는 곳이 아니다. 아니다. 아니다.'

내 입에서 계속 흘러나온 말이었다. 그래도 시간은 흘렀다. 삼거리에 이르렀을 때 돌은 사라지고 진짜 트레일, 딱 내 수준에 맞는 트레일이 나타났다. 그토록 고대하던 트레일 위에 서자 어디서 나왔는지 모를 힘이 조금씩 모습을 드러냈다. 대원사가 다가올수록 기운이 살아났다. 어느 순간부터 화는 사라지고 웃음이 찾아왔다. 함께 간 분들과 영상, 사진을 찍으며 추억을 남기기 시작했다. 신기한 일이었다. 성질내며 걷고 화를 내던 나는 어디로 간 것인지 찾을 수도 없었다.

새벽 2시부터 오후 5시까지 15시간 만에 화대 종주를 마쳤다. 가민 시계가 중간에 꺼지는 바람에 정확히 얼마나 걷고 달렸는지 알 수 없지만 48km 전후로 추정됐다. 시계가 꺼지는 경험 덕에 나는 배터리 시간이 더 긴 시계에 관심을 갖게 됐다. 관심은 곧바로 돈으로 이어진다. 실력이 쌓일수록, 좀 더 높은 도전을 할수록 지갑은 조금씩 얇아졌다. 늦은 도착이라 만찬을 즐길 시간은 없었지만, 음식이 무엇인지는 중요하지 않았다. 닭볶음탕이나 백숙 같은 단백질이 풍부한 음식이면 더 좋았겠지만,

김치 한 조각에 막걸리 한 잔도 괜찮았다. 버스가 출발하는 곳에서 가까운 식당에서 파전에 막걸리, 비빔밥으로 만찬을 누렸다. 화대 종주라는 인생 최대의 완주를 축하하기에 약간은 부족했지만, 그 상황에서 우리가 먹을 수 있는 최고의 만찬이었다.

고통과 행복은 동전의 양면이라더니, 힘든 만큼 뿌듯했다. 모두가 다치지 않고 완주했음을 자축했다. 나는 울지 않았던 것을 기특하게 여겼다. 지리산 화대 종주 이후 웬만한 산 달리기는 전혀 놀랍지 않았다. 힘듦의 기준이 쑥 올라간 것이다. 그날 함께 달린 역전의 용사들과는 여전히 좋은 인연으로 지내고 있다. 함께 달린 써먼 형님, 이분과 함께 달릴 땐 19살이나 어린 나도 지친다. "피로가 뭐야?"를 외치는 동네 형님처럼 나도 19년 뒤, 그 이후에도 여전히 달리는 사람이 되고 싶다. 블루 형, 프리미엄 형과는 동네 마라톤 동호회에서 코치팀으로 뭉쳤다. 우리는 서로에게 믿음을 주는 사람이 된 것이다. 함께 달리는 사람들끼리 서로 응원하고 격려하게 만드는 트레일 러닝은 뿌리 깊은 우정을 만든다.

우연히 시작한 산 달리기는 생각지도 못한 선물을 마구마구 뿌리기 시작했다. 화대 종주는 앞으로 만날 찬란한 여정의 서막이었다.

뛰어서 서울 둘레길 한 바퀴

서울 둘레길을 완주하기도 전에 화대 종주를 먼저 완주했다. 화대 종주라는 대단한 트레일 러닝을 했다고 내 삶에 극적인 변화가 일어나지는 않았다. 평일에는 혼자 달리며 건강을 챙기고, 주말에는 남은 서울 둘레길 구간을 하나씩 지워나갔다. 서울 둘레길을 달리는 동안 낯선 곳으로 여행을 떠나는 설렘은 계속 이어졌다. 등산 배낭으로 트레일 러닝을 하는 건 무리다 싶어 트레일 러닝 조끼(러닝 베스트)를 하나 장만했다. 트레일 러닝에 관해 물어볼 만한 사람이 없어 인터넷 검색으로 적당한 걸 골랐다. 블랙다이아몬드 디스턴스 8이었다. 당시에는 조끼에 달린 끈으로 가방의 부피를 조절할 수 있다는 것도 몰랐다. 정말 모르는 것투성이였다. 그걸 산 유일한 이유는 직관적으로 예뻤기 때문이다. 내 등과 하나가 된 조끼는 한 치의 흔들림도 없었고 바람막이와 먹거리, 물통 두 개와 핸드폰을 넣어도 부족함이 없었다. 단점은 가방을 여닫는 데 시간이 걸린다는 것이었다. 생각해보면 어떤 장비도 내 마음을 100% 만족시키지는 못했다. 그래서 그런지 계속 새 제품에 눈이 간다.

서울 둘레길은 아무리 짧은 구간이라도 3시간은 걸린다. 집에서 나갈 때는 이것저것 먹을 것을 챙겼다. 산에서 먹지 않으면 지쳐 달리지 못하기 때문이었다. 이런저런 음식을 시도하면서 약과와 연양갱이 트레일 러닝에 좋은 간식이라는 걸 알게 됐다. 크기는 작지만, 열량은 높았기 때문이다. 거기에 더해 내 입맛에도 딱 맞았다. 몇 년이 지난 지금도 약과와 연양갱은 산에서 먹는 나의 최애 간식이다.

더위가 한창 무르익던 7월 25일이었다. 서울 둘레길의 마지막 구간인 8코스, 북한산 둘레길을 달리는 날이었다. 서울 둘레길 완주의 정점을 찍는 날이라 특별한 의미를 새기고 싶었다. 큼지막한 'Run Seoul'이 적힌 티셔츠를 입었다. 어느 마라톤 대회의 기념품이었다. 지리산에서 칼도라도는 나를 무척 힘들게 했지만, 서울 둘레길 마지막 구간에서 나는 칼도라도를 신었다. 지금까지 함께 한 신발을 마지막에 외면할 수 없었고 둘레길에선 늘 최고의 성능을 보여줬기 때문이다.

첫 지하철로 8코스가 시작하는 구파발역으로 향했다. 비 예보가 있었지만, 여전히 초보 트레일 러너라 레인 재킷이나 우비를 챙기지는 않았다. 비를 좀 맞는다고 무슨 일이 생기겠냐는 안이한 생각을 했다. 구파발역에 내려 밖으로 나오자 하늘이 열은 비를 흩뿌리고 있었다. 다행히 이슬비 수준이어서 옷이 젖지는 않았고 달리는 데도 지장이 없었다. 그 이후로도 나는 몇 년간 레인 재킷의 필요성을 깨닫지 못했다. 평소 비가 올 때는 트레일 러닝을 하지 않았고 열 번 정도의 트레일 러닝 대회에 참가하는 동안에도 비를 맞지 않아서였다. 2022년 트랜스 제주 대회에서는 비가 제대로 내렸는데, 그때 참가했다면 좀 더 일찍 비가 올 때는 우비가 꼭 필요하다는 걸 알았을 것이다. 트레일 러닝 대회는 비가 올 때 레인 재킷을 필수품으로 요구하고, 장시간 비를 맞으면 저체온증으로 생명이 위험해질 수도 있다는 사실을 2023년에야 알게 됐다. 산과 산 달리기에 대해 오랫동안 무지했던 나는 말 그대로 '어쩌다 트레일 러너'였던 것이다.
서울 둘레길은 길 안내가 잘 되어 있어 정신만 똑바로 차리면 길을 찾기가 수월하다. 하지만 혼자 달리다 보면 이런저런 생각에 빠지기 예사다. 머리가 다른 생각을 하는 동안 두 다리는 곧장 가던 길을 간다.

산에서 길을 잘못 드는 걸 트레일 러너들은 '알바'라고 한다. 트레일 러닝을 할 때 한 번도 알바 없이 완주하는 건 여간 어려운 일이 아니다. 아무리 안내가 잘 돼 있는 길이라도 트레일 러닝은 알바천국이다. 달리기의 특성상 표지판을 못 보고 지나치기 일쑤이기 때문이다. 여러 사람이 함께 달리면 길을 잃을 확률이 낮은 이유는 보는 눈이 많아서다. 모든 사람이 동시에 다른 생각을 하기는 어렵다. 여러모로 함께 달리는 건 쓸모가 있다.

서울 둘레길 8구간의 절반쯤을 지날 때 구름은 온데간데없었고 햇살이 주위를 달구고 있었다. 습하고 더운 날씨에 나는 급격히 지쳐갔다. 물을 계속 마셔도 갈증은 쉽게 가시지 않았다. 약간의 탈수가 시작되고 있었다. 12시면 충분히 종점인 창포원에 도착할 것 같았는데 자꾸만 지체됐다. 12시까지 도착할 희망이 사라졌을 때 도봉산에 있는 올레 형과 홍시기 형에게 전화를 했다.

"1시는 넘어야 도착할 것 같아요."

그들은 서울 둘레길 1코스를 시작할 때 했던 파티 약속을 지키기 위해 창포원에서 나를 기다리고 있었다. '12시'에 대한 집착을 놓으니 여유가 찾아왔다. 도착 7km를 남겼을 때 카페가 보였다. 진작부터 아이스 아메리카노 생각이 간절했던 터라 발걸음이 절로 빨라졌다. 카페로 들어서자 에어컨 바람이 온몸을 상쾌하게 했다. 갈증이 완전히 가실 때까지 거기서 눌러앉기로 했다. 커피를 주문하고 기다리는 동안 차가운 물을 한잔 들이켰다. 정신이 번쩍 들었다. 곧 나온 아이스 아메리카노도 원샷으로 마셨다. 입안에서 돌던 얼음 하나를 와자작 씹어 넘기자 쌓인 갈증이 순식간에 날아갔다. 시원한 바람을 맞으며 차가운 물과 커피를 마시는 동안 나는 기운을 조금씩 차렸다.

널브러져 있던 가방을 메고 카페 문을 밀쳤다. 아직 7km라는 꽤 긴 거리가 기다리고 있었다. 시작할 때보다 속도가 현저히 떨어졌지만, 남은 거리는 10분이 되기 전에 1km씩 줄어들기 시작했다. 7km, 6km, 5km, 4km, 3km…, 그때 문제가 생겼다. 무수골에 들어선 직후였다. 종아리에 쥐가 난 것이다. 50km 가까운 화대 종주를 하면서도 없었던 쥐가 그보다 훨씬 쉬운 서울 둘레길에서 나타난 것이다. 당황스러웠지만 쥐가 완전히 올라오지는 않아 적당히 달래가며 달렸다. 혹자는 다리에 쥐가 났는데 어떻게 달릴 수 있냐고 물을 수 있지만, 다리에 쥐가 나도 속도를 늦추며 잘 관리하면 걷고 달릴 수 있다. 대신 적당한 인내는 필수다. 쥐와의 불편한 동행을 할 즈음 전화벨이 울렸다. 올레 형이었다.

"창포원에서 기다리다가 식당에 먼저 들어왔어. 미리 세팅해 놓을게."

그들의 기다림에 아랑곳없이 나는 종점을 코앞에 두고서 시간을 지체했다. 그래도 포기하지 않으면 결국 종점에 도착한다. 조금 늦는 건 그다지 문제가 되지 않는다. 예상보다 늦었지만 나는 뛰어서 마지막을 장식하고 싶었다. 대회도 아닌데 창포원에 들어설 즈음에는 감격했다. 아무도 보는 사람이 없고 기다리는 사람도 없었지만, 달리는 자세를 바로잡았다. 혼자서 괜히 멋진 척하기도 했다. 자뻑이었다. 남들이 보면 웃을 상황이었지만, 나는 나만의 그럴싸한 그림을 머릿속에 남기고 싶었다.

드디어 창포원에 들어섰다. 서울 둘레길 157km를 뛰어서 완주해낸 것이다. 친구들을 만나러 식당으로 가는 내 얼굴에는 기분 좋은 표정이 일렁였다. 친구들은 환한 웃음과 얼음처럼 차가운 맥주로 나를 환영했다. 옆에는 한눈에도 먹음직스러운 성찬이 차려져 있었다. 들뜬 나는 맥주를 마시기 전부터 취했다. 서울 둘레길을 완주했다는 성취감과 친구들의 진한 우정에 나는 그 순간만큼은 세상에서 가장 행복한 사람이었다. 3년이 넘은 지금도 그날은 여전히 라이브 방송처럼 생생하다. 서울 둘레길 157km를 한 번에 끝내는 사람도 있지만, 이제 막 트레일러너가 된 나는 주말마다 달려 3개월 만에 완주했다. 서울 둘레길을 뛰는 주말이 될 때마다 설레고 생기발랄한 나를 만날 수 있었다.

서울 둘레길은 지하철로 잘 연결되어 있다. 나는 매번 새벽 첫 지하철을 타고 출발지로 이동했다. 새벽에 시작하면 이른 오전에 한 구간을 끝낼 수 있다. 33.7km로 가장 긴 구간인 8코스는 오전에 끝낼 수 없었지만, 다른 구간은 오전에 끝내는 데 별 어려움이 없었다. 가장 힘든 구간이 마지막에 있었던 건 전체 여정을 멋지게 해주는 극적인 장치가 됐다. 새벽에 출발해 이른 오전에 달리기를 마쳤기에 오후와 밤의 서울을 보지는 못했다. 서울 둘레길의 일부 구간은 오후와 밤이 더 아름답고 멋질 것이다. 나는 여름에 달렸지만, 여름보다 봄과 가을이 더 멋질 수도 있다. 산은 계절마다 다른 매력을 뽐내기 때문이다. 봄과 가을, 오후와 밤에 보지 못한 서울 둘레길은 언제든 다시 갈 수 있으니 아쉬움이 남지는 않았다. 기쁜 마음으로 다음을 기약했다.

서울 둘레길을 완주하는 동안 평생 가볼 일이 없는 서울의 이곳저곳을 보았다. 늘 사람과 빌딩으로 가득하다고 여긴 서울은 어떻게 이런 멋진 곳을 감추고 있었나 싶을 만큼 자연을 닮은 도시이기도 했다. 혼자 서울 둘레길을 달리는 동안 많은 걸 깨달았다. 친구가 꼭 사람일 필요는 없다는 것도 알았다. 달리는 동안 들은 음악과 쉬는 동안 읽은 책이 친구였다. 가끔은 팟캐스트에서 흘러나오는 누군가의 말이 힘을 주거나 지루한 순간에 재미를 주기도 했다.

서울 둘레길은 구간마다 예상치 못한 즐거움을 주었다. 예상치 못한 지인을 만나기도 했다. 역사 속 인물을 만나 과거로 시간 여행을 떠나기도 했다. 나라의 독립을 위해 산화한 위인과 이름 없는 6·25 용사를 만났을 땐 내가 여기서 이토록 자유롭게 달린다는 것에 감사했다. 방송에서나 보던 메타세쿼이아 길에선 감탄사가 절로 났다. 왜 이제야 여기에 오게 됐을까 하는 아쉬움과 지금이라도 봐서 다행이라는 기쁨이 교차했다.

주말을 자유롭게 이용할 수 있는 사람이었다면 하루에 두 코스를 달리거나 그 이상 길게 달렸겠지만, 나에게는 오전에 달리기를 마치고 점심 식사 시간부터 가족과 함께 보내는 것이 무엇보다 중요했다. 그런 노력 또는 나만의 상식 덕분에 가족의 불평 없이 서울 둘레길을 무난히 완주할 수 있었다. 가끔은 좀 더 멀리 가서 달려도 아내와 아이들의 불만은 없었다. UTMB 몽블랑도 그 연장선에 있다. 이것이 어쩌면 달리기를 지금까지 이어올 수 있었던 가장 큰 이유다.

서울 둘레길을 한 번만 찾는 사람은 없을 것이다. 일단 서울 둘레길의 매력을 알고 나면 다시 찾기 마련이다. 몇 년 뒤 UTMB 몽블랑 대회를 앞두고 나는 집에서 가까운 서울 둘레길을 달리며 대회를 준비했다. 서울 둘레길은 나에게 트레일 러닝의 시작이자 몽블랑 대회를 위한 디딤돌이었던 셈이다.

완벽한 트레일 러닝화는 없지만

집에서 가까운 불암산과 서울 둘레길 1코스를 달리며 조금씩 트레일 러닝에 빠져들었다. 시간은 울 뻔한 화대 종주를 아름답게 둔갑시켰고 서울 둘레길 완주는 트레일 러닝에 대한 자신감을 채워주었다. 진짜 트레일 러너가 된 기분이 들었다. 이즈음 나의 달리기 수준은 풀코스 기준으로 3시간 10분 근처에 있었고 월간 달린 거리는 200km 내외였다. 4년 전 서브 3를 한 번 했으나 그건 그때 일이고 계속 그 실력을 이어가는 건 다이어트로 뺀 체형을 유지하기만큼 어렵다. 이런 이유로 나는 해마다 서브 3를 하는 러너에게 무한 박수를 보낸다.

산 달리기는 나를 점점 더 아름답고 멋진 곳으로 이끌었다. 트레일 러닝에 스며들자 이전에 보지 못했던 산을 달리는 사람들이 눈에 들어왔고 알지 못했던 트레일 러닝 대회도 보였다.

처음으로 나를 사로잡은 트레일 러닝 대회는 영남알프스 하이 트레일 나인피크, 종목은 5피크였다. 산 달리기를 하지 않았다면 영남알프스의 존재를 알지 못했을 것이다. 설령 우연히 알게 됐다 하더라도 가지 않았을 건 당연하다. 영남알프스 나인피크의 난이도가 궁금해서 인터넷 검색을 했다. 컴퓨터 화면은 힘들다는 후기로 뒤덮여 있었다. 그럼에도 불구하고 나는 대회 신청을 망설이지 않았다. 지리산 화대 종주 완주가 나를 그렇게 만든 것이다.

'설마 화대 종주보다 힘들겠어?'

영남알프스 대회 신청을 끝내고 그 사실을 78 마라톤 밴드 친구들에게 알리자 이미 참가해본 친구도 있었다. 올해도 대회에 참가한다는 친구와 함께 가자는 친구들이 하나둘 생겼다.

이쯤에서 여기 나오는 모든 러닝 장비와 러닝화는 협찬이나 광고와 전혀 관계없음을 한 번 더 밝혀둔다. 두리뭉실하게 쓰는 것보다 정확한 모델을 밝히는 것이 이제 막 산 달리기를 시작한 사람들에게 더 도움될 것이기 때문이다.

영남알프스 대회를 신청하고 새 트레일 러닝화를 샀다. 영남알프스 대회가 화대 종주보다는 덜 힘들지라도 칼도라도로는 안심되지 않았다. 산을 좋아하는 동갑내기 친구와 막 브로맨스를 나누기 시작했는데, 그 친구가 호카의 에보마파테를 추천했다. 친구에 대한 신뢰감이 워낙 커서 20만 원이 넘는 돈을 망설이지 않고 썼다. 그때까지 사본 신발 중 가장 비쌌다. 대회에서 뛰기 전에 미리 신어보는 건 상식 중 상식이다. 에보마파테를 신고 서울 둘레길 1코스를 달렸다. 쫀쫀한 그립과 양탄자 같은 쿠션에 깜짝 놀랐다.

'와우, 세상에 이런 러닝화가 있었다니!'

상상을 초월하는 트레일 러닝화였다. 속으로 이런 말을 몇 번이나 되뇌었는지 모른다. 3년이 지난 지금은 그 이후에 나온 모델을 신고 있지만 에보마파테만큼의 감흥은 없다. 그건 익숙함 때문일 것이다. 아무리 좋아도 반복되면 감흥이 떨어지기 마련이다. 서울 둘레길을 완주한 후 영남알프스 하이트레일 대회까지는 세 달간의 여유가 있었는데, 그동안 나는 서울 둘레길 1코스와 불암산을 오르내리며 대회 준비를 했다. 달리기를 시작하고 나서는 시간이 더 빨리 갔다. 그건 매주 찾아오는 달리기 이벤트 때문이다.

트레일 러닝 번개 모임을 처음 제안한 날이었다. 트레일 러닝에 대한 자신감이 행동으로 드러난 것이다. 중랑천에서 달리는 동호회에 번개를 쳤다. 다섯 명의 동네 형들이 함께 달리기로 했다. 해가 뜨면 기온이 치솟는 여름이었다. 토요일 이른 아침 우리는 도봉산역 옆 창포원에 모였다. 서울 둘레길 1코스를 달릴 계획이었다. 여름이었지만 러너들이 더위를 피해 산으로 들어가는 건 꽤 자연스러운 일이다. 내가 주도하는 첫 트레일 러닝이지만 부담은 전혀 없었다. 달리기엔 꽤 익숙했고 무엇보다 함께 달리는 동네 형들은 내가 무엇을 하든 응원만 했기 때문이다. 그들은 나보다 나이가 많지만, 전혀 나이 든 티를 내지 않는다. 달리기를 하는 사람이 달리기를 하지 않는 사람들보다 나은 면이 몇 가지 있는데, 그중 하나가 나이를 따지지 않는다는 것이다. 젊게 살려고 운동을 하는 것이니 어쩌면 당연하지만, 어린 사람 앞에서 나이를 내려놓는 것 또한 쉬운 일은 아니다. 그들을 보며 나도 쉰이 되고 예순이 되어도, 심지어 일흔을 넘어 여든이 되어도 절대 나이가 많다는 이유로 대우를 바라는 사람이 되지 않기로 다짐했다.

동네 형 다섯에게 창포원 이곳저곳에 널려 있는 포토존을 알려주며 다양한 포즈를 요구했다. 트레일 러닝에 대해서는 아는 게 별로 없었지만, 코스만큼은 제대로 알고 있었던 까닭이다. 그런데 그중 한 형이 진짜 포토존이라며 도봉산을 배경으로 우리를 나란히 세웠다. 그곳은 진정한 사진 맛집이었다. 이곳을 내가 제일 잘 알 거라는 생각은 오판이었다. 사람이 모이면 무엇이든 나보다 잘 알고 잘하는 사람이 있다는 걸 잠시 잊고 있었다. 창포원에서 당고개역까지 7km가 달릴 코스였다. 거리는 짧았지만, 서울 둘레길 7km는 중랑천에서 10km를 달리는 것보다 시간이 더 걸린다. 산 달리기를 처음 하는 러너에겐 10km보다 훨씬 힘든 달리기다. 그만큼 달린 보람은 크다.

달리는 중간중간 사진을 찍고 코스를 안내하고 트레일 러닝에 대해 이야기를 나누다 보니 어느새 목적지가 눈앞에 있었다. 그때 함께 달린 분들이 트레일 러닝에 빠지면 좋았겠지만, 그렇지는 않았다. 트레일 러닝은 달리기 안에 있지만, 모두가 좋아하는 건 아니라는 걸 알게 됐다. 마라톤을 좋아하지만 울트라 마라톤을 하는 사람은 많지 않은 것과 비슷하다. 그들은 4년이 지난 지금도 꾸준히 달리고, 여전히 나이 탓을 하지 않는다. 앞으로도 이분들과 함께 달리며 어떻게 나이 들어야 할지 보고 배울 것이다.

서울 둘레길과 불암산에서 뛰어노는 사이 석 달은 순식간에 지났다. 영남알프스 대회 디데이 100일이 열흘이 되고 열흘이 하루가 되었다. 서울에 사는 사람이 지역에 있는 대회에 참가하기 위해선 잠을 자지 않고 새벽 일찍 대회장으로 가거나 대회 전날 대회장 인근에서 자는 방법이 있다. 여행의 기분을 느끼기 위해 하루 휴가를 내고 느긋한 마음으로 영남알프스가 있는 울주로 향했다. 첫 트레일 러닝 대회라 기록 목표는 없었지만, 좋은 컨디션으로 달리고 싶은 마음은 컸다. 집에서 영남알프스로 가는 방법이 애매했다. 자가용으로 갈 엄두가 나지 않아 기차를 타기로 했는데, 울산역에서 대회장까지 갈 방법이 마땅치 않았다. 인터넷 검색 끝에 기차와 버스를 연계하는 상품을 발견했다. 울산역에 도착해 역 밖으로 나가자 밴이 도착해 있었다. 나 말고도 밴을 타고 대회장으로 가는 사람이 있었다. 한 명은 선수였고 다른 한 명은 자원봉사자였다. 대회장에 도착하기도 전에 대회 분위기가 느껴졌다. 밴은 출발한 지 얼마 지나지 않아 대회장인 영남알프스 웰컴센터에 도착했다.

대회 전날 여행을 하고 대회 날 대회에 참가하고 대회 후 자축을 하는 것은 달리기 여행의 기본 공식이다. 대회장에서 친구 도윤이와 만나기로 했다. 나보다 먼저 도착한 친구에게 전화했다. 우리는 울산에 사는 친구 문호가 추천한 대왕암으로 갔다. 대왕암은 역사책에서 자주 봤고 시험 답으로 종종 쓰기는 했지만, 실제로 본 건 처음이었다. 기가 막힌 풍경은 아니었지만, 안 봤으면 무척 아쉬울 뻔했다. 울산에 가면 한번은 가야 할 멋진 관광지였다. 달리기 대회 전날 탄수화물 섭취는 필수다. 적당한 하이킹으로 배는 쪼그라졌고 입맛은 달궈졌다. 우리는 탄수화물 섭취를 위해 밥을 먹기로 하고 인터넷 검색으로 고갈비가 맛있다는 식당을 찾아냈다.

"세상에 이런 맛이? 이거 진짜 밥도둑이네."

친구와 나는 밥을 두 그릇씩 뚝딱 해치웠다. 두 그릇이나 먹을 마음은 없었는데 고갈비를 두고 도저히 한 그릇에서 멈출 수는 없었다. 내일 44km를 달려야 한다는 사실도 한몫했다. 우리가 출전하는 5피크는 5개(간월산-천왕산-재약산-영축산-신불산) 산을 오르내린다. 누적 고도는 3,490m다. 처음 출전하는 선수에게는 기절초풍할 거리와 고도인데 지리산 화대 종주를 한 나는 '설마 그것보다 힘들까?' 하는 생각을 했다. 무엇이든 조금은 알아야 걱정을 하는데 아무것도 모르니까 걱정할 것도 없었다. 우리는 부풀어 오른 배를 두드리며 근처 카페로 갔다. 달리기 대회를 앞둔 사람들이 하는 말의 거의 전부는 달리기다. 둘이 달리기 이야기를 하는 사이 커피는 사라졌고 시간은 훌쩍 지나갔다. 숙소가 울산인 친구는 40분을 더 달려 나를 대회 출발지 근처 등억골까지 데려다주었다. 친구라는 단어는 배려라는 단어를 품고 있음이 분명하다.

숙소의 이름은 모텔이었는데, 방과 욕조는 궁궐 수준이었다. 내일 입을 옷과 장비를 꺼내는데 전화벨이 울렸다. 내일 신을 에보마파테를 추천한 친구 동기였다. 대학 동기도 입사 동기도 아닌 이름이 동기다. 트레일 러닝대회는 일반 로드 대회와 달리 필수품이 여러 가지 있는데, 초보 트레일 러너는 그런 장비가 없었다. 동기는 내게 없는 서바이벌 블랭킷과 구급킷 세트를 주려고 왔다. 퇴근 후 멀리서 오는 바람에 저녁도 먹지 못했다는 그에게 바나나와 빵, 음료수를 건네고 다시 숙소로 돌아왔다. 브로맨스는 내일 나누기로 했다. 아무리 기록에 대한 욕심이 없어도 대회는 대회니까. 친구가 준 서바이벌 블랭킷과 구급킷으로 대회 필수 장비는 다 갖춰졌다. 침대 위에 내일 입을 옷과 장비를 쭉 펼치니 마음이 든든해졌다. 모든 준비가 끝난 것이다. 궁궐에 있으니 로마의 황제처럼 목욕을 하고 싶었다. 왕이 쓸 것만 같은 욕조 안에서 온천물로 목욕을 했더니 그 순간만큼은 마치 왕이 된 것처럼 편안했다.

그 순간에도 대회 시간은 째깍째깍 다가오고 있었다.

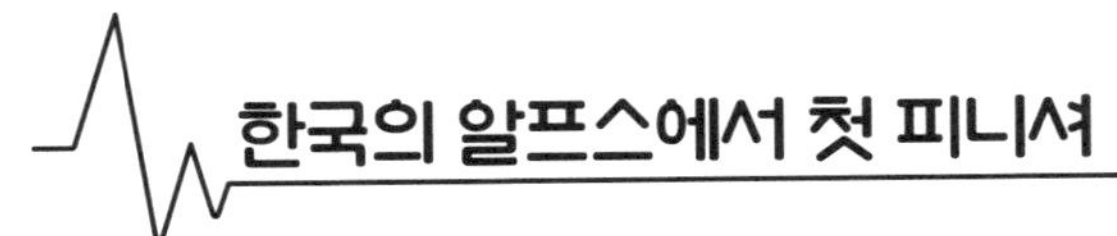

한국의 알프스에서 첫 피니셔

출발 시각 1시간 전에 대회장에 도착했다. 대회장엔 이미 많은 선수가 모여 있었다. 그들을 보는 순간 심장이 달리기 시작했다. 로드 러닝처럼 사람들이 빽빽하게 모인 건 아니었지만 대회 기분을 느끼기엔 충분했다. 트레일 러닝 대회는 처음이라 그런지 낯선 설렘이 있었다. 어리둥절 어리벙벙한 사이 시간은 순식간에 흘렀다. 주최 측의 안내 방송에 따라 곧 대회가 시작되었고 선수들의 함성과 함께 주위는 신발이 내달리는 소리로 가득 채워졌다.

대회장의 조명이 사라지자 곧장 어둠이 닥쳤다. 헤드 랜턴은 앞사람의 실루엣을 겨우 보이게 할 뿐 그 사람이 누군지는 구분할 수 없었다. 랜턴이 더 밝으면 좋겠다는 생각이 잠깐 들었지만, 지금 당장 새것을 구할 방법은 없다. 다행히 눈이 어둠에 익숙해졌고 주로와 주위 사람이 누군지 구분되기 시작했다.

영남알프스 울주 트레일 대회는 UTMB와 처음 인연을 맺은 대회다. 이 대회는 향후 UTMB 대회가 될 가능성이 있는 UTMB 인덱스 대회였던 것이다. 당시엔 UTMB의 U도 몰랐지만, UTMB를 향한 여정은 이때부터 시작되었는지도 모른다. 2023년 국내 기준으로 UTMB 대회는 트랜스 제주가 유일하고, UTMB 인덱스 대회는 울주 나인피크 외에도 8개가 더 있다. 트레일 러닝 대회의 인기가 나날이 치솟고 있으니 UTMB 인덱스 대회는 점점 더 늘어날 것이다. UTMB 대회에 참가하기 위해선 반드시 UTMB 대회를 참가한 완주 이력이 있어야 한다. 실력이 좋은 선수는 UTMB 대회에서 입상하면 자동으로 참가권을 획득하고, 보통의 트레일 러너는 완주한 후 받는 러닝스톤으로 추첨에 당첨되어야 한다. 한국에선 트랜스 제주가 유일한 UTMB 대회다. UTMB 몽블랑 대회에 출전하기 위해선 트랜스 제주를 반드시 완주해야 한다.

UTMB 종목에는 100마일을 달리는 UTMB, 100km를 달리는 CCC, 50km를 달리는 OCC 등이 있다. UTMB 몽블랑 대회를 신청할 때는 종목을 선택해야 하는데, 이때 UTMB 몽블랑 주최 측은 UTMB 인덱스 대회에서 완주한 이력도 인정한다. UTMB 인덱스 대회에서 100km를 달린 사람은 UTMB 몽블랑 대회에서 한 단계 윗 등급이라 할 수 있는 UTMB 종목까지 신청할 수 있고 50km를 달린 사람은 100km 종목까지 신청할 수 있다.

영남알프스의 산은 언덕 수준이 아니라 진짜 산이다. 뛰면 맥박이 급격히 올라가 달리기를 멈출 수밖에 없다. 처음 시작과 동시에 걷는 사람들을 보며 어리둥절했지만, 나도 걷는 건 그들과 마찬가지였다. 오르막에선 걷는 게 당연하지만, 오르막이든 내리막이든 아랑곳하지 않고 뛰어다니며 상상 이상의 모습을 보여주는 선수들도 있다. 대회에서는 그런 선수들이 입상한다. 입상은 애초에 남의 일이라 나는 보통의 참가자들 틈에 섞여 재빨리 발걸음을 옮겼다. 뛰지 않고 걷는데도 턱끝까지 차오른 숨에 어찌할 바를 몰랐다. 새벽에 산을 오르면 자연스럽게 일출을 보게 된다. 트레일 러닝을 하기 전에도 1년에 2~3번은 등산을 했고, 그중 1~2번은 일출을 보기 위해서였다. 5개 산 중에 첫 산인 간월산을 오르는 중간에 붉은 태양이 이글대며 모습을 드러냈다. 달리기를 잘해 여유가 있는 게 아니라 기록 목표가 없어 여유가 있던 나는 동기와 둘이 일출 사진을 찍으며 마치 일출 등산을 온 듯한 기분을 느꼈다. 호흡은 파르르 떨렸고 다리는 뻐근했지만, 눈은 최고의 풍경을 바라보는 호강을 누렸다. 비록 한 번도 알프스를 보지 못했지만, 여기가 왜 영남알프스라 불리는지 충분히 이해됐다.

갈 길은 멀었다. 이렇게 천천히 걸어서는 해가 지기 전에 대회를 마칠 수 있을지조차 알 수 없었다. 올라오는 중간에도 달리기를 조금씩 했지만 달릴 만하면 오르막이 나타나는 바람에 달리는 시간보다 걷는 시간이 더 많았다. 해가 중천을 향해 쉼 없이 이동하는 동안에도 우리는 이야기를 나누며 달리거나, 걷거나, 멈춰 선 모습을 사진으로 남겼다. 간월산 정상석 앞에서 사진을 찍은 후에야 달리기를 시작했다. 능선이 나타나자 그제야 달리기 본능이 살아났다. 10분쯤 달렸을까? 무념무상 달리기에만 집중하다 정신을 차렸을 때 지금까지 내 곁에 있던 동기는 사라지고 없었다. 목청껏 외쳤지만 돌아오는 건 아무것도 없었다.

'이제부터 혼자 달려야 하나? 길도 모르는데?'

걱정이 슬그머니 찾아왔다. 미리 코스를 답사할 생각은 전혀 하지 않았고, 코스도와 코스 안내 표지가 있다는 것도 몰랐을 때다. 다행히 내 앞에 뛰는 사람이 있었고 그분들이 가이드 역할을 해주었다. 눈앞에 한 명이라도 보여야 길을 잃지 않는다는 생각에 누군가를 계속 따라다녀야만 했다. 트레일 러닝 대회는 길 표시를 잘해야 선수들이 알바를 하지 않고 대회를 마칠 수 있다. 자칫 길 표시를 소홀히 하면 선수들이 무더기로 길을 잃는다. 주최 측의 소홀함으로 선수들이 길을 잃으면 화가 나는 게 당연하다. 종종 대회 게시판에 본인의 의견을 적극적으로 드러내는 선수들도 있는데, 그럴 때면 고생은 고생대로 한 대회 관계자들의 보람은 끝없이 추락할 것이다. 미리미리 제대로 하는 게 답이다.

두 번째 산인 천왕산을 가는 동안 나는 초보답지 않게 몇 명의 선수를 추월했지만, 나를 추월해가는 사람들은 더 많았다. 어떤 분들은 응원하며 지나갔고 소리 없이 강한 분들은 말없이 지나쳤다. 나처럼 처음 대회에 참가하는 사람도 더러 있었겠지만, 대부분은 대회 경험이 있어 보였다. 나를 스쳐 지나가는 일행 3명에게 이 정도 속도로 가면 완주하는 데 얼마나 걸리는지 묻자 8~9시간이 걸린다고 했다. 6시에 출발했으니 오후 2시나 3시면 완주를 한다는 말이었다. 바뀐 게 하나도 없었는데 끝나는 시간을 알고 나자 힘이 솟는 느낌이었다. 마라톤 대회에 나가면 속도가 비슷한 사람이 있게 마련이다. 트레일 러닝 대회도 마찬가지였다. 천왕산 정상에 올랐을 때 내 뒤에 있던 사람이 사진을 찍어 줄 테니 정상석 앞에 서라고 했다. 감사한 마음으로 인증사진을 찍고 그때부터 그와 동행했다. 그는 이곳만 4번째 달린다고 했다. 처음 달리는 나에 비하면 초고수였다. 기인을 만났다는 생각에 마음속으로 소리를 질렀다.

'앗싸.'

나보다 잘 달리는 사람과 함께 달리면 달리는 자체로도 실력이 쌓이고 달리기에 관한 여러 가지 조언을 들을 수 있다. 트레일 러닝도 마찬가지다. 초고수와 함께 달리며 나는 트레일 러닝화, 장비, 대회 운영 요령을 들을 수 있었다. 트레일 러닝 단기 속성반에 있는 느낌이었다. 달리기에 관한 한 나는 운수대통했다. 달리기를 하는 마디마디마다 나보다 먼저 경험한 러너를 통해 경험을 들었고 시간이 흐르며 그 경험들은 나의 것으로 녹아들었다. 달리기를 하는 사람들은 생각보다 훨씬 더 가깝게 연결되어 있다. 어느 클럽이든 가입한 곳이 있다면 한 명만 거치면 아는 사이가 된다. 둘이서 서너 시간을 달리다 보니 자연스럽게 통성명을 하게 됐다. 그는 친구 선중이와 같은 클럽에서 트레일 러닝을 한다고 했다. 그와 나 사이에 친구가 잠시 와서 소개를 해주는 느낌이었다. 친밀도가 급격히 솟았다.

재약산을 지날 때까지는 함께 달리는 힘으로 어려움 없이 달릴 수 있었다. 문제는 영축산이었다. 영축산 함박등은 거의 수직이었고 달리는 건 불가능했다. 다리를 옮기는 것조차 힘이 들어 주위에 널브러져 있던 나뭇가지를 지팡이로 삼아 겨우 기어서 오르고 있었다. 스틱이 있었다면 큰 도움이 됐겠지만, 초보 트레일 러너는 그런 데까지 생각이 미치지 못했다. 함박등을 한창 오르는데 양쪽 허벅지에 쥐가 났다. 이러지도 저러지도 못하는 상황에서 내 옆에서 달리던 초고수가 식염 포도당을 몇 알 주었다. 얼른 그걸 받아먹고 물도 마셨다. 잠시 멈춰 쥐를 다스리고 다시 기어오르기 시작했다. 포도당이 도움이 됐지만, 충분하지는 않았다. 그래도 옆에 누군가 있다는 건 큰 힘이었다. 그의 응원과 격려로 어쨌거나 영축산을 넘을 수 있었다. 아직 위기는 끝나지 않았다. 탈수가 시작됐다. 내가 갖고 있던 물을 다 먹고 그의 물을 얻어먹는 거로도 부족했다. 계곡물과 등산객이 내민 물을 먹고 나서야 겨우 갈증에서 벗어날 수 있었다. 계곡물이 탈을 낼 수도 있지만, 그런 걸 따질 상황은 아니었고 웬만한 음식은 다 소화해낼 수 있다는 자신감이 있었다. 한마디로 내 장은 별로 가리는 게 없다는 뜻이다. 달리는 동안 CP에서 물을 채울 기회가 충분히 있었는데도 그렇게 하지 않았다. 경험 부족과 안이함이 만든 참사였다. 누군가의 도움이 없었다면 대회를 멈출 수밖에 없었을 것이다.

쥐가 나는 이유는 많지만, 이날의 쥐는 수분과 근력 부족 때문이었을 것이다. 이 대회 이후부터 나는 CP에선 항상 물을 가득 채운다. 대회가 아니라도 물은 항상 넉넉해야 마음이 놓인다. 무엇이든 경험해봐야 깊이 새겨진다. 첫 대회는 값진 교훈을 주었다. 갈증에서 벗어나 신불산을 넘어 다시 간월재의 멋진 풍경이 나오자 먹고 싶은 음식이 하나씩 떠올랐다. 힘겨울 때는 아무런 생각이 나지 않더니, 정신을 차리자 식욕이 꿈틀대기 시작한 것이다. 마지막 CP에서 선수들을 응원하는 봉사자들의 목소리는 다른 어느 CP에서보다 경쾌하고 힘이 넘쳤다. 선수들의 얼굴에 미소가 피어오른 건 두말하면 잔소리다.

그곳에 피니시 라인이 있어도 어색하지 않을 풍경이었다. 하지만 거기는 끝이 아니었다. 경기는 끝나야 끝이다. 마지막 CP에서 결승선까지는 내리막이었지만 가팔랐고 꼬부랑길이라 내 다리는 힘겨워했다. 올라올 때보다 훨씬 시간이 더딘 것 같았지만, 내려오는 탄력으로 실제 시간은 오르막길보다 빨랐다.

드디어 결승선을 통과했다. 8시간이 훌쩍 지나 있었다. 결승선 앞에는 먼저 도착한 친구 문호가 기다리고 있었다. 친구의 손에 끌려 기념품을 받았다. 그걸 바닥에 두고 숨을 고르는데 친구가 한마디했다.

"맥주부터 마셔!"

"맥주?"

친구의 눈은 기념품 보자기를 향했다. 얼른 그 보자기를 풀어보니 수제 맥주가 있었다. 달리기 대회에서 맥주를 받기는 처음이었다. 맥주가 뭐라고, 꿀벌이 날개를 떨듯 감동이 날갯짓했다. 500ml 맥주를 쉬지 않고 들이켰다.

"캬!"

뜨거운 해는 중천에서 나를 바라보았고 뿌듯함은 가슴 끝까지 차올랐다. 시원한 맥주는 목부터 배 속까지 시원하게 했다. 그렇게 나는 첫 트레일 러닝 피니셔가 되었다. 그것도 알프스에서….

파타고니아와 환경보호

트레일 러닝 대회에서는 개인용 컵이 필수다. 아무것도 몰랐던 나는 스테인리스로 된 컵을 들고 영남알프스에 참가했다. 베테랑 러너들은 무겁고 덜컹거리는 컵을 왜 들고 왔을까 싶었겠지만, 이제 막 트레일 러닝을 시작한 나는 소프트 플라스크가 있다는 걸 알지 못했다. 왜 개인용 컵이 필수 장비인지도 알 수 없었다. 그 이유가 환경보호 때문이라는 걸 알게 된 건 시간이 좀 더 지나서다.

어느 주말 오후, 풍경은 트레일이지만 길은 로드인 경춘선 숲길을 따라 달렸다. 숲길이 사라지면 아파트와 주택이 나타나고, 주택이 사라지면 좌우로 식당과 카페가 나란히 맞아주는 길이다. 그곳 어느 즈음에 동네 책방이 있다. 달리기를 하다 말고 책방으로 들어갔다. 책장과 책장 사이에 책방 주인장의 사진이 놓여 있었다. 마라톤 사진이었다. 단숨에 동질감을 느꼈다. 반드시 여기서 책을 사리라 결심하고, 읽을 만한 책이 있을까 싶어 여기저기 둘러보니 독특한 책 제목이 눈길을 끌었다.

『파타고니아-파도가 칠 때는 서핑을』

어디론가 떠나고 싶은 마음이 솟구쳤다.

'그렇지, 파도가 칠 때는 서핑을 해야지. 일은 무슨!'

파타고니아 책 이야기를 하기 전에 하고 싶은 이야기가 있다. 달리기를 많이 하는 러너일수록 보통 사람들보다 더 많은 러닝화를 산다. 달리기에 진심인 사람 치고 러닝화를 하나만 장만하는 사람은 없다. 예전에야 운동화 하나로 훈련도 하고 대회도 나갔지만, 지금은 그런 사람은 백에 한두 명 있을까 싶다. 요즘 러너는 대회화, 스피드 훈련화, LSD 훈련화, 조깅화 등 목적에 따라 다양한 러닝화를 1~2개씩 갖고 있다. 이렇게만 해도 다섯 켤레는 훌쩍 넘어간다. 거기에 트레일 러닝을 하면 또 1~2개가 추가된다.

꾸준히 달리는 사람은 한 달에 200km는 기본이다. 러닝화의 평균 수명이 500km 내외라고 하니 이렇게 달리면 3달에 하나씩 러닝화를 사게 된다. 옷도 마찬가지다. 자주 달릴수록 옷이 많아진다. 운동하는 주위 러너 중에 단벌 러너는 없다. 매일 달리는 사람은 매일 빨아야 할 옷이 생긴다. 겨울이 되면 빨아야 할 옷의 가짓수가 더 많아진다. 겨울이라고 해서 땀이 나지 않는 건 아니니까. 아무리 추운 겨울이라도 일단 달리고 나면 땀이 나고 옷은 젖는다. 이 옷들은 모두 빨아야 다시 입을 수 있다.

파타고니아 책을 읽기 전에는 경영서인 줄 알았다. '환경'이라는 경영 철학을 담았으니 경영서라 할 수도 있지만, 나에겐 환경에 관한 책이었고 지인들에게도 그렇게 소개했다. 책을 읽은 후 나는 달리는 사람이 그렇지 않은 사람보다 지구를 더 아프게 할 수도 있다는 생각을 하게 됐다. 이쯤 되면 제목에 있는 '파도가 칠 때는 서핑을'은 어디로 갔는지 궁금할 것이다.

책은 시종일관 환경에 관해 이야기한다. '파도가 칠 때는 서핑을 한다'는 이야기가 전혀 안 나오는 건 아니지만, 독자를 후킹하는 장치일 뿐이다. 저자이자 파타고니아 대표인 이본 쉬나드는 '지구가 목적, 사업은 수단'이라고 말한다. 그가 얼마나 환경을 아끼는지 알 수 있는 대목이다. 마케팅적 목적이 전혀 없는 건 아니겠지만, 책장이 넘어갈수록 나는 파타고니아에 매료됐다. 지금까지 살면서 뼛속까지 좋아하는 브랜드는 한 번도 없었는데 처음으로 그만큼 좋아하는 브랜드가 생길 것 같았다. 책을 읽다 말고 파타고니아를 검색했다. 평소에 입는 아웃도어 브랜드보다 비쌌지만, 최고의 품질로 만들어 평생 입을 수 있는 옷을 만든다는 그들의 제품 철학을 알고 나니 받아들일 만한 수준이었다. 그들은 플라스틱을 재활용해 플리스 재킷을 만들고 매출의 1%는 지구를 위해 사용한다. 공정무역을 통해 노동자에게 정당한 대가를 지급한다. 매출을 올리기 위해 옷을 더 많이 팔려고 하지 않고 한 번 판 옷은 평생 입을 수 있도록 수선해준다. 만약 독자 여러분이 이런 내용을 알고도 파타고니아가 좋아지지 않는다면, 나와는 다른 세상에 사는 사람일 것이다.

'세상에 이런 기업이 얼마나 될까?'

바람직하냐 아니냐를 제쳐두고, 누군가를 돕는 가장 효율적인 방법은 내가 직접 남을 돕는 것보다 돈을 이용해 특정 분야에 탁월한 성과를 내는 사람을 고용하고, 그들이 누군가를 돕도록 하는 것이다. 아프리카 의료 봉사를 생각해보자. 서울에 사는 사업가가 아프리카에 의료 봉사를 하러 가는 것보다 서울에서 열심히 돈을 벌고 그 돈으로 제3세계 국가 출신 의사들을 여러 명 고용해서 그들이 아프리카에서 의료 봉사를 하도록 하는 것이 아프리카의 의료 수준을 더 높인다. 이 책을 읽기 전까지 나는 그렇게 알았다. 그런데 파타고니아는 그 이상을 깨닫게 했다. 파타고니아가 알려준 방법은 모든 사람이 스스로 돕도록 하는 것이다. 환경을 보호하기 위해서는 모든 사람이 환경을 생각하게 만들면 된다. 마치 저개발 국가 아이들에게 비누로 손을 깨끗하게 씻으면 병에 걸리지 않는다는 것을 알려주는 것처럼. 그들은 의류 사업과 환경보호 운동을 병행하면서 많은 고객의 생각을 바꾸고 있다. 나는 파타고니아 옷을 사기도 전에 그렇게 됐다. 내가 굳이 내 책도 아닌데 이렇게 칭찬을 하는 이유는 이 책이 더 많이 팔려서 나처럼 생각을 바꾸는 사람이 많아지길 바라기 때문이다.

'지구가 목적이고 사업은 수단'이라는 파타고니아의 창립자 이본 쉬나드에게 진심으로 박수를 보낸다. 파타고니아의 창업자 이본 쉬나드에 관해 잠깐 이야기하면, 그는 한국과 인연이 깊다. 주한 미군으로 근무했고 인수봉에서 암벽 등반 루트도 개척했다. 전 세계에 출간될 책에 한국과의 인연을 소개했으니 그가 친근하게 느껴진 건 당연하다. 지구를 아끼는 그대에게 하나 당부하고 싶은 것이 있다. 파타고니아 옷을 사기 전에 파타고니아 책을 먼저 읽기를….

일주일에 5번 이상 달리기를 하며 살다 보니 운동복도 많이 사고 빨래도 많이 한다. 옷이 마음에 들지 않거나 조금이라도 손상되면 버렸다. 그런 과정과 행동이 지구를 해한다는 생각은 아예 하지 못했다. 오히려 당연했다. 다양하고 깨끗한 옷을 입고 운동하면 더 상쾌하고 기분도 좋으니까. 파타고니아 책은 이런 나를 바꿨다. 바람막이는 땀에 젖거나 더러워지는 경우가 드물어 빨래가 필요하지 않다. 보온을 위한 플리스 재킷도 마찬가지다. 그저 털고 말리면 된다. 빨아야 할 옷은 땀을 직접 흡수하는 티셔츠와 속옷, 타이즈면 충분하다. 땀이 묻은 옷을 빠는 데 세제가 굳이 필요하지도 않다. 어떤 독자들은 고개를 갸우뚱하겠지만, 나는 그렇게 생각했다. 책을 읽은 며칠 뒤 아내에게 이런 말을 했다.

"여보, 이제부터 빨래할 때는 꼭 필요한 때 외에는 세제를 쓰지 말자."

아내는 나를 보더니 어처구니없다는 투로 말했다.

"정전기는 어쩌고? 유분은 어쩌고? 꼭 하려면 당신 것만 따로 빨든가!"

나는 참으로 단순했다. 그래도 그때부터 나는 꼭 빨지 않아도 되는 외투와 바람막이는 빨지 않는다. 기능성 의류는 빨수록 훼손되니까 환경과 옷을 동시에 보호하는 아주 좋은 방법이다. 생각을 조금만 고쳐먹으니 환경 부심까지 생기는 게 아닌가. 단지 옷을 덜 빨거나 빨지 않았을 뿐인데….

파타고니아를 좋아하게 됐으니 다음은 옷을 살 차례였다. 아내와 함께 백화점에 갔다. 파타고니아 로고는 자석처럼 나를 빨아들였다. 이제까지 한 번도 입어본 적 없는 브랜드가 어떤 브랜드보다 친숙했고 크게 보였다. 기쁜 마음으로 매장에 들어간 나는 매장의 옷을 다 가질 것처럼 하나씩 살펴보았다.

'어떻게 이런 일이?'

마음에 드는 옷이 하나도 없었다. 평소에 좋아하는 스타일과 색상이 아니었다. 딱 하나 있었지만 이미 비슷한 옷이 세 개나 있었다. 어떻게 할 것인가를 고민하는데 아내가 깔끔하게 정한다.

"여기 옷 별론데? 쉽게 버릴 옷 10개보다 오래 입을 옷 1개가 중요하지, 브랜드가 중요한 건 아니잖아."

결국 옷을 사지 않고 나왔다. 지금 당장 필요한 옷이 없다는 것을 알게 된 건 의외의 소득이었다. 문득 궁금했다. 파타고니아 옷을 사는 사람의 마음은 무엇일까? 환경을 사랑해서? 예뻐서? 환경보호에 동참하는 자신이 좋아서? 아니면 모두?

백화점에 다녀온 한 달쯤 후, 결국 나는 파타고니아의 '후디니' 바람막이를 샀다. 3년이 지난 지금도 여전히 마음에 드는 옷이다. 바람막이의 성능은 바람을 막는 것과 땀을 잘 내보내는 것이다. 바람이 잘 통과하는지 아닌지 확인하는 방법은 옷 밖에서 안으로 입김을 불어보는 것이다. 바람을 막는 성능이 좋은 바람막이는 입김이 통과되지 않는다. 땀이 잘 배출되는지는 입고 달려보면 알 수 있다. 운동할 때 옷이 잘 젖으면 땀 배출이 잘 되는 것이다. 옷이 땀에 젖는다고 걱정할 필요는 없다. 좋은 바람막이는 잠깐 휴식하는 사이 말라 쾌적한 상태가 된다. 작은 부피와 가벼운 무게도 큰 장점이다. 장거리 트레일 러닝을 할 때는 바람막이를 러닝 베스트에 넣고 다니는 경우가 많다. 작고 가벼울수록 실용적이다. 후디니는 깃털처럼 가볍고 뭉치면 한 주먹밖에 되지 않는다. 이것저것 챙겨야 하는 건 많고 조금이라도 무게를 줄이고 싶은 트레일 러너에게 제격이다.

회사 마라톤 동호회 총무로 기념품을 살 일이 생겼다. 무엇을 살까 고민하다 파타고니아의 덕빌캡을 주문했다. 많은 사람이 좋아할 거라는 기대는 와르르 무너졌다. 브랜드 자체를 모르는 사람도 많았고, 이런 모자를 어떻게 쓰냐는 눈빛을 쏜 사람도 있었다. 나중에 들은 이야기지만 한 번도 쓰지 않고 집에다 처박아 뒀다는 사람도 있었다. 덕빌캡을 좋아한 사람은 몇 명 되지 않았다. 누구나 아는 나이키를 선택하는 게 백배 나았다. 파타고니아를 모르는 사람들에게 덕빌캡은 실패했지만, 환경을 생각하는 파타고니아의 경영 철학은 여전히 어떤 기업보다 돋보인다. 그래서 그런지, 요즘은 많은 기업이 환경을 앞세우고 플라스틱을 재활용한 플리스 재킷을 판매한다. 좋은 현상이다. 환경을 생각하는 기업이 많을수록 소비자의 선택권은 커지고 환경 부심도 높아지니까.

2장

여전히 초보입니다만

50km 산 달리기 대회를 준비하며

UTMB 대회를 완주하면 받는 러닝스톤은 UTMB 몽블랑 대회 참가를 위한 추첨권이라 생각하면 된다. 러닝스톤 1개당 1회의 추첨권이 주어진다. 트랜스 제주 100km 피니셔는 러닝스톤 3개, 50km 피니셔는 2개, 20km 피니셔는 1개를 받는다. UTMB 몽블랑 대회 참가가 꿈인 트레일 러너라면 트랜스 제주 참가 신청이 시작되자마자 등록을 마치고 대회 날을 손꼽아 기다릴 것이다. 당첨 확률을 조금이라도 높이기 위해 러닝스톤을 3개 주는 100km에 등록하고 제한 시간 내에 완주하기 위한 고된 훈련을 이어갈 것이다. 어쩌면 더 많은 돈을 들여 해외에서 개최하는 UTMB 대회에 참가할지도 모른다. 해외 대회까지 가는 건 더 많은 돈과 시간이 드니 UTMB 몽블랑 대회가 버킷리스트인 사람 정도가 참가할 것이다.

이 모든 정보를 알고 트랜스 제주를 신청했다면 지금까지 한 번도 해보지 않은 100km를 눈물날 만큼 힘겹게 완주를 하고, 당첨되기까지 가슴 졸이며 기다렸을 것이다. 그러나 이제 막 첫 번째 트레일 러닝 대회 피니셔가 된 나는 UTMB 자체를 몰랐다. 지금은 UTMB 대회가 된 2021 트랜스 제주를 신청할 때조차 말이다.

코로나로 모든 마라톤 대회가 사라졌을 때다. 트랜스 제주를 신청한 이유는 달리기 대회에 대한 갈증을 달래고 싶었고, 달리기 여행을 하기에 제주만큼 좋은 곳이 드물기 때문이었다. 대회 신청은 봄에 하고 대회는 늦은 가을에 열려 대회를 신청하고도 반년이라는 준비 기간이 있었다. 트레일 러닝에 빠져들기 충분한 시간이었다. 대회를 준비하는 동안 나의 트레일 러닝은 취미와 도전 사이에서 왔다 갔다 했다. 달리기를 하지 않는 사람이나 로드 러닝만 하는 사람들이 볼 때 트레일 러닝은 힘든 도전의 영역으로 보이지만, 그건 반은 맞고 반은 틀리다. 트레일 러닝을 하는 사람은 로드 러닝에 비해 기록에 관대하다. 대체로 빡빡한 기록보다 완주에 의의를 두는 경우가 더 많다. 오르막과 내리막이 이어지는 산이 그렇게 만들 수도 있고 트레일 러닝 대회 자체의 특성상 기록이 그다지 의미 없기 때문일 수도 있다. 그럼에도 불구하고 어디서나 도전을 즐기는 열혈 트레일 러너는 있다.

트랜스 제주는 2021년 나의 유일한 달리기 대회였다. 코로나가 기승을 부리는 바람에 달리기 대회 자체가 열리지 않았기 때문이다. 유일한 대회여서인지 대회를 신청하고 얼마 지나지 않아 최선을 다해 달려보고 싶은 마음이 커졌다.

그렇게 트랜스 제주의 주제는 '도전'이 됐다. 도전에 맞는 목표 기록을 정해야 했다. 트랜스 제주는 처음 달리는 코스라 난이도가 어느 정도인지 알 수 없었다. 울주 나인피크 대회를 기준으로 삼았다. 울주 대회의 5피크 종목은 44km와 누적 고도 3,500m이고, 트랜스 제주의 50km 종목은 실제 52km, 누적 고도는 2,400m였다. 울주 나인피크를 기록 욕심 없이 달려 8시간 42분에 완주했으니 트랜스 제주를 열심히 준비하면 7시간 이내로 완주할 수 있지 않을까 하는 기대감이 생겼다. 트랜스 제주는 울주 대회보다 9km 길지만, 고도는 1,000m 낮아 두 대회의 난이도는 비슷했다. 이에 대한 근거는 누적 고도 100m가 거리 1km와 비슷하다는 러너들의 추정치다. 그 방법으로 고도를 거리로 환산하면 울주 대회는 79km이고 제주 대회는 76km다. 두 대회를 모두 달려본 사람들의 후기를 보니 트랜스 제주가 좀 더 쉽다고 했다. 50km가 넘는 달리기는 처음이었다. 아무리 달리기를 좋아하는 사람이지만 '마라톤은 풀코스까지만'이라는 나만의 한계선을 정해놓았는데 트레일 러닝 대회가 그 한계를 슬그머니 허물었다.

국내에서 열리는 트레일 러닝 대회는 대체로 10km, 20km, 50km, 100km 종목을 운영하고 실제 거리는 조금 짧거나 길다. 마라톤 대회와 달리 거리가 정확하지 않은 이유는 산이 끼어 있어 거리를 정확히 만들기 어렵기 때문이다.

트랜스 제주에서 내가 신청한 종목은 50km였다. 내게 50km는 힘들지만 도전해볼 만한 거리였다. 100km는 아예 생각조차 하지 않았다. '한계에 도전하라'라고 말하는 사람들에게 나를 변호하면, 조금씩 거리를 늘리다 보면 끝없이 달리는 사람이 될 것 같아서다. 나는 그렇게는 달리고 싶지 않았다. 나이가 들수록 노화는 피할 수 없고 인간의 신체는 분명 한계가 있다는 게 나의 생각이다. 가능하면 아침에 시작해서 어두워지기 전에 달리기를 끝내는 게 내 기준에는 최선이다. 끊임없이 한계에 도전하는 트레일 러너에게는 존경의 박수를 보낸다. 내가 도저히 할 수 없는 영역이기도 하니까. 만약 내가 그렇게 달린다고 하면 '나의 친구들이여, 제발 나를 좀 말려주길!'

달리기 거리에 한계를 정한 건 나의 이성일 뿐이다. 감성은 다르게 말한다. 가끔 100km를 달리면 어떤 기분일지 궁금하다. 한 번씩 도전하고 싶은 마음이 불쑥 찾아온다. 울트라 마라톤이나 50km 이상의 트레일 러닝이 주는 무엇인가가 있을 거라는 기대감 때문이다. 10km 마라톤과 풀 마라톤의 배움과 의미는 차원이 다르다. 단순히 거리만큼의 만족도가 아니다. 10km가 10점의 만족도를 준다면 풀코스는 100점의 만족도를 준다. 위와 같은 이유로 장거리일수록 고통은 커지지만, 달리는 과정에서 배움은 많아지고 의미는 커진다. 달리기에서 배운 것들은 그걸로 끝나지 않고 인생으로 연결된다. 이런 것들을 종합하면 갑자기 혼미해진다. 100km나 100마일도 달려봐야 하지 않을까 하는 감성의 목소리 때문이다. 이성을 따를 것이냐 감성을 따를 것이냐, 아직은 무엇이 이긴다는 판단을 하기 어렵다. 하지만 대체로 이성은 감성 앞에 무릎 꿇는다. 그러니 나도 지금은 아니더라도, 절대로 100km에 도전하지 않을 거라는 장담은 하지 못한다.

목표를 정하니 따라오는 건 훈련이었다. 8월 말, 대회 70일을 앞두고 본격적인 대회 준비를 시작했다. 아마추어 러너들이 그렇듯 평일에는 10km 내외로 달리고 주말에는 본격적인 장거리와 산 달리기 훈련을 했다. 집에서 가까운 서울 둘레길이나 불암산을 달릴 때도 있었고 늘 달리는 당현천과 중랑천에서 달릴 때도 있었다. 간혹 친구들이나, 지인들과 달리기 위해 원정 달리기도 했다. 처음으로 평일 불암산 트레일 러닝을 했을 때다. 집에서 1km만 가면 불암산이기 때문에 평소보다 조금만 서두르면 불암산 정상을 찍을 수 있을 것 같았다. 새벽 출발이라 헤드 랜턴을 챙겨 집을 나섰다. 급한 오르막도 아랑곳없이 달렸더니 얼마 달리지 못해 걸을 수밖에 없었다. 산에서는 걸어도 숨이 찬데, 달렸으니 오죽했을까. 급하다고 정상에 빨리 오르는 것이 아니라 열심히 움직여야 정상에 오를 수 있는데 마음만 급했지 오르막에선 전혀 속도가 나지 않았다. 숨을 몰아쉬는 가운데 출근 시간은 시시각각 다가오고 있었다. 정상에 오르는 건 포기하고 막 솟아오르는 태양을 볼 수 있는 곳에서 잠시 쉬었다 하산했다. 평소보다 1시간 더 일찍 서두르면 불암산 정상을 찍을 수 있겠다는 생각이 들었지만, 평일에는 그냥 집 앞 포장도로를 달리고 주말에만 산 달리기를 하기로 했다.

주말에는 여지없이 산으로 향했다. 주로 혼자 달렸지만, 간혹 동호회 형들과 함께 산 달리기를 했다. 혼자서는 아무리 많이 달려도 하프 이상 달리기가 쉽지 않다. 힘도 들지만 서너 시간 이상 달리는 건 지루하기 때문이다. 여럿이 함께 달리면 확실히 다르다. '함께'의 힘으로 10km는 더 달릴 수 있다. 함께하면 멀리 간다는 말은 산 달리기에도 통했다. 나보다 잘 달리는 사람과 달리면 훈련이 더 잘 된다. 따라가려고 애를 쓰기 때문이다. 그 '애'가 대단한 훈련이 된다. 평소에 하는 만큼 하면 더 빨라질 수 없다. 더 애를 써야 빨라진다.

김포 아라뱃길에서 친구들과 함께 달렸는데 그중에 나보다 빠른 친구가 있었다. 하프 마라톤 거리를 달렸는데 돌아오는 10km를 나보다 잘 달리는 친구와 함께 달렸더니 금방 숨이 차고 다리가 무거워졌지만, 달리기를 끝냈을 때 내 실력은 미약하지만 조금은 늘었을 거라는 확신이 들었다. 기록 단축을 목표로 한다면 나보다 잘 달리는 러너와 함께 달리거나 나보다 잘 달리는 사람이 즐비한 대회에 나가면 된다. 돈이 조금 들지만, 레슨비라 생각하면 괜찮은 수준이다. 아직 3만 원에 나갈 수 있는 대회도 있고 잘 찾아보면 무료 대회도 있다.

대회를 3주 앞뒀을 때다. 마라톤 대회 전 마지막 LSD를 하듯, 42km를 4시간 동안 달리기로 했다. 42km를 같이 달릴 사람은 흔치 않고 부탁하기에도 부담스러운 거리라 혼자 집을 나섰다. 1시간은 어디로 갈까 생각하며 달렸고, 2시간은 듣고 싶은 팟캐스트를 들으며 달렸다. 그래도 1시간이 남은 상황이었다. 30km를 더 달린 시간이라 에너지가 소진되었고 달려왔던 길을 돌아가는 것이라 지루했다. 더 듣고 싶은 팟캐스트도 없었다. 그 1시간은 그야말로 훈련을 위한 시간이었다. 옛 화랑대역 1km를 앞두고 42km를 지나고 있었다. 42km나 달렸는데 아무 곳에나 멈추고 싶지는 않았다. 나만의 결승선을 구 화랑대역으로 정했다. 그냥 훈련일 뿐이었지만 출발선과 결승선을 기억하고 싶었다. 무거운 다리를 겨우 움직여 1km를 더 달렸다. 시계를 보니 딱 4시간 11초였다. 열심히 달리지 않았는데도 뿌듯함이 몸을 채우고 있었다. 의외였다. 혼자서 긴 거리를 달린 몸에게 마음이 준 선물일까?

이날 달린 코스는 우리 집에서 당현천과 중랑천, 경춘선 숲길과 왕숙천을 지나 한강 합수부에서 반환, 갔던 길을 되돌아와서 구 화랑대역까지다. 미리 지도를 보고 달린 건 아니지만 꽤 그럴싸한 코스였다. 마치 내가 철저한 계획을 세워 UTMB 몽블랑 대회에 온 게 아닌 것처럼 달리다 보니 괜찮은 코스가 됐던 것이다.

하이브의 방시혁 대표가 서울대학교 졸업축사에서 했던 말이 기억난다.

"대단한 목표가 있어 여기까지 온 게 아닙니다. 그저 그때그때 하고 싶은 걸 하다 보니 어느새 여기까지 오게 된 것입니다."

어쩌면 우리 인생이나 달리기도 어떤 빛나는 순간을 만드는 건 대단한 목표가 아니라 그때그때 하고 싶어서 했던 작은 판단과 행동의 반복일지도 모른다. 산 달리기 거리를 차곡차곡 쌓아가는 동안 대회는 하루하루 다가오고 있었다. 그해 유일한 대회라는 이유로 나는 도전에 걸맞은 문구가 새겨진 티셔츠를 입고 싶었다. 평소 즐겨 입는 브랜드부터 검색했다. 노스페이스에서 'Suffer now, Summit later'라는 문구가 새겨진 티셔츠를 발견했다. 기능성 소재에 좋아하는 색상이라 마음에 쏙 들었다. 가격도 저렴했다. 고민할 이유가 전혀 없었다. 대회에 입을 옷을 정하는 건 대회를 준비하는 나의 마지막 의식이다. 그 옷을 사는 순간 대회 준비는 끝났다.

여전히 초보

대회 입상권이거나 목표 기록이 확실한 대회 참가자는 처음 달리는 코스를 답사하는 게 예사다. 그래야 혹시 생길지도 모를 '알바'를 방지하고 어떻게 달릴지 미리 계획을 세울 수 있다. 입상권과는 거리가 멀고 어쩌다 트레일 러너가 된 나는 답사를 하는 참가자가 있는지조차 몰랐다. 대신 오랜만에 하는 혼자 제주 여행을 마음껏 누렸다. 올레길을 걷고 해변을 달리고 커피나 맥주를 마셨다. 맛있는 음식을 먹고 제주가 만든 멋진 풍경을 감상하는 사이 이틀이 순식간에 지났다.

그 기간에 진지한 태도로 1시간만 대회 후기나 영상을 찾아봤다면 좋았을 텐데, 그것조차 하지 않았다. 대회 목표를 달성하기 위해 굵은 땀을 흘리며 훈련했지만, 그것 외에는 뭘 더 해야 하는지 몰랐다. 달리기 경험은 꽤 쌓았지만 트레일 러너로

서는 완전한 초짜였다. 트레일 러닝을 하면서부터 장비는 꼬리에 꼬리를 물고 추가됐다. 트랜스 제주를 신청할 즈음 가민 235(지금은 단종)를 745로 바꿨다. 235에는 트레일 러닝 기능이 없었다. 가민 스마트 시계는 165부터 트레일 러닝 기능을 지원한다. 여러 가지 모델 중 745를 선택한 이유는 철인 3종에 도전하기 위해서였다. 철인 3종을 하려면 수영이 필수인데, 코로나로 닫힌 수영장 문은 열릴 기미가 없었다. 그사이 산을 뛰어다니다 보니 트레일 러닝의 매력에 흠뻑 빠져 철인 3종에 대한 마음은 조금씩 사라졌다.

가민 745에는 두 가지 유용한 기능이 있다. 하나는 네비게이션 기능이다. GPX 파일만 있으면 모르는 길도 힘들이지 않고 찾을 수 있다. 또 하나는 음악 기능이다. 음악 파일을 넣으면 블루투스 이어폰을 이용해 음악을 들을 수 있다. 음악은 혼자 달리기를 할 때 특히 좋다. 이것 때문에 블루투스 이어폰을 사는 데 돈이 든 건 어쩔 수 없었다.

러닝이나 운동 전용 스마트 시계에 관해 조금 더 이야기하면, 가민 외에 코로스와 순토 브랜드가 유명하다. 각 브랜드의 상급 제품일수록 다양한 기능과 정밀한 운동 결과를 알려주지만, 문제는 가격이다. 그래서 제품을 구입할 때는 본인의 운동 목적에 맞게 사는 것이 좋다. 다만, 달리기를 하다 보면 실력이 쌓이기 마련이라 지금 당장보다 최소 1년 후를 내다보고 구입하는 것도 고려할 만하다.

대회를 신청할 때는 트랜스 제주를 참가하는 지인이 아무도 없었는데, 반년이 지나는 사이 트레일 러닝을 하는 친구가 하나 둘씩 생겼다. 끼리끼리 모인다는 속담이 증명된 셈이다. 대회 전날 늦은 오후에 선수 등록을 위해 대회장에 갔다. 배번을 받고 잠시 대회 후원사인 순토와 살로몬의 제품을 구경했다. 두 업체는 말도 안 되는 가격에 제품을 판매하고 있었다. 살로몬 기능성 티셔츠, 트레일 러닝화, 순토 시계를 하나씩 사니 '득템' 했다는 생각에 기분이 좋아졌다. 큰 트레일 러닝 대회에 가면 후원사 제품 판매 전시 부스가 있다. 보통 10~20% 할인을 해서 정말 필요한 제품이 아닌 경우 손이 가지 않는다. 하지만 트랜스 제주에선 달랐다. 80% 수준으로 할인을 하니 꼭 필요하지 않은 제품에도 손이 갔다. 이날 내가 산 살로몬 트레일 러닝화는 미드솔이 매우 얇아 가벼운 러너에게 적합했다. 당시에는 몰랐고 훗날 신어보고 나서야 알게 됐다. 다행히 몸이 가벼운 절친 러너가 있었다. 그 러닝화를 선물했고 친구는 진심으로 기뻐했다. 비록 내가 신지는 못했지만, 기뻐하는 친구의 모습에 기분이 좋아졌다. 다음 대회장에서 파격가로 제품을 살 수 있다면 처음부터 누군가를 위한 선물을 사기로 했다.

대회장에서 친구 준혁이를 만나기로 했다. 잠시 숙소에서 쉬다 친구를 만나러 다시 대회장에 갔다. 그 자리에는 친구의 친구들도 있었다. 그중 한 사람은 제주도 토박이였고 우리가 달릴 대회 코스를 꿰뚫고 있었다. 그는 내가 알게 된 첫 번째 제주 러너다. 그는 단기 속성으로 트랜스 제주 코스를 상세하게 설명해 주었다. 그걸 듣고 있으니 머릿속에 코스가 3D로 그려지는 것 같았다. 현장감 넘치는 레이스 브리핑이었다. 그때는 그것이 얼마나 소중한 나눔인지 알지 못했다. 어떤 분야든 가치를 제대로 알기 위해서는 충분한 시간과 경험이 필요한 법이다.

"돈내코의 너덜길에서는 무조건 걸으세요. 한라산은 돌이 울퉁불퉁하고 거칠어 발목이 꺾이는 일이 수시로 발생해요. 양말을 두 켤레 신고 발목 테이핑도 하세요."

그는 직접 가져온 테이프를 잘라 발목에 감아주며 말했다. 양말은 원래 그렇게 할 생각이었고 테이핑은 만사 불여튼튼이라는 생각으로 그의 조언을 따랐다. 우리가 헤어질 무렵 그는 윤길 님에서 윤길이가 되어 있었다. 요즘은 제주의 모든 길은 윤길이로 통한다는 농담을 한다. 그는 사교성 만점의 러너였고 나와는 직업적 인연도 있었다. 달리기로 알아가는 인연이 신기하면서도 좋았다.

트랜스 제주는 가민 745의 네비게이션 기능을 이용한 첫 대회다. 대회 출발 후 1시간이 지났을 때 나는 비슷한 속도로 달리는 선수 바로 뒤에서 그를 그림자처럼 따라가고 있었다. 시계가 삑삑 소리를 냈다. 처음에는 무슨 소리인지 몰라 어리둥절했다. 잠시 뒤 그것이 주로 이탈 경고음이란 걸 알게 됐다. 소리의 정체를 알았지만, 별생각 없이 앞 선수를 따라갔다. 시계의 GPS가 잠깐 오류를 낸 것으로 여겼지, 앞 선수가 잘못된 길로 갔을 거라는 생각은 전혀 하지 않았다. 100m쯤 더 달려갔을 때 앞 선수가 머뭇거렸다. 그제야 시계가 맞았고 사람이 틀렸다는 걸 깨달았다.

"여기 아닌가 봐요."

앞 선수가 돌아오면서 미안해하는 모습에 나는 웃었다. 대회 초반이라 여전히 힘이 넘쳤고 길을 잘못 드는 일은 산에서 흔하기 때문이다. 다시 제 길로 들어섰다. 심장은 뛰고 기분은 날았다. 몇 년 전 한라산을 한 번 오르긴 했지만, 이번처럼 속속들이 들여다보지는 않았다. 멋진 풍경을 마주하다 셀카도 찍었다. 한라산의 속살은 멋졌다. 내가 달리는 한라산은 나를 다르게 보이게 했다. 나를 추월하는 선수들이 몇 명 있었지만, 그들은 나의 경쟁 상대가 아니었다. 목표는 오로지 시간이었다. 나는 결승선에 7시간 안에만 들어가면 되고 사진 하나 찍는 데 걸리는 시간은 10초면 충분했다. 사진을 찍은 후 나를 추월한 선수들과 간격을 유지했다. 그래야 마음이 놓였다. 그들은 나의 길잡이이자 산 달리기 동지였다.

출발선에 섰을 때는 모든 CP에서 여유롭게 사진을 찍을 계획이었다. 계획은 초반부터 틀어지고 말았다. 언제 그런 생각을 하기는 했냐는 듯 1시간도 되지 않아 사진 찍는 걸 잊고 말았다. 1CP를 지나 1km쯤 달리고 나서야 사진이 생각났다. 목표가 7시간이라는 생각이 머리를 가득 채워 여유가 찾아올 공간이 없었다. 트랜스 제주, 도전과 취미 사이에서 내 마음은 일찌감치 도전에 달라붙어 있었다.

풀 마라톤을 달릴 때 오버 페이스를 하면 호흡이 거칠어져 온몸에 힘이 빠지고 속도는 느려진다. 트레일 러닝은 한 차원 더 높다. 오르막과 내리막을 오르내리며 달리다 보면 쥐가 찾아와 달리기를 멈추거나 걸을 수밖에 없다. 쥐가 나는 이유는 다양하지만, 가장 큰 건 근력이 충분하지 않거나 근력 이상으로 빨리 달리고 있어서다. 쥐가 나지 않고 달리기 위해선 근력 보강 운동을 하거나 평소에 대회 수준 이상의 코스에서 달리면 된다. 안타깝게도 나는 그렇게 하지 않았다. 한라산 정도 되는 코스를 달리지 않았으면서도 기록 욕심은 컸다. 영실 탐방로에서 좁은 숲길이 끝나고 자동차가 다니는 도로가 나타났다. 오르막이었지만 다리에 '부릉' 힘을 넣었다. 고작 100m도 가지 못해 양쪽 허벅지에 쥐가 순식간에 올라왔다. 걷는 것 외에는 다른 방법이 없었다.

'이제 20km 왔는데, 아직 30km나 더 가야 하는데, 다리에는 벌써 쥐가….'

걱정이 한아름 생겼지만 당황하지는 않았다. 지난 2년의 트레일 러닝 경험으로 쥐 때문에 경기를 포기할 상황은 오지 않는다는 걸 알았기 때문이다. 입에서 욕지거리가 전혀 튀어나오지 않아 스스로 감탄했다. 20여 년 전 군 생활을 할 때는 행군하다 야트막한 언덕이라도 나타나면 염불을 외우듯 토해내던 '개씨씨'는 참으로 까마득한 옛날이야기였다.

'달리기를 하면 긍정적이고 불만이 없어진다더니, 그래서였을까?'

대회 전날 친구가 준 액상 마그네슘이 번개처럼 떠올랐다. 가방에서 그걸 꺼내 한입에 넣었다. 쥐가 순식간에 물러가는 느낌이었다. 근육을 이완하는 데 마그네슘이 특효라더니 참말로 그랬다. 뙤약볕 아래서 힘겨워하다 시원한 얼음물 한 바가지를 뒤집어쓴 것처럼 기분이 좋았다.

잠시 뒤, 마그네슘의 약발이 다한 건지, 한라산을 버티기엔 나의 몸이 약했는지 쥐가 다시 손을 내밀었다. 어쩔 수 없었다. 나와 함께 하자는 쥐의 손을 울며 겨자 먹기로 잡았다. 쥐와 불편한 동행을 막 시작했을 때 호리호리한 여자 선수가 나를 추월했다. 여자 선수에게 뒤처지는 일이 한두 번이 아니어서 그러려니 할 만도 한데, 내 발걸음은 조금씩 빨라졌다. 그럴수록 허벅지 통증은 심했으나 지질한 자존심이 고통을 억지로 눌렀다.

일반적으로 남자가 여자보다 체력적으로 우월하지만 그건 평균의 법칙일 뿐이다. 동네 천하장사가 아무리 씨름을 잘해도 장미란 선수보다 역기를 잘 들 수는 없다. 놓아주겠다는 마음을 갖기도 전에 그녀는 눈앞에서 사라졌다. 작은 체구였지만, 한라산 날다람쥐가 분명했다. 그 이후 나는 한 번도 그녀를 보지 못했다.

한라산 코스를 달릴 때는 수시로 회전을 해야 했다. 5m마다 회전을 해야 하는 상황이 잊을 만하면 찾아왔다. 허리와 발에 피로가 조금씩 쌓여갔다. 백지장도 맞들면 낫다는 말은 반대의 상황에서도 통한다. 작은 피로가 모이면 무시하지 못할 고통이 된다. 발바닥과 다리, 허리는 점점 나의 통제를 벗어났고 몸과 마음은 서로 엇박자를 내기 시작했다. 그 와중에도 등산객들의 응원은 큰 힘이 됐다. "힘내세요! 파이팅!"을 외치는 낯모르는 사람들의 응원이 끊임없이 이어졌다. 세상과 이웃에 조금 더 관심을 가지면 누군가에게는 힘이 된다는 것을 한라산에서 달리면서도 느꼈다. 등산이나 짧은 트레일 러닝이었다면 데크길은 더없이 낭만적이었을 테지만, 발바닥에 탈이 난 상황에선 전혀 좋지 않았다. 쿠션이 전무한 데크 바닥은 발바닥을 철썩철썩 때리고 있었다. 발바닥이 얼굴이었다면 진작에 울었을 것이다.

그 상황에서도 묵묵히 앞으로 나아가는 발바닥이 고마웠다.

데크길이 너덜길로 바뀌는 순간 비가 섞인 매서운 바람이 몰아쳤다. 팔이 급격히 차가워졌다. 어디에서든 힘을 끌어다 쓰고 싶었다. 티셔츠에 쓰인 'Suffer now, Summit later'라는 글귀를 떠올렸다. 달리는 순간은 고통이지만, 결승선에 들어가는 순간 달콤한 성취감이 찾아오니까.

"위험하니까 꼭 걸으세요."

대회 전날 윤길이가 수시로 강조한 말이다. 반드시 기억했어야 했다. 너덜길 초반에는 고양이처럼 살금살금 걸었으나, 조금씩 익숙해지자 어느 순간부터 다시 달리기 시작했다. 내리막으로 이어지는 너덜길은 위험하지만 전혀 달리지 못할 길은 아니었다. 어떤 돌이 단단히 박혀 있고 어떤 돌이 밟으면 움직일 돌인지도 조금 짐작됐다. 이건 산에서, 특히 돌길에서 달리다 보면 저절로 알게 되는 직감이다. 위기는 방심과 함께 찾아왔다. 기온이 낮고 비가 조금 내려도 갈증은 났다. 조끼 앞주머니에 든 플라스크를 손으로 움켜쥐고 입에 대는 순간, 신발이 돌에 미끄러지며 나는 공중부양했다. 주의력이 흐트러진 탓이다.

'으악, 조졌다.'

순간적으로 왼팔이 얼굴을 감쌌다. 무의식적으로 일어난 행동이다. 나는 '퍽' 하는 소리와 함께 너덜길 위에 널브러졌다. 잠시 정신을 차리지 못했다. 시계가 멈춘 것 같았다. 어쩌면 잠시 기절했을지도 모른다. 얼마나 시간이 흘렀을까? 정신을 차리고 일어나 여기저기 만져보니 얼굴은 아무 이상 없었다. 천만다행이었다. 왼쪽 팔과 양쪽 무릎은 돌에 긁혀 피가 나고 있었다. 얼마나 다친 건지는 알 수 없었다. 아무리 심하게 다쳐도 당장 그 순간에는 통증을 느끼지 못하기도 하니까.

문제는 그다음에 일어났다. 일어서는 순간 현기증이 났고 지금까지 대회를 하며 한 번도 떠올리지 않았던 단어가 머릿속에 스쳤다.

'DNF.'

DNF는 'Did not Finsh'의 약자로 CP마다 통과해야 하는 기록을 초과했을 때 주최 측에 의해 실격을 당하거나 스스로 경기를 포기하는 것을 말한다. DNF는 포기이기도 하지만, 필요한 경우에는 용기이기도 하다. 몸에 심각한 문제를 안고 대회를 이어가면 부끄러움 이상의 문제를 일으키기 때문이다. 나는 풀마라톤을 포함해 40km 이상 되는 대회를 20번 이상 참가했다. 힘든 상황도 많았지만 한 번도 DNF를 떠올리지는 않았다.

달리기를 할 때 어지러우면 멈추는 것은 철칙이다. 일단 앉을 만한 자리를 찾았다. 적당한 곳에 앉아 가방을 풀었다. 몇 달 전 친구가 준 에너지젤과 또 다른 친구가 준 연양갱을 허겁지겁 먹고 물을 마셨다. 식염 포도당도 두 알을 털어 넣었다. 잠시나마 친구들의 얼굴을 떠올리니 혼자가 아니라는 생각이 들었다. 11월의 한라산은 추웠기에 가만히 있으면 체온이 떨어져 더 큰 위험이 찾아온다. 여전히 마음이 진정되지 않았지만 힘을 조금 냈다. 일어나서 한 발짝 내디뎠다. 축 처진 어깨를 끌고 발걸음을 옮기며 나에게 한마디 쏘아붙였다.

'7시간이 뭐라고? 고작 달리기일 뿐인데? 취미잖아? 너는 도대체 왜?'

누군가의 인생에 고난이 닥쳐도 시간은 아무렇지 않은 듯 흐르고, 타인은 각자의 삶을 살아간다. 인생이 그렇듯 달리기도 각자도생일 때가 있다. 우거진 숲속, 이끼 낀 돌무더기 위에서 내가 흩어진 영혼을 모으는 동안 뒤에서 달리던 선수 몇 명이 나를 추월했다. 그들은 내가 잠시 걷는 것으로 생각했을 것이다. 몸에 들어간 에너지젤과 연양갱, 식염 포도당이 에너지로 바뀌면서 조금씩 몸과 마음이 회복됐다. 현기증과 두려움은 사라졌고 두 발은 조금씩 속도를 높이기 시작했다. 시계를 봤다. 도전을 포기하기엔 너무 이른 시간이었다. 스스로를 질책하던 나는 온데간데없었다. 세상에 위기가 닥치면 밑바닥에 있는 사람이 가장 힘든 고통을 당하는 법이다. 역사가 시작된 이래 오늘까지 이어져 내려온 인간사의 법칙이다. 돌무더기가 끊임없이 이어지는 동안 말 없는 발바닥은 쉼 없는 통증을 견뎌내고 있었다. 대회가 끝나면 발바닥을 위해 충분한 마사지와 편안한 신발을 선물하기로 했다. 짧은 내리막 달리기가 끝나고 다시 오르막이 나타났을 때 CP가 보였다. 그곳에 들어서자 자원봉사자가 플라스크에 물을 채워주었다.

'다른 대회도 그럴까? 물까지 채워주는 자원봉사자가 있을까? 이것은 제주도만의 정일까?'

오래 머물 시간은 없었다. 여전히 시간은 흘렀고, 나는 도전을 향해 진격하고 있었다. 콜라, 포카리스웨트, 꿀물을 조금씩 마시고 바로 달리기 시작했다. 7시간이라는 목표가 가시권에 들어왔다. 나지막한 언덕이 끝날 무렵 계단이 나를 맞이했다. 계단 바로 앞에 도착했을 때였다. 의욕인지 욕심인지 둘 중 하나는 내 몸을 앞서고 말았다. 쥐의 기습공격은 결정타였다. 허벅지 끝까지 올라온 쥐로 한 발짝도 움직일 수 없었다. 돌덩이처럼 굳어진 허벅지를 두드리며 이리저리 스트레칭을 했다. 쥐를 몰아내려 애썼지만, 쥐의 버티기도 만만치 않았다.

트랜스 제주의 목표 기록인 7시간은 조금씩 멀어지고 있었다. 도전과 취미 사이에서 달리는 나는 도전의 끈을 끝까지 놓고 싶지 않았다. 길게만 느껴졌던 시간, 잠시 뒤 쥐는 버틸 만한 상황이 됐고 다시 발걸음을 옮겼다. 허리를 앞으로 숙이고 두 손으로 허벅지를 밀어내며 온몸으로 계단을 올랐다. 7시간이 누군가에겐 하찮은 무엇이지만, 나에겐 끝까지 놓고 싶지 않은 대단한 무엇이었다. 언제 끝날지 모르는 길도 쉼 없이 가면 끝난다. 멈추지만 않으면 결국 목적지에 도달한다. 멈춘 듯한 시간은 조금씩 흘러 어느 순간 계단은 끝을 보였고, 드디어 내리막이 나타났다. 편한 길을 기대했지만, 그건 나의 희망일 뿐 다시 너덜길이 시작됐다. 내가 통제할 수 없는 일에 불평을 쏟아봤자 아무 소용없다. 그저 묵묵히 할 일을 하는 것이 조금이라도 빨리 어려움을 끝내는 길이다. 나는 여자 선수 한 명, 남자 선수 한 명과 앞서거니 뒤서거니 했다. 그들을 이겨야겠다는 생각은 없었다. 그저 함께 달리고 싶었다. 내 옆에 누군가 함께 달리는 자체가 힘이 됐다. 내가 한 번 그들이 한 번, 서로 추월하며 달리는 동안 결승선은 조금씩 가까워지고 있었다.

드디어 돌무더기가 끝났다. 발바닥은 여전히 아팠지만, 무시하며 속도를 올렸다. 이런 평탄한 길이 이어지면 7시간 안에 도착할 수 있겠다 싶었다. 그 순간 눈앞에는 오르막이 떡하니 버티고 있었다. 50km에서 만나는 오르막은 시작할 때 만나는 오르막과는 차원이 다르다. 내리막에서 생기는 발바닥 통증은 참

아내면 되지만, 오르막에서 쥐를 만나면 물러가기를 기다리는 것 외엔 대안이 없다. 불안감은 현실이 됐다. 끝까지 내리막이길 바라던 내 마음과 달리 다시 오르막이 나타났고 오르막은 계단으로 이어졌다. 그곳에 계단이 있는 이유는 경사가 매우 가파르기 때문이었다. 달리기는 굼벵이의 걷기가 됐다. 다시 7시간과 멀어지기 시작했다. 앞서거니 뒤서거니 하며 함께 달리던 두 사람은 나를 추월했다. 따라가고 싶었지만 용을 써서 될 상황이 아니었다. 꾸역꾸역 발걸음을 움직였다. 다시 평지가 됐을 즈음에야 나는 굼벵이에서 달리는 러너가 될 수 있었다.

산에서 완전히 벗어나 도로가 시작됐을 때부터 달리기 시작했다. 발바닥은 뜨거웠지만, 결승선이 멀지 않았다는 사실에 힘이 났다. 7시간은 물 건너갔지만, 그것 때문에 페이스를 늦추지는 않았다. 마지막까지 최선을 다하는 것이 도전자의 자세다.

결승선이 보이고 대회 자원봉사자가 힘을 보탰다. 아파도 달릴 수 있는 내리막이었다. 달릴 수 있는 만큼 속도를 올렸다. 허벅지의 고통은 사라졌다. 발바닥의 고통은 익숙함으로 바뀌었다. 다리가 부지런을 떨면서 눈앞에 결승선이 나타났다. 7시간은 진작에 지났지만, 끝까지 달리고 싶었다. 순위 경쟁을 위해서가 아니었다. 그저 시작한 도전을 끝까지 해내고 싶었다. 그까짓 달리기가 나에겐 끝까지 특별한 무엇이었다. 마치 우승자가 된 것처럼 두 주먹을 불끈 쥐고 결승선을 통과했다.

'기록은 7:09:11.'

목표를 달성하지는 못했지만 뿌듯하고 기뻤다. 허벅지가 뻐근한 만큼 성취감도 차올랐다.

'헤밍웨이가 쓴 『노인과 바다』에서 노인은 청새치가 뭐길래 생명을 담보로 싸웠을까? 나에게 이까짓 달리기는 무엇일까?'

3년이 지난 지금도 되풀이하는 질문이다. 『노인과 바다』에서 결국 뼈만 남은 청새치를 잡은 노인의 마음은 비록 목표를 달성하진 못했지만, 최선을 다해 달린 내가 느낀 그 무엇과 비슷하지 않을까? 훗날 나는 그까짓 달리기로 몽블랑에 가게 된다. 한라산에서 넘어졌을 때 경기를 포기했다면 몽블랑에 오지도 못했고, 트레일 러닝에 대한 나의 경험과 생각을 담은 이 책도 나오지 않았을 것이다. 아주 작은 판단 하나가 큰 변화를 일으킨다는 사실이 늘 놀랍다. 하지만 이건 결과적으로 잘 된 것이지, 넘어졌을 당시 심각한 부상을 안고 달렸다면 완주는커녕 다시는 달리지 못할 상황이 생겼을지 누구도 모를 일이다.

나는 늘 스스로 다짐하고 달리기를 막 시작하는 러너에게 하고 싶은 말이 있다. 그것은 대회를 할 때 심각한 부상에 맞닥뜨리면 스스로 경기를 멈추고 대회 주최 측이나 함께 달리는 사람에게 도움을 요청하는 것이다. 산에서는 전화가 연결되지 않을 수도 있다. 그때를 대비해 주최 측은 호각을 필수품으로 요구한다. 러닝용 조끼에 호각이 달린 이유다. 안전보다 더 중요한 건 없다. 심각한 상황에선 누구에게라도 손을 내밀어야 한다. 함께 달리는 선수는 늘 우리를 도와줄 것이다. 트레일 러닝을 하는 사람이라면 그 정도의 선함은 있을 거라 나는 믿는다.

2년이 지난 2023년, 트랜스 제주는 국내 대회 중 첫 UTMB 대회가 됐다. 트레일 러닝에 대한 인기가 높아지면서 일찌감치 모집을 마감했다. 나는 대회를 신청하지 않았다. 서울에서 제주까지는 거리가 멀고 다른 대회에 비해 시간과 돈도 많이 든다. 당장 2024년에 UTMB 몽블랑 대회에 가고 싶은 것도 아니었다. 비슷한 날짜에 열리는 다른 좋은 대회도 있었다. 내로라하는 대회가 모두 열리는 10월과 11월에 러너들은, 특히 트레일 러닝을 즐기는 러너들은 어떤 대회를 선택할지 자못 궁금하다. 지금 당장 머릿속에 떠오르는 대회만 해도 여럿이다. 울주 트레일 나인피크, 서울 100K, 트랜스 제주, 춘천 마라톤, JTBC 서울 마라톤….

'트레일 러닝 대회 하나, 마라톤 대회 하나를 선택해서 하나는 취미로 하나는 도전으로 하면 어떨까?'

한동안 고민이 이어졌다.

트레일 폴에 관한 모든 것

이쯤에서 트레일 폴(스틱)에 관해 이야기하고 싶다. 폴은 잘 이용하면 건강과 대회를 한 번에 잡을 수 있는 매력 만점 산 달리기 장비다. 트랜스 제주를 끝내고 집으로 돌아오자마자 폴을 검색했다. 돈내코 너덜길에서 공중부양을 하며 DNF까지 떠올렸던 것이 충격으로 남았기 때문이다. 폴이 있었다면 그 지경까지는 가지 않았을 거라 여겼다.

트레일 러닝을 할 때 폴은 여러 가지로 도움이 된다. 체중을 상체로 분산시켜 무릎 관절을 보호하고 하체 근육의 부담을 덜어 근육경련을 감소시킨다. 몸의 균형을 잡아 넘어지는 걸 방지한다. 폴이 트레일 러닝 대회 필수 장비일 것 같지만 그렇지는 않다. 어떤 트레일 러닝 대회도 폴을 필수 장비로 요구하지 않는다. 지금까지 내가 폴 없이도 이런저런 대회에 참가할 수 있었던 이유다. 폴을 사는 과정은 쉽지 않았다. 막상 폴을 사려니 소재와 브랜드에 따라 다양한 제품이 있어 선택 장애가 왔다. 폴의 소재는 대개 카본이나 두랄루민이다. 두 소재를 비교하면 장단점이 확연하다. 카본은 가볍지만 비싸다. 두랄루민은 상대적으로 저렴하지만 무겁다. 가벼울수록 비싸지는 건 모든 장비의 법칙이다. 폴을 사용하지 않는 러너도 있지만, 난도가 높은 대회에서는 폴을 사용하는 러너들이 훨씬 많다. 대회에 참가하는 트레일 러너들은 가벼운 카본 제품을 더 좋아한다.

나도 카본으로 마음을 정했다. 카본으로 정하자 선택지가 조금 줄었다. 그걸로 끝난 건 아니었다. 브랜드가 다양해 무엇을 살지 고민은 계속됐다. 마지막까지 경합한 브랜드는 저렴한 오니지와 가격 빼고 모든 것이 좋다는 레키와 블랙다이아몬드다. 폴도 비쌀수록 좋아 보이는 건 다른 제품과 마찬가지다. 레키나 블랙다이아몬드를 사고 싶었지만, 30만 원에 달하는 가격은 부담이었다. 오니지로 먼저 연습하기로 했다. 트레일 러닝 용품도 다른 제품처럼 직구 가격이 국내 가격보다 저렴하다. 마침 오니지의 직구 가격은 광군제 프로모션이 적용되어 국내 가격의 반값이었다. 직구 제품은 국내에서 AS가 되지 않고 배송 기간이 더딘 흠은 있지만, 직구를 이용하는 사람들은 증가 추세다.

주문한 지 일주일 뒤에 폴이 도착했다. 얼른 써보고 싶은 마음에 평소보다 주말이 더 기다려졌다. 토요일, 날이 밝기도 전에 불암산으로 달려갔다. 폴을 연습하기에 적당한 트레일이 나왔을 때 러닝 베스트에서 폴을 꺼냈다. 지팡이처럼 쉽게 사용할 수 있을 것 같았는데 그렇지는 않았다. 적응 시간이 필요했다. 불암산 둘레길 구간은 급격한 오르막이나 내리막이 없어 반드시 이용할 필요도 없었다. 지리산 화대 종주나 영남알프스 같은 난도가 높은 대회에서도 폴을 모든 구간에서 사용할 필요는 없을 것 같아 괜히 샀나 싶기도 했다.

'안 쓸 때는 어떻게 하지? 러닝 베스트에 다시 넣어야 하나?'

그제야 폴을 이용할 때 러닝 베스트에 넣었다 뺐다 하는 불편함을 알게 됐다. 역시 무엇이든 실제로 경험해봐야 제대로 알게 된다. 대회마다 코스가 다르다. 미리 달려보고 대회를 치르기는 쉽지 않다. 대회 참가 전에 코스를 미리 달려본 유경험자의 조언을 참고하면 좋다. 나는 나와 비슷한 수준의 러너가 폴 사용을 추천하면 가져가고 필요 없다고 하면 그냥 가기로 했다. 폴을 살 때는 폴을 어디에 넣을지 생각조차 하지 않았는데, 막상 사고 나니 폴을 넣는 방법이 3가지나 됐다. 베스트 앞에 세로로, 허리 뒤에 가로로, 등 뒤에 세로로. 러닝 베스트에 따라 되는 것도 있고 안 되는 것도 있다. 나는 등 뒤에 세로로 넣는 게 편했다. 앞이나 허리 뒤에 넣으면 종종 팔에 닿거나 허리가 아플 때도 있어서다. 등에 넣으면 빼고 넣는 연습을 해야 하고,

러닝 베스트 외에도 폴을 넣는 제품을 별도로 구입해야 하는 단점은 있다. 가장 좋은 방법은 3가지 모두 연습해보고 자기에게 꼭 맞는 방법을 이용하는 것이다.

폴을 처음 사용한 다음 날 손이 아팠다. 이래서야 어떻게 폴을 사용할까 싶었다. 무엇이 문제일까 싶어 유튜브에서 폴 영상을 찾아봤다. 손이 아팠던 이유를 알게 됐다. 스틱을 너무 꽉 쥐었던 탓이다. 손에서 힘을 빼자 손은 전혀 아프지 않았다. 폴을 좀 더 능숙하게 다루기 위해 트레일 러닝을 할 때마다 유튜브를 보고 반복해서 연습했다. 폴은 나와 조금씩 친해졌다. 폴 사용에 자신감이 붙자 더 좋은 폴에 대한 욕망이 생겼다. 오니지로 충분하다는 이성과 더 좋은 걸 원하는 감성이 충돌한 것이다. 감성이 이성을 이기는 시간은 순식간이었다. 이제 레키와 블랙다이아몬드 중 하나를 고르는 것만 남았다. 문득 지인이 한 말이 떠올랐다.

"명품을 살 때 급을 하나씩 올리면 계속 물건이 쌓이지만 바로 에르메스를 사면 그 아래 급들은 눈에 들어오지 않는다고 해요. 그게 오히려 돈을 아끼는 방법이에요."

얼마 뒤, 두 제품 중에 더 자주 눈에 띄었던 레키를 샀다. 오니지는 구석으로 밀려났다. 이중 투자가 된 셈이다. 그래도 오니지의 쓰임은 있었다. 구석에 있던 오니지는 어느 날 폴이 없는 친구에게 갔다. 친구는 그걸 여러 번 유용하게 쓰며 만족스러워했다. 오니지는 훗날 2023 서울 100K 대회에서 부러지며 장렬히 전사했다. 마침 그날 친구와 함께 달리고 있어 오니지의 마지막을 함께 했다. 직구라 AS는 받을 수 없었다.

처음 산 레키 폴은 길이 조절형이었다. 길이 조절형을 산 이유는 간단했다. 비싼 게 더 나은 거겠지 하는 단순함 때문이었다. 길이 조절형이 고정형보다 조금 더 비싼 대신 장점도 있다. 오르막에선 짧게 내리막에선 길게 조절하면 더 편히 산을 오르내릴 수 있다. 키가 다른 여러 명이 함께 사용할 수 있다. 나는 조절형을 살 때 고정형이 있다는 사실조차 몰랐다. 처음 산 오니지 폴은 고정형이었다. 고정형을 쓰면서도 고정형인지 몰랐고 조절형을 쓰면서도 조절형인지 몰랐다. 2년이 지난 지금 생각해도 어이없다. 1년이 훌쩍 지난 어느 날 동네 형의 고정형 레키 폴을 사용해보고 나서야 고정형의 존재를 알게 됐다. 고정형이 길이 조절형보다 훨씬 조작이 간단하고 사용하기도 편했다. 하지만 마음이 급하고 조금이라도 나은 기록을 내고 싶은 러너라면 1초라도 빨리 펼치고 접을 수 있는 고정형이 더 낫다. 사람마다 자신에게 맞는 폴의 길이는 다르다. 팔꿈치를 내리고 팔목을 앞으로 수직으로 들었을 때 발끝에서 손까지의 길이가 적당하다. 길이를 계산하는 방법은 본인의 키에 0.7을 곱하는 것이지만, 상하체의 비율에 따라 조금씩 달라진다. 하체가 짧은 한국인은 계산보다 조금 더 짧은 게 낫다. 오르막에선 좀 짧게, 내리막에선 좀 길게 조절하면 좋다. 짧은 오르막에선 길이를 줄이는 대신 손잡이 아래쪽을 잡는 것도 방법이다. 이건 누가 꼭 알려주지 않아도 사용하면서 저절로 알게 되지만 미리 알고 사용하면 시행착오를 줄일 수 있다.

폴을 사용할 땐 주위 선수나 등산객을 위협하지 않도록 주의해야 한다. 의외로 폴을 쓰는 데만 신경 쓰고 앞뒤 사람을 의식하지 않는 사람도 있다. 나도 처음에는 분명 그랬을 것이다. 다행히 나는 누군가에게 피해를 주기 전에 제대로 된 사용법을 알게 됐다. 요즘은 폴을 쓸 때 앞뒤로 과하게 흔들지 않고, 사용하지 않을 때는 가급적 조끼에 넣는다. 들고 다닐 때는 접어서 스파이크를 앞쪽으로 한다.

자연과 환경을 훼손하지 않는 것도 중요하다. 환경을 위해 폴을 사용하지 말자고 주장하는 분들은 폴이 나무뿌리와 데크, 바위를 훼손한다고 말한다. 틀린 말은 아니다. 폴을 사용하는 것을 좀 심하게 말하면 나를 보호하기 위해 자연을 훼손하는 것이다. 그래도 나는 폴을 이용하자는 입장이다. 폴은 안전 장비라 필요할 때는 써야 한다. 대신 사용할 때 주의하면 된다. 폴은 데크와 나무뿌리, 바위와 돌 틈에 끼었을 때 부러지는 경우가 많고, 대회 때 폴이 부러지면 낭패다. 가능한 한 돌이 아닌

흙을 짚는 것이 자신은 물론 환경과 폴 모두를 지키는 길이다. 트레일 러닝을 즐기면서도 나와 자연환경을 모두 보호하는 방법이 무엇일지 생각해보니 의외로 간단했다. 폴의 도움이 필요 없는 곳에서는 사용하지 않고 위험한 내리막이나 오르막에서는 달리기 대신 걸으면 된다. 이 모든 걸 누가 처음부터 알려줬다면 나도 시행착오를 겪지 않았을 텐데, 이런 건 눈에 띄지 않았다. 누군가에게 듣지도 못했다. 누구든 타인에게 조언하는 게 쉽지 않아서다. 듣는 이의 입장에서는 자칫 지나친 간섭이 될 수도 있으니까.

"입상하려면 오르막도 뛰고 내리막도 뛰어야 할 텐데?"

누군가는 이런 말을 할 수도 있다. 그건 실력이 충분히 쌓였을 때 생각하면 된다. 대회에 나가보면 알게 되겠지만, 일부 입상권 선수들은 폴을 사용하지 않는다. 그들은 강한 훈련으로 허벅지와 종아리를 튼튼히 하고, 지속적인 산 달리기 경험으로 누구보다 균형감각이 뛰어나다. 빨리 달려야 해서 짐이 늘어나는 것도 싫어한다.

2022년 트랜스 제주 때 주최 측에서 폴 사용을 금지하자 선수들은 불만을 토로했다. 대회 신청 당시부터 미리 알렸다면 별문제 없었을 텐데, 참가 접수를 받고 시간이 흐른 뒤에 공지한 탓에 참가자들의 불만이 쏟아졌다. 한라산 오르막과 돈내코 너덜길을 폴 없이 달리는 건 힘들기 때문이다. 주최 측이 어떤 대응을 했는지 모르지만, 폴 사용으로 발생한 환경 훼손 사례와 환경 보호를 위한 바른 이용법에 관한 교육을 하고, 사용 구간과 사용 불가 구간을 분리하여 선수들에게 미리 알렸다면 환경과 선수를 모두 보호할 수 있었을 것이다. 이건 단지 나의 순진하고 소용없는 생각일 수 있다. 달리기에 여념 없는 선수들이 이용 구간과 이용 불가 구간을 일일이 구분하기는 어려울 테니까. 책『파타고니아』로 시작된 환경 보호를 위한 마음이 트레일 러닝 경험을 쌓아가며 조금씩 더 단단해졌다. 이러다가 트레일 러닝보다 환경 보호에 더 진심이 되는 건 아닐까? 환경이 목적, 사업은 수단이라는 파타고니아처럼.

훗날 UTMB 몽블랑 대회에 참가하기로 하고 훈련할 때는 폴을 가져갈지 말지 고민했다. 서두르지 않고 폴을 많이 사용해보고 결정하기로 했다. 국내의 다양한 트레일 러닝 대회를 UTMB 몽블랑 대비 훈련으로 참가하면서 폴을 러닝 조끼에 넣었다. '연습은 실전처럼'을 실천하기 위해서였다. 시간이 흐르며 폴을 가져가는 건 기정사실화됐다. UTMB 몽블랑 대회의 유경험자들이 하나같이 추천했고, UTMB 몽블랑 대회 영상을 유튜브로 봤을 때 있는 것이 더 나을 것 같았다. 한 번도 달려보지 않은 코스이니 무엇보다 안전이 우선이었다.

콜레스테롤 약 대신 산을 처방합니다

건강검진을 하던 날이었다. 내시경 검사를 앞두고 간호사에게 몇 가지 질문을 받았다.

"먹고 있는 약이 있나요? 지병은 없나요?"

나는 먹고 있는 약도 지병도 없다고 했다. 같은 시간, 내 옆에 있던 사람은 당뇨병과 고혈압이 있어 약을 먹는다고 했다. 나이를 물어보지 않았지만 나와 비슷하거나 1~2살 정도 많아 보였다. 아직 약을 먹을 나이로는 보이지 않는 사람이 약을 먹는다고 해서 놀랐다.

며칠 뒤 회사 선배와 점심을 먹으며 건강검진 날 있었던 이야기를 했다.

"겉으로 봐선 멀쩡한 사람이 이런저런 약을 먹더라고요. 바로 옆에서 듣고도 믿기지 않았어요."

선배는 쉰을 막 넘기고 있었다. 잠자코 내 이야기를 듣던 그는 내 말이 끝나자 이렇게 말했다.

"네가 몰라서 그렇지 우리 나이 정도 되면 약 하나씩 안 먹는 사람이 별로 없어. 나도 콜레스테롤 약 먹어. 약을 먹는 게 자랑은 아니니까 굳이 말하지 않는 것뿐이야."

그제야 나는 나이가 마흔이 넘어가면 건강에 문제가 하나씩 찾아오고 쉰이 넘으면 약을 먹는 것이 이상하지 않다는 걸 알게 됐다. 나는 운동에 진심이고 그는 나와 달리 운동과는 동떨어진 삶을 살고 있지만, 관계는 꽤 괜찮다. 직장 동료라는 특수 상황을 고려하면 오히려 좋은 사이다. 그에게 나는 운동 이야기를 할지 말지 잠깐 망설이다가 말을 꺼냈다.

"주말에 집에서 가까운 산부터 하나씩 오르는 건 어때요?"

그즈음 나는 친구들과 제로포인트 트레일 서울 5픽을 하고 있었다. 제로포인트 트레일은 'Sea to Summit'이라는 콘셉트의 트레일 챌린지다. 제주도에서 시작된 챌린지로 제로포인트 제주는 해발 0m인 용진교(제주항 인근)에서 시작해 한라산 1,947m까지 31km다. 제로포인트 제주는 2020년에 시작했지만, 제로포인트 서울은 2022년부터였다. 지금은 지리산과 설악산에서도 제로포인트 트레일을 할 수 있다.

친구를 통해 제로포인트 트레일을 알게 됐다. 달리기 친구를 많이 두면 누군가는 남들이 잘 모르는 특별한 정보를 알려준다. 러닝화에 진심인 친구, 대회에 진심인 친구, 코스에 진심인 친구, 각자 관심 분야는 다르지만 그들에게 둘러싸여 있으면 다양한 경험을 하고 제품도 많이 산다. 나를 좀 더 나은 러너로 만들어주기도 하지만, 통장에 있는 돈을 탈탈 털어내기도 한다. 정신 차려보니 택배가 도착했다는 친구의 말이 떠오른다. 참가비를 내고 제로포인트 트레일을 신청하면 주최 측에서 몇 가지 기념품을 준다. 대회도 아닌데 굳이 돈을 내고 이런 걸 하냐고 묻는 사람도 있었다. 제로포인트 트레일 서울 5픽은 한 번쯤 달리고 싶은 코스였고, 친한 친구들이 하자고 해서 고민 없이 신청했다. 해발 0m에서 시작해서 서울의 다섯 봉우리를 오르는 건 꽤 괜찮은 경험으로 보였다. 꼭 돈을 내고 할 이유는 없지만, 산을 좋아한다면 해볼 만한 코스인 건 확실하다.

제로포인트 트레일 서울 5픽의 출발지는 지하철 5호선 여의나루역 개찰구다. 서울 5픽이라는 제목에서 알 수 있듯 여의나루에서 출발해 5개의 산을 오르면 챌린지는 끝난다. 5개 산은 강북에 있는 남산, 인왕산, 북한산과 강남에 있는 관악산, 청계산이다. 5개 모두 서울을 대표하는 산이다. 제로포인트 트레일 서울 5픽을 한 번에 완주하는 사람들도 있다. 한 번에 완주하기 위해선 80km를 걷거나 달려야 한다. 따로 코스가 정해진 건 아니다. 5개의 산 정상만 오르면 되기에 사람마다 가는 거리는 다르다. 코스가 익숙하지 않다면 길을 수시로 잃는다. 어떤 사람들은 그걸 알바천국이라 부른다.

5개의 산을 한 번에 오르는 데는 시간이 얼마나 걸릴까? 충분히 준비된 사람도 먹고 쉬는 시간까지 합하면 20시간은 넘게 걸린다. 대부분은 생각조차 하지 않고, 생각한 사람들도 거의 시도하지 않는다. 시도한 사람 중에도 준비되지 않는 사람은 중도 포기한다. 산 달리기를 좀 한다는 사람도 쉽게 시도하지 못하고 일반인의 기준으로는 미친 짓이다. 그 어려운 코스를 한 번에 완주하는 사람들의 정체는 무엇일까? 그들은 산 달리기에 탁월한 사람들이다. 80km 산 달리기는 해보지 않았을지언정 50km 산 달리기는 해본 사람들이다. 한 번에 서울 5픽을 완주하려면 상상을 초월하는 고생을 감당해야 하지만, 그만큼 성취감도 부풀어 오를 것이다. 러너들끼리 하는 말로 '달부심(달리기+자부심)'이 하늘을 뚫을지도 모른다. 몇 명의 친구들이 한 번에 5픽을 완주했다. 완주 소감을 토해내는 친구의 말과 표정은 극과 극이었다. 그들의 입에선 온갖 역경에 관한 이야기가 쏟아져 나왔으나 눈에선 성취감이 활활 타오르고 있었다. 두 번에 걸쳐 완주하는 트레일 러너들은 많았다. 그들은 동선으로 가장 효율적인 강북의 3개 산을 한 번에, 강남의 2개 산을 한 번에 나눠서 완주했다. 둘 다 30km 내외의 거리다. 30km 산 달리기는 평소에 꾸준히 달리지 않은 사람에겐 쥐가 날 만큼 힘들다. 그래도 트레일 러닝을 즐긴다면 이 정도는 도전해볼 만하다.

삼천포로 한 번 빠지자. 제로포인트 트레일 5픽을 하면서 본 것 중 가장 기억에 남는 건 북한산 백운대 정상에서 어느 청년이 떨어뜨린 핸드폰이 바위를 타고 유유히 미끄러지는 순간이었다. 그때 근처에 있던 모든 사람이 일제히 그 상황을 보며 안타까운 신음을 토해냈다.

"어, 어, 어."

내 옆을 지날 때는 고작 2m 정도밖에 떨어지지 않았고 속도도 그다지 빠르지 않았지만, 바위의 경사도가 가팔라 손을 쓸 수 없었다. 핸드폰을 떨어뜨린 청년은 대학생이나 직장 초년생 정도로 보였다.

"으악, 안 돼!"

그는 안타까운 괴성을 지른 후 의리 가득한 친구들과 함께 핸드폰을 찾으러 나섰는데, 결과가 어땠는지 알 수 없다. 찾았다면 다행이지만, 찾지 못했다면 핸드폰 안에 있는 소중한 사진들, 정보들, 전화번호가 고스란히 날아갔을 것이다. 전혀 남의 일 같지 않았다. 산에서 핸드폰을 사용할 때는 주의해야 한다. 핸드폰은 산에서 안전 장비가 된다. 그게 없으면 위급한 상황에서 도움을 요청할 수도 없다. 백운대는 처음이었다. 제로포인트 5픽이 아니더라도 훗날 한 번은 오르겠지만, 제로포인트 트레일 덕에 멋진 북한산을 일찍 볼 수 있어 좋았다. 백운대 정상에는 정상석을 인증하려는 사람들로 가득했다. 사진을 찍으려면 꽤 오랜 시간 기다려야 했다. 백운대가 그렇게 인기 있는 곳인지 처음 알았다. 이전에 한 번이라도 왔거나 그날 시간이 촉박했다면, 사진을 포기하고 내려왔겠지만, 그날만큼은 사진을 꼭 찍고 싶었다. 그 와중에 유유히 떠내려가는 청년의 핸드폰을 본 것이다.

제로포인트 트레일 서울 5픽 도전자 중에는 한 번에 한 산씩 오르는 사람들이 제일 많을 것이다. 트레일 러닝에 익숙하지 않아도, 체력이 좀 모자라도 도전할 만하다. 이제 막 트레일 러닝을 시작했거나 트레일 러닝에 관심이 있다면 한 번에 한 산씩 오르며 트레일 러닝에 익숙해지면 된다. 제로포인트 트레일 5픽을 단지 운동이라고 생각하면 여의나루역 인근에 살지 않는 사람에게는 비효율적이다. 거기까지 가는 데도 시간이 꽤 걸린다. 집 앞에서 걷고 달리면 되지 굳이 시간과 돈을 들여 여의나루역까지 갈 이유가 없다. 특별한 산행이라고 생각하면 이야기는 달라진다. 시간과 돈, 노력이 곁들여져 멋진 경험과 추억이 된다. 서울 사는 사람이 지리산과 설악산을 찾고 경상도와 전라도 사는 사람이 북한산과 도봉산을 찾는 것과 별로 다르지 않다.

제로포인트 트레일을 여러 번 하는 사람도 있지만, 나는 한 번으로 충분했다. 내게 한 번은 경험이고 두 번째부터는 운동일 뿐이다. 운동은 가까운 곳에서 하는 게 낫다는 것이 평소 내 생각이다. 우리 집에서 여의나루까지 가는 데는 2시간쯤 걸린다. 그 시간이면 킵초게는 풀코스를 달리고 보통의 러너라도 하프는 달린다. 두 번째 제로포인트 트레일을 하러 여의나루역까지 가는 건 비효율적이다. 비효율 덕분에 나는 꽤 괜찮은 챌린지를 하나 생각했다.

그것은 우리 집 포인트 트레일 서울 5픽이다. 우리 집에서 1km만 가면 불암산이 나온다. 불암산은 수락산과 사패산, 도봉산과 북한산으로 이어진다. 앞글자를 따면 '불수사도북'이 된다. 이 코스는 등산객들에게 이미 잘 알려진 코스다. 그 코스를 달리는 트레일 러닝 대회도 있다. 제로포인트 트레일 서울 5픽을 완주한 후 바로 우리 집 포인트 트레일을 시작했다. 불암산과 수락산을 연계해서 달렸고 수락산과 사패산을 연계해서 달렸다. 도봉산과 북한산에는 아직 오르지 못했다. 잠시 트레일 러닝을 쉬고 마라톤 대회에 전념했기 때문이다. 하지만 우리 집 포인트 트레일 5픽은 여전히 진행 중이다. 머지않아 UTMB 몽블랑 대회 훈련을 겸해서 한 번에 5픽을 완주할 것이다.

우리 집 포인트 트레일 2픽을 할 때다. 직장 동료들과 점심을 먹으며 주말에 했던 하루 두 산 달리기 이야기했더니 나를 외계인 보듯 했다. 사람은 어디에 있느냐에 따라 정상인일 수도 있고 외계인일 수도 있다. 산에서 뛰는 게 익숙한 우리 트레일 러너들은 산에서 뛰는 건 지극히 정상이고 100km를 뛰는 건 조금 대단한 일일 뿐이다. 하지만 평소에 등산도 하지 않는 사람들에게 산에서 뛰는 사람들, 하루에 두 개의 산을 뛰는 사람들, 산에서 50km를 뛰는 사람들, 산에서 100km를 뛰는 사람들은 모두 제정신이 아닌 사람들이다.

하루에 1개의 산을 트레일 러닝으로 오를 수 있다는 것만으로도 대단하다. 자부심을 느낄 만하다. 그것은 지금 현재 건강하다는 증거다. 누구나 할 수 있는 일이 아니다. 그래도 이것이 진짜 내 몸을 위한 것인지는 한 번쯤 생각해볼 일이다. 우리 트레일 러너 밖에 있는 사람들의 생각이 어쩌면 진짜 정상일 수 있으니까.

산을 걷고 달리는 러너가 운동 효과를 얻기 위해 거리와 높이를 계속 올려야 하는 건 아니다. 한 달쯤 푹 쉬면 우리 몸은 초기화된다. 이전에 비해 약한 강도의 달리기에도 온몸이 아우성을 친다. 그러니 가끔은 푹 쉬어버리자. 아주 짧고 낮은 산 달리기에도 우리는 뻐근한 성취감을 느낄 테니까.

3장

UTMB의 정체

산 달리기 대회 때마다 쥐가 나는 이유

운탄고도 스카이레이스를 처음 알게 된 건 2020년이었다. 트레일 러닝의 인기가 지금만큼 뜨겁지 않았던 때라 대회 신청이 그리 어렵지 않았다. 대회가 끝난 얼마 후 동호회 형과 친구에게 대회 참가 후기를 들었다. 그들의 만족도는 매우 높았고 이야기를 들을수록 가고 싶어졌다. 사진에서 느껴지는 대회 분위기는 축제 그 자체였다. 2021년, 어영부영하다 대회 신청 기간을 놓치고 말았다. 대회는 전년보다 더 빨리 마감됐다. 대회 인기가 해마다 높아지고 있었기 때문이다. 2022년에는 무슨 일이 있어도 참가하기로 마음먹었다. 대회 신청을 앞두고 달리기 지인들의 이야기를 들으니 인기가 상상을 초월했다. 자칫 여유를 부렸다가는 또 참가하지 못할 것 같았다.

대회 종목은 42km, 20km, 12km가 있었다. 나는 일찌감치 20km를 신청하기로 했다. 20km 종목을 선택한 이유는 42km는 힘들 것 같았고 서울도 아닌 정선, 당일도 아닌 1박을 하는 대회에서 고작 12km를 뛰기엔 아쉬울 것 같아서다. 대회 신청 창이 열리기도 전에 컴퓨터 앞에 대기했다. 신청 시간이 되자마자 20km 신청 버튼을 클릭했다. 말도 안 되는 일이 벌어졌다. 열리자마자 신청했는데 실패한 것이다.

'트레일 러닝 대회의 인기가 BTS 콘서트와 맞먹는다고?'

남은 42km와 12km 사이에서 머리는 손보다 빠른 결정을 내려야 했다. 아무래도 가장 힘든 42km가 성공 확률이 높아 보였다. 예상은 맞았다. 42km를 무사히 신청할 수 있었다. 그런데 사람 마음이 참 간사했다. 막상 신청에 성공하자 어떻게 또 산에서 42km를 달리나 하는 걱정이 슬그머니 고개를 내밀었다.

지역에서 열리는 대회를 당일치기로 참가하는 건 쉽지 않다. 운탄고도 대회 주최 측은 선수의 고민을 정확히 파악하고 있었다. 하이원리조트와 협력해 선수들이 숙소를 편히 예약할 수 있도록 준비했다. 숙소 가격도 저렴한 편이었다. 하이원리조트에도 좋은 일이었다. 대회가 열리는 6월은 여행 비수기인데, 그 비수기에 1,500명이 훌쩍 넘는 고객을 유치할 수 있으니까. 서울에서 강원도 정선까지 운전하는 것도 만만치 않은 일이다.

주최 측은 이 문제도 미리 고려하고 있었다. 서울에서 대회장까지 버스를 이용할 사람을 사전에 모집했다. 대회 준비가 완벽해 보였다.

대회 전날 잠실 종합운동장에서 셔틀버스를 타고 대회장에 갔다. 오후 2시에 출발한 버스는 4시 반에 대회장에 도착했다. 약간 늦은 탓에 대부분의 행사가 마감을 앞두고 있었다. 내년에는 좀 더 일찍 도착해 이런저런 행사에도 참여하고 싶었다. 대회장은 여전히 러너들로 들썩였다. 혼자 온 사람들은 거의 없었다. 지인이나 친구 또는 가족과 함께 참여하는 사람들이 많았다. 그곳은 러너들의 축제장이었다.

운탄고도 대회 주최사인 '굿러너 컴퍼니'는 다양한 브랜드의 러닝화와 러닝 용품을 판매하고 달리기 이벤트를 주최한다. 회사 대표와 직원 모두 러너다. 운탄고도 대회 2주 뒤 스파르탄레이스 정선에서 굿러너 컴퍼니 대표와 직원들이 함께 즐겁고 유쾌하게 달리는 걸 우연히 봤고, 잠시 함께 달리기도 했다. 그들 모두 달리기에 진심이었다. 운탄고도 대회가 잘 만들어진 이유가 제대로 이해됐다.

대회 출발 전, 호카 대표의 인사말이 있었다.

"호카가 2022년부터 UTMB의 메인 스폰서가 됐습니다."

'UTMB가 뭐지?'

그날 나보다 먼저 트레일 러닝에 입문한 지인을 통해 UTMB의 정체를 들었다.

"UTMB는 'Ultra Trail Du Mont-blanc'의 약자야. 2003년에 몽블랑에서 처음 열린 산악 울트라마라톤 대회지. 대회 코스는 알프스에 있는 몽블랑 둘레길이고 몽블랑 둘레길은 프랑스, 이탈리아, 스위스에 걸쳐 있어."

상상만으로도 설레지만, 운탄고도 대회에 참가하지 않았다면 그런 대회가 있는지조차 알 수 없었을 것이다. 그때 진지하지는 않았지만, 가면 좋지 않을까 하는 생각을 손가락만큼 하긴 했다. 싹이 될지 안 될지 모를 씨앗이 가슴에 툭 던져진 것이다. 운탄고도 대회의 메인 스폰서는 호카였지만, 트레일 러닝를 주최하거나 트레일 러닝 대회에 대규모 후원을 하는 업체로는 호카 외에도 살로몬, 컬럼비아, 노스페이스가 있다. 최근에는 코오롱과 블랙야크도 가세했다. 트레일 러닝 대회를 주최하거나 후원한다는 건 트레일 러닝화와 용품을 만든다는 뜻이다. 지금까지 구입한 트레일 러닝 제품을 떠올리니 위 브랜드를 크게 벗어나지 않았다. 트레일 러너들에게 인기 있는 업체를 하나만 더 이야기하면 OSK다. OSK도 굿러너 컴퍼니처럼 트레일 러닝 행사를 개최하고 장비와 용품을 판매한다. 이 업체는 유명한 브랜드처럼 대규모 판매망을 구축한 건 아니지만, 괜찮은 해외 브랜드를 독점 수입하고 자체 브랜드도 개발하며 탄탄한 입지를 구축하고 있다. 직접 수입한 해외 브랜드의 가격이 저렴하지는 않지만 좋은 제품이면 살 사람은 많다. 자체 제작하는 브랜드는 가성비가 좋고 디자인도 예쁘다. 작은 회사지만 앞으로가 기대된다.

드디어 선수들의 함성으로 대회가 시작됐다. 대회를 시작하기 전 지인들은 운탄고도 대회의 코스가 무척 쉽다고 했다.

'누가 그랬어? 왜 그랬어?'

뛰는 내내 전혀 쉬운 코스가 아니었다. 내리막을 너무 빨리 뛰는 바람에 다리는 힘이 빠졌고, 트레일 러닝화의 끈을 느슨하게 묶은 탓에 발가락이 아팠고, 양말이 미끄러워 발바닥엔 동전 서너 개의 물집이 생겼다. 이것 외에도 온갖 이유로 레이스는 만만치 않았다. 10월에 열릴 서울 100km 대회에서 50km 종목을 신청한 것이 벌써 걱정됐다. 객관적으로 보면, 운탄고도 대회는 지리산 화대 종주, 영남알프스 5픽, 트랜스 제주와 비교해 확실히 쉬운 코스다. 하지만 대회를 단순히 거리나 높이로만 판단해선 안 된다. 이유는 단순하다. 짧고 수월한 코스일수록 속도가 빨라진다. 그러니 어떤 대회라도 열심히 달리는 러너는 힘들다. 운탄고도 42km를 달리는 동안 쥐가 나면 걷고 풀리면 다시 뛰었다. 그걸 반복했다. 이쯤 되자 트레일 러닝 대회를 할 때 쥐가 나는 건 당연하게 여겨졌다. 41km 지점에 사진작가가 있었다.

'폼생폼사.'

폼에 살려다 폼에 죽을 뻔(?)했다. 멋진 자세를 잡는 순간 쥐가 힘껏 솟아오르며 다리가 굳었다. 멈출 수밖에 없었다. 잠시 쉬며 다리를 푼 후 다시 달릴 수는 있었지만, 다리가 굳어 겨우 달리는 흉내만 낼 뿐이었다. 그래도 결승선 앞에선 걷지 않고 달릴 수 있었다. 그것만으로도 좋았다. 잠시 뒤 20km 종목에 참가한 친구가 골인 영상을 보내줬다. 역시 친구는 최고다. 최종 기록은 5시간 9분이었다.

대회 준비를 적당히 한 것치고는 만족스러웠지만, 원했던 기록은 아니었다. 모두가 그런 건 아니지만, 대회 때만 되면 대회 뽕을 맞아 최선을 다해 달리는 사람들이 있다. 나도 그중 하나다. 대회가 임박하면 기록이 나를 지배한다. 좋은 기록을 만들어야 한다는 프레임에서 한 발짝도 벗어나지 못했다. 기록을 내려놓아도 괜찮은데, 여전히 기록에 마음을 쓰는 걸 보면 둘 중 하나가 분명하다. 트레일 러닝 초보이거나 이루고 싶은 것이 있는 도전자이거나. 대회를 즐기는 방법이 쥐가 나도록 최선을 다해 달리는 것뿐만은 아니다. 소풍처럼 즐기는 방법도 있다. 함께 달리며 서로 응원하고 격려하고 사진을 찍으며 달리는 것이다. 이렇게 달리면 트레일 마라닉이 된다. 나는 쥐가 나도록 달렸지만, 적당한 여유가 있을 때는 함께 달리는 러너들을 응원했다. 응원을 받은 선수들은 대부분 같이 응원을 하거나 고맙다는 표현을 한다. 그런데 최상위권 선수들은 응원에 반응하지 않았다. 그 이유를 짐작해 보았다. 그들이 다른 선수를 응원하고 싶지 않아서 그런 건 아닐 것이다. 한계에 도전하느라 누구를 응원할 여유가 없는 것이다. 최선을 다해 달리는 것은 그만큼 힘든 일이니까. 마라톤을 할 때 호흡이 차고 다리에 힘이 풀리면 내 몸 하나 건사하기도 힘들다. 선두권 선수들이 힘차게 달려갈 땐 더 뜨겁게 응원하기로 했다.

대회 다음 날 중요한 하나를 깨달았다. 트레일 러닝 대회를 나갈 때마다 쥐가 났는데, 그 이유는 대회를 준비하는 동안 한 번도 쥐가 날 만큼 달린 적이 없어서였다. 프로 선수도 아닌데 그렇게 해야 하나 싶지만, 쥐가 나지 않고 빨리 달리려면 그 수밖에 없다. 그걸 이제야 깨닫다니, 역시 나는 형광등 정도 되는 사람이다. 대회에서 평소보다 2배나 빠른 속도로 오르막과 내리막을 오르내리니 쥐가 나는 건 당연하다. 그런데도 대회에 임할 때는 쥐가 날 거라는 상상조차 하지 않는다. 너무 긍정적인 사람이어서일까? 겪고 싶지 않은 건 준비조차 하지 않는 인간의 본능 때문일까?

트레일 러닝 대회가 다른 마라톤 대회에 비해 특별한 건 유난히 잘 나오는 사진이다. 대회 곳곳에 전문 작가분들이 사진을 찍어준다. 모두가 좋은 사진을 얻는 건 아니지만 열에 여덟아홉은 역동적이고 만족할 만한 사진을 얻는다. 선수들에게 멋진 추억을 안겨주려고 최선을 다하는 그분들이 고맙다. 짧은 경험과 타인들의 이런저런 평가를 들어보면, 트레일 러닝 대회 중에서는 운탄고도 스카이레이스가 으뜸이다. 여러 가지 이유가 있지만, 다양한 이벤트와 깔끔한 대회 운영, 고수와 초보자 모두가 함께 어울릴 수 있는 분위기, 1박이 포함된 여행 등이 조화롭게 섞여 있어서일 것이다. 대회장에 모인 많은 사람을 보니 문득 우리가 왜 트레일 러닝을 하는지 궁금했다. 곧이어 등산에 관한 명언이 떠올랐다. 전 세계에서 가장 유명한 등산가, 조지 멜러리가 한 말이다. 그는 산에 왜 오르냐에 대한 물음에 이렇게 답했다.

"산이 거기 있으니까."

말장난 같기도 하지만 굉장히 멋진 말이기도 하다. 무엇인가 좋아하는 데는 수많은 이유가 있을 수도 있지만, 진짜 좋아하는 건 아무 이유가 없다. 존재만으로도 좋기 때문이다. 조지 멜러리의 대답을 떠올리고 나니 나도 왜 트레일 러닝을 하냐는 질문에 조지 멜러리와 같은 대답을 하고 싶어졌다.

"산과 달리기가 있으니까, 그런 게 있으니까."

대회 참가자는 경쟁자가 아닌 동업자?

스파르탄 레이스는 장애물 트레일 러닝 대회다. 트레일 러닝처럼 5km, 10km, 20km 등 다양한 종목이 있고 선수들은 달리는 동안 다양한 장애물을 통과한다. 장애물은 당기고, 오르고, 건너고, 들고, 넘는 것들이다. 고대 로마의 군사 훈련과 비슷하다. 이 대회를 오래전부터 참가하고 싶었는데 여의치 않았다. 스파르탄 레이스는 1년에 몇 번밖에 열리지 않고 대회장도 강원도 정선처럼 서울에서 멀리 떨어진 곳이었기 때문이다. 쇠뿔은 단김에 빼라고 했지만, 나는 그러지 않았다. 시간이 흐를수록 스파르탄 레이스에 대한 열정이 사그라졌다. 평소 운전을 즐기는 사람이 아니라 집에서 정선까지는 너무 멀었다. 마라톤 대회 참가비의 2배가 넘는 비용과 왕복 교통, 숙박도 문제였다. 여러 가지로 가지 못할 이유와 핑계가 쌓였다. 스파르탄 레이스 정선 대회가 열리기 몇 달 전이었다. 이번만은 상황이 좀 달랐다. 스파르탄 레이스에 꾸준히 참가하고 좋은 성적으로 입상하던 친구가 함께 가자고 했다. 호카 에보마파테를 추천하고 영남 알프스에서 함께 달렸던 친구도 합세했다. 참가해야 할 이유가 쌓이자 마음이 참가로 기울었다.

최종 참가 신청을 하기 전에 유튜브와 블로그로 스파르탄 레이스 영상과 사진을 여러 번 보았다. 스파르탄 레이스에 참가하는 선수들은 보통의 달리기 선수들과 달리 근육질의 몸매를 자랑했다. 특히 상체는 달리기 선수에 비해 훨씬 탄탄했다. 이유는 이 대회 참가자들이 달리기보다 헬스나 크로스핏에 더 진심이었기 때문이다. 크로스핏은 크로스 트레이닝과 피트니스의 합성어로 역도와 체조, 유산소 운동을 혼합한 운동을 말한다. 유경험자들은 "달리기를 해보지 않은 사람이 마라톤을 완주할 수 없듯이 헬스나 크로스핏을 하지 않는 사람은 스파르탄 레이스의 장애물을 통과하기 어렵다"고 말했다. 나는 크로스핏을 한 번도 해보지 않아 힘겨운 상황이 충분히 예상됐는데도 별걱정을 하지 않았다.

'스파르탄 레이스가 뭐 별거겠어?'

달리기는 꾸준히 했지만, 장애물을 위한 대비는 하지 않았다. 그러거나 말거나 시간은 제 갈 길을 갔고 나는 정선에 있었다. 대회장에 들어서자 아드레날린이 솟구쳤다. 레이스를 시작하기 전부터 심장은 쿵쾅댔고 눈앞에 보이는 장애물들은 도전 의식을 자극했다. 근육질의 몸매를 자랑하는 선수들을 보자 입에선 감탄사가 절로 나왔다. 그중에는 훗날 넷플릭스에서 방영된 〈피지컬 100〉에 참가해 상위권에 들었던 선수도 있었다.

대회 초반에 나온 장애물 몇 개는 쉬웠다. 장애물 몇 개를 가볍게 끝내고 달릴 때는 자신감이 온몸을 감싸고 있었다.

'와, 이건 진정 나를 위한 달리기네!'

색다른 달리기에 어린아이처럼 흥분했다. 그 기분은 장애물이 거의 없는 10km 트레일을 달리는 동안 이어졌다. 오르막에선 트레일 러닝처럼 걸으며 회복했다. 여유롭게 숲길을 걸을 때는 대회라는 긴장감을 놓고 마라닉한 즐거움을 누렸다. 계곡에서 세수하고 손가락으로 브이를 그리며 사진을 찍을 때는 영락없는 개구쟁이였다. 옆에 있던 친구들은 학창시절 친구들과 하나도 다르지 않았다. 잠시 뒤 숲길은 사라지고 본격적인 장애물을 만났다. 초반에 만났던 장애물들과는 차원이 달랐다. 끙끙하는 신음이 절로 나왔다.

'와, 이거 장난 아니구나.'

그제야 지금까지의 자신감이 오만이라는 걸 절실히 깨달았다. 평소에 턱걸이 같은 운동을 꾸준히 하지 않으면 제대로 해내기 어려운 장애물들이었다. 보기에는 식은 죽 먹기 같은 클라이밍은 겨우 해냈고 구름사다리 건너기는 결국 실패했다. 마라톤보다 헬스나 크로스핏에 진심인 참가자들이 더 많았던 이유가 이해됐다. 이어진 장애물에서 실패와 성공을 반복하는 사이 남은 장애물을 해치울 힘은 조금씩 사라지고 있었다. 팔목과 팔꿈치 사이의 근육, 전완근의 힘이 완전히 바닥난 후부터는 힘을 써야 하는 장애물은 시도조차 할 수가 없었다.

'평소에 턱걸이라도 꾸준히 했다면….'

후회했지만 아무 소용없었다. 그 이후에 나타난 장애물은 할 수 있는 것만 하고 할 수 없는 건 구경하며 응원했다. 모두 나처럼 속수무책인 것은 아니었다. 아무 일 아니라는 듯 해내는 선수들도 있었고 최대한 노력하는 선수들도 있었다. 나는 모든 걸 내려놓았다. 장애물을 포기하자 즐거움이 찾아왔다. 피니시에 들어갈 때는 친구들과 손잡고 웃으며 들어왔다.

스파르탄 레이스는 나를 턱걸이의 세계로 이끌었다. 달리기로 다져진 하체에 비해 상체가 보잘것없다는 걸 깨달았고 기회가 되면 제대로 스파르탄 레이스를 하고 싶었기 때문이다. 그렇다고 내년에 당장 복수전을 한다는 다짐을 한 건 아니었다. 예전에도 턱걸이를 안 한 건 아니다. 할 때마다 팔꿈치가 아파 그만뒀다. 턱걸이를 시작하고 몇 달이 지났을 때다. 턱걸이는 하루만 건너뛰어도 하기 힘들기 때문에 가능하면 매일 하고 있었다. 친구들과 등산을 하다 만난 산스장(산+헬스장)에서 턱걸이를 했다. 턱걸이를 하는 나를 보던 한 친구가 팔만 쓰고 광배근(등 근육의 일부)을 하나도 안 쓴다고 했다. 몸무게는 무거운데 팔 힘으로만 턱걸이해서 팔꿈치가 아팠다는 것이다. 그때부터 광배근에 신경 쓰며 턱걸이를 하고 있다. 그 이후로는 팔꿈치가 아프지 않다. 역시 좋은 자세가 부상 없는 운동을 만든다.

턱걸이를 처음 할 때는 1개도 쉽지 않았다. 안 되더라도 꾸준히 한 달을 지속하자 몇 개를 할 수 있었다. 그 이후엔 노력에 따라 개수가 달라졌다. 내가 주로 달리는 중랑천에는 주로 옆에 철봉이 있다. 집에서 나가 2.5km를 달리면 철봉이 있고 1.5km를 더 가면 철봉이 또 있다. 거기서 턱걸이를 했다. 달리는 도중 턱걸이 환경을 만들자 턱걸이와 달리기는 시너지를 냈다. 달리기가 하기 싫은 날에도 턱걸이를 위해 나갔고 달리기를 하러 나갔다가도 철봉을 보면 자연스럽게 턱걸이를 하게 됐다. 상체를 튼튼히 하고 싶었을 뿐인데 달리기까지 덩달아 꾸준히 하게 됐다. 턱걸이는 의외의 보너스를 주었다. 상체를 역삼각형으로 만들었다. 상체가 좋아지자 몸매에 자신감이 생겼다. 예전에는 SNS에 자기 몸매를 가감 없이 드러내는 걸 이상하게 생각했는데 내가 그렇게 되자 생각이 바뀌었다. 몸을 탄탄하게 만드는 과정과 노력이 그려지면서 사람들이 SNS에 자신을 드러내는 게 자연스럽게 이해됐다. 코어 근육이 튼튼해진 건 더 기뻤다. 코어 근육은 트레일 러닝이나 마라톤을 할 때 자세가 무너지는 걸 막아준다. 트레일 러닝을 할 때 오르막을 만나면 나도 모르게 옛날 시골 할머니처럼 꼬부랑 등이 되기 일쑤다. 그런데 턱걸이를 꾸준히 한 후에는 결승선에 들어올 때까지 등이 휘지 않고 곧은 자세를 유지할 수 있게 됐다. 곧은 자세는 힘도 덜 들고 속도도 더 빠르게 한다. 마라톤을 할 때도 마찬가지였다. 턱걸이는 가을 메이저 마라톤 대회에서 목표 기록을 달성하는 공신이 됐다.

트레일 러닝 대회에선 길을 잘못 드는 경우가 예사다. 왔던 길을 다시 돌아가야 하는 상황이 펼쳐지기도 한다. 초반이면 좀 낫지만, 후반에 알바를 하면 대회를 포기하고 싶은 마음이 생기기도 한다. 그 마음은 잠깐 불어온 바람처럼 순식간에 사라지는 게 예사지만, 간혹 DNF를 할 만큼 심각한 경우도 있다. 길을 잘못 든 사람이 본인이면 하소연할 데가 없다. 간혹 나보다 앞서 달리던 사람을 그냥 따라 달렸을 뿐인데 이탈일 때도 있다. 앞서간 사람이 따라오라고 한 적은 없으나, 괜히 원망스럽기도 하다. 이것은 일종의 자기방어 기제에서 비롯된 것이니 자책할 일은 아니다. 다행히 선수들은 속으로 원망할지언정 표현하지는 않는다. 반면, 길을 잘못 든 선두 주자는 십중팔구 미안한 마음이 들어 쥐구멍에라도 숨고 싶어진다. 나도 그랬던 적이 한두 번이 아니다.

트레일 러닝에선 다른 선수들과 불편한 경험이 없었는데 마라톤 대회에선 종종 불편한 상황을 겪었다. 마라톤 대회에서 유독 선수들 간 감정 다툼이 생기는 이유는 경쟁이 치열하기 때문이다. 마라톤 대회는 수천수만 명의 선수들이 참여하기에 주로가 복잡해 서로 부딪히는 경우가 생긴다. 서로가 잘 아는 사이라면 손짓이나 눈짓으로 괜찮다는 표현을 하고 끝낼 일도 입에서 쌍시옷을 뱉으며 서로 불편한 상황을 만들기도 한다. 이런 상황을 사전에 방지하는 방법은 서로 부딪히지 않게 조심하고, 살짝이라도 부딪히면 누구라도 먼저 미안하다는 말을 하는 것이다. 추월할 때는 충분한 공간을 두는 것도 좋다.

한 해가 지나 친구가 스파르탄 레이스를 하러 해외에 나간다고 했을 때 보스턴 마라톤이나 베를린 마라톤처럼 해외에 유명한 스파르탄 레이스가 있나 싶었다. 얼마 후 다른 친구에게 2023년부터 한국에선 스파르탄 레이스를 개최하지 않는다는 이야기를 들었다. 주최 측이 한국에서 대회 개최를 중단한 이유는 적자가 누적됐기 때문이라고 했다. 아마추어 선수를 대상으로 열리는 달리기 대회는 대회 참가비와 후원사의 협찬금으로 개최된다. 2017년, 아들이 어린이 부문 스파르탄 레이스를 참가했을 때는 리복이 후원을 했다. 2022년에 내가 참가했을 때는 메인 후원사라 할 수 있는 브랜드가 없었다. 마니아 참가자들은 꾸준히 늘었을지 모르지만, 전체 대회 참가자는 조금씩 줄어들고 있었다.

어느 날 유튜브에서 민티런 채널을 보는데, 채널 운영자가 마라톤 대회에 관한 주제로 이런 말을 했다.

"우리가 이렇게 멋진 대회를 이 가격에 참가할 수 있는 이유는 함께 달리는 많은 분이 공동으로 비용을 내기 때문입니다."

10년 이상 마라톤 대회에 참가하면서도 함께 달리는 참가자가 동업자라는 건 전혀 생각하지 못했다. 망치로 머리를 한 대 맞은 기분이었다. 대회 하나를 개최하는 데는 많은 돈이 든다. 기록 측정을 위한 장비 대여, 배번 제작, 선수 보급용 간식과 음료, 대회 운영 요원 인건비 등만 따져도 만만치 않다. 나 혼자 또는 둘이 대회에 참가한다고 상상해보자. 상상하기 어려운 비용 때문에 아무도 대회에 참가하지 못할 것이다. 이렇게 보면 대회 참가자들은 서로를 위한 동업자가 분명하다. 동업자는 당연히 서로를 배려해야 한다.

다행히 열리지 않을 거라던 스파르탄 레이스가 2023년 10월에 열렸다. 앞으로는 중단없이 계속 열리면 좋겠다. 굳이 해외까지 나가는 참가자들이 생기지 않도록 말이다.

무릎 통증 없이 산을 달리는 비법

산에서 달리기를 한다고 말하면, 달리기를 하지 않는 지인들은 거의 전부 이렇게 말한다.

"무릎이 상할 텐데, 나중에 고생할 텐데…."

미래에 내 무릎이 어떻게 될지는 아무도 모른다. 쉽게 판단할 일도 아니다. 그건 전적으로 앞으로 내가 산 달리기를 어떻게 하느냐에 달려 있다. 운탄고도 대회가 끝나고 한 달 뒤 성남 누비길 트레일 러닝 대회에 참가했다. 여전히 산 달리기 요령이 부족했던 나는 더운 여름, 마구잡이로 달리고 있었다. 내리막을 지나 막 오르막에 들어서는 순간이었다. 내가 막 추월한 부부 등산객 중 남편이 아내에게 한마디 툭 던졌다.

"운동은 각자의 선택이지만 저렇게 산에서 뛰어다니면 어느 날 무릎이…."

그들과 나 사이의 거리가 조금씩 벌어졌지만, 남자의 말은 내 머릿속에 착 붙어버렸다. 그들의 말을 애써 무시하며 달렸지만, 그의 말은 신발에 붙은 껌처럼 떨어지지 않았다.

달리기는 걷기의 3배, 내리막 달리기는 걷기의 6배 정도의 부하를 무릎과 발목에 준다. 가벼울수록 관절 부담이 줄어든다. 가벼움의 기준은 사람마다 다르지만, 지극히 주관적인 나의 기준으로는 키-110 정도가 산 달리기에 좋다. 키-100 정도였던 나는 가벼운 사람보다 더 큰 부담을 무릎에 주며 달리고 있었다. 몸무게보다 나를 더 힘들게 한 건 피로 누적이었다.

'여긴 어딘가? 나는 누구인가? 나는 왜 이 짓을 하는가?'

16km 중 10km를 넘어서자 이런 생각이 머리에서 메아리쳤다. 4주 연속 대회에 참가하며 나는 몸을 혹사시키는 중이었다. 그것 외에도 작은 문제가 하나 더 있었다. 바로 생리 현상이다. 대회를 시작하고 얼마 달리지 않아 화장실에 가고 싶었다. 10km를 버텨내고 있었다. 산에서 화장실을 찾기란 만만치 않다. 한편으로 생각하면 어느 곳이나 화장실이지만, 그건 '노상방뇨'나 마찬가지다. 산에서 생리 현상이 급할 때는 길에서 멀찍이 떨어진 곳에서 해결하고 뒤처리까지 깔끔하게 하면 문제없다. 하지만 대회가 주는 압박감과 뒤쫓아오는 눈이 있어 그렇게 하기 쉽지 않다. 빨리 결승선에 들어가 화장실에서 해결하기로 했다.

충분한 휴식을 하지 않고 연이어 대회에 참가했으니 피로가 누적된 건 당연했다. 슈퍼맨이 아닌데도 통증이 없다는 이유로 휴식은 남의 일로 여겼다. 나보다 14살이 많은 지인이 있다. 그는 씨름이 더 어울릴 것 같은 건장한 체격으로 내가 달리기에 입문하기도 전에 100km, 250km 울트라마라톤을 달렸다. 충분히 가벼운 상태로 달려도 무릎이 부담을 느낄 텐데 씨름 선수처럼 무거웠으니 무릎이 얼마나 힘들어했을지 짐작된다. 그는 철인 3종에도 진심이었던 진정한 철인이었다. 그때 나는 42.195km 마라톤도 인간의 한계를 넘는다고 생각했다. 당연히 그를 사람으로 여기지 않았다. 얼마 후 그는 마라톤은 물론 달리기 자체도 그만두었다. 울트라마라톤 대회에 수시로 참가하며 무릎이 완전히 망가진 것이다. 짐작건대 대회 후 충분히 쉬지도 않았을 것이다. 한때는 누구보다 멀리 달렸던 러너가 이제는 달리기와 인연을 끊은 것이다.

그와 완전히 다른 지인도 있다. 달리기를 막 시작했을 때다. 잘 달리고 싶어 가입한 동호회에는 닉네임이 '초보'인 러너가 있었다. 그는 작은 체구와 날렵한 몸매의 소유자다. 울트라마라톤이 열리는 곳엔 늘 그가 있었고 입상자 명단에도 항상 최상단에 있었다. 예전엔 그의 닉네임으로 '고수'가 더 어울린다 여겼다. 하지만 이제 그가 왜 초보를 닉네임으로 쓰는지 짐작한다.

그의 닉네임에는 항상 초심을 유지하고 싶은 마음이 반영됐을 것이다. 그는 10년이 지난 지금도 여전히 달린다. 이제 예순을 바라보는 나이가 됐지만, 한반도 국토 종주 같은 초울트라마라톤에 여전히 진심이다. 충분히 가벼운 체구 외에 그의 달리기 비결이 무엇인지 곰곰이 생각해 보았다.

첫째, 용가리 통뼈다. 사람마다 타고난 건강이 다른데 그는 달리기에 최적화된 몸을 타고났다고 믿을 수밖에 없다.

둘째, 철저한 자기 관리다. 초고수이면서 닉네임이 초보인 걸 보면 그가 어떤 생각으로 달리기를 하는지 짐작할 수 있다. 마지막으로 충분한 휴식이다. 그렇지 않고서 어떻게 100km, 200km, 300km 마라톤과 트레일 러닝을 이어갈 수 있을까?

이런 이유에도 불구하고 그가 일흔, 여든까지 달릴 수 있을 거라는 장담은 누구도 못 한다. 흔히 마라톤은 인생을 닮았다고 한다. 산 달리기도 마찬가지다. 천천히, 자주, 적게 먹는 것이 장수의 비결이다. 달리기도 마찬가지다. 천천히, 자주, 적게 (적당한 거리) 달리는 것이 오래 달리는 비결이다. 이걸 알면서도 우리는 기록에 집착하고 울트라마라톤과 울트라트레일 러닝 같은 초장거리 달리기를 한다. 알면서도 늘 과하게 빨리 그리고 길게 달리는 이유는 단지 건강만을 위해서 달리는 건 아니기 때문이다. 우리 러너는 달리면서 삶의 의미를 찾는 존재다. 긴 거리를 달리며 자신만의 도전사를 써 내려가고 싶은 것이다. 당신도 그렇지 않은가?

적당한 수준에서 달리면 무릎은 강해진다. 정확하게 말하면 무릎을 지탱하는 근육과 인대가 강해진다. 러너들이 무릎 통증을 호소하는 것은 자신의 무릎 인대와 근육에 과부하를 줄 만큼 달린 후에 회복기 없이 바로 달리기 때문이다. 뼈가 부러져 깁스하면 뼈가 붙으면서 더 튼튼해진다. 만약 깁스하지 않고 계속 움직이면 낫기는커녕 완전히 망가질 것이다. 무릎도 같은 이치다. 충분히 휴식해야 더 튼튼해진다. 등산이나 산 달리기를 할 때 무릎 보호대를 쓰는 사람도 있다. 무릎 통증은 무릎 주위 인대와 근육을 많이 써서 생기는데, 무릎 보호대는 무릎을 압박해 인대와 근육이 흔들리는 걸 막아준다. 안 하는 것보다 도움이 되지만 임시방편일 뿐이다. 진짜 무릎에 좋은 건 하체 근력 보강 운동이다. 근력 보강 운동을 하면 무릎 주위 근육과 인대가 튼튼해진다. 다리에 힘이 들어가는 어떤 운동이든 도움이 된다. 계단 오르기, 발가락 당기기, 뒤꿈치 들기, 한쪽 다리 들기, 스쿼트, 런지 같은 운동은 일상생활을 하면서도 충분히 할 수 있다.

휴식이 운동의 완성이다. 충분히 쉬면 되는데, 말처럼 쉽지 않다. 달리기라는 운동은 한 번 빠지면 관두기 어렵기 때문이다. 훈련 수준의 달리기나 대회 후에는 의식적으로 쉬는 게 낫다. 매주 한 번은 달리지 않는 날로 정해도 좋다. 무릎이 아파도 시간이 지나면 나을 거라는 생각으로 계속 달리면 인대와 근육의 도움 없이 무릎뼈와 연골로만 달리는 꼴이다. 한번 손상된 뼈와 연골은 쉽게 회복되지 않는다. 약물 또는 수술로 회복될 수도 있지만, 비용과 시간, 스트레스 등을 고려하면 쉬는 게 답이다.

달리기를 하면 얼마나 쉬어야 할까? 일상적인 달리기에 익숙해진 후에는 5km나 10km를 천천히 달리면 24시간 휴식으로 충분하다. 매일 같은 시간대에 1시간을 천천히 달리는 건 괜찮다. 그러나 훈련이라 느껴질 만큼 길거나 빠른 달리기를 한 후에는 최소 하루는 쉬는 게 좋다. 운동 후 48시간은 운동 효과가 이어지고 48시간에서 72시간은 지나야 근육과 인대가 회복된다는 의학적 사실을 참고하자. 달리기 모임에선 빨리 달리고 길게 달리는 사람들이 추앙받는다. 울트라마라톤과 100K 트레일 러닝, 서브 3는 극강의 칭찬을 동반한다. 어쩌면 이것이 악마의 달콤한 유혹일 수도 있다는 사실을 마음에 새기자. 달리기를 하지 않는 사람들의 조언, 특히 나를 가장 사랑하는 사람들의 경고에 귀를 기울이자. 얼마 전 항상 나의 편인 가족이 산에서는 뛰지 말라고 했다. 마침 내가 그런 맘이 있어서겠지만 허투루 들리지 않았다.

성남 누비길 대회에서 나는 결국 소변을 참지 못했다. 다행히 낭패를 본 것은 아니다. 산에서 내려오자마자 만난 첫 번째 편의점에 갔다. 화장실에서 볼일을 보자 그제야 마음이 편해지고 여유가 찾아왔다. 이왕 멈춘 김에 콜라와 포카리스웨트, 아이스크림을 마구 먹으며 쉬었다. 결승선까지 1km 정도밖에 남지 않았지만, 기록을 내려놓았다. 에어컨 바람을 맞으며 차가운 이온음료를 마시는 동안 나는 한여름 날 어느 계곡에 있는 듯한 기분마저 느꼈다. 어느 대회든 출발지와 도착지에는 화장실이 있다. 주로에도 화장실이 있겠지만, 나는 그런 걸 미리 확인하지는 않았다.

어떤 대회는 CP를 화장실 근처로 정하고, 세계적으로 유명한 대회는 CP에 간이 화장실을 설치하기도 한다. 우리나라 대회도 화장실 근처에 CP를 두면 좋을 것 같다. 그런 대회도 있지만 많지는 않다. 간이 화장실을 산에 설치하는 건 어렵다. 비용도 문제지만 환경에도 좋지 않다. 선수 개개인이 철저히 준비하는 게 낫다. 달리기 대회에선 출발 전에 속을 깨끗이 비우는 습관을 들이자.

느긋한 마음으로 나만의 계곡이던 편의점에서 나왔다. 차분해진 마음으로 남은 1km를 달리기 시작했다. 비경쟁 16km 종목에 참가했지만, 자신과 경쟁하느라 애쓴 나를 격려하며 대회를 무사히 마쳤다. 대회를 마치고도 마음이 개운하지는 않았다. 무릎이 상하고 고생할 거라는 부부의 말이 쉽게 잊히지 않아서였다. 그렇다고 산에서 달리기를 멈추고 싶지는 않다. 대신 산에서 마음껏 달리다간 언젠가 무릎이 고장 날 수도 있다는 걸 인정하기로 했다. 남은 건 아는 걸 행동으로 옮기는 것이다. 트레일 러닝 대회에서 오르막과 내리막은 걷고, 임도와 능선에서만 달려도 제한 시간 안에 들어올 수 있다. 피니셔가 되는 데는 아무런 문제가 없다는 것이다.

가벼워지자.

쉬자.

걷자.

산 달리기에서 페이스를 조절하는 비결

운탄고도에서는 선두권 외국인들을 의식하며 경쟁하듯 달렸다. 마라톤에 관한 한 다른 선수들에게 부화뇌동하지 않는 편인데, 트레일 러닝에서는 그러지 못했다. 단단하고 굳은 철학이 트레일 러닝으로 이어지는 데는 훨씬 오랜 시간이 필요했다. 지극히 개인적인 생각이지만 누군가와 경쟁하는 달리기를 하는 사람은 초고수이거나 초보다. 아쉽게도 나는 후자다.

성남 누비길 대회에선 산 달리기에 대한 현타가 왔다. 산 달리기가 나를 건강하고 강하게 만든다는 이전의 생각은 온데간데없이 사라지고, 이러다간 나도 언젠가 무릎 고장으로 달리기를 접을 수 있겠다는 걱정이 찾아온 것이다. 운탄고도 스카이레이스와 성남 누비길 트레일 러닝 대회를 연이어 달린 경험은 트레일 러닝 자체에 관한 생각을 뿌리째 흔들었다. 대체로 생각은 생각일 뿐, 행동의 변화로 이어지지 않는데 이때만은 달랐다. 계기는 의정부에서 열린 33트레일런 대회였다. 트레일 러닝에 관한 한 나는 33트레일런 이전과 이후에 완전히 다른 사람이다. 33트레일런 이전에는 트레일 러닝 대회에서 페이스 조절 자체가 없었다. 주어진 코스를 무작정 빨리 달리기만 했다. 오르막이든 내리막이든 관계없었다. 할 수 있는 한 빨리 달리다 지치거나 쥐가 나면 멈추고, 다시 회복하면 최선을 다하는 식이었다. 이렇게 달려도 기록은 꽤 괜찮았다. 대회 출전 경험이 더해질수록 기록이 점점 더 나아졌다. 문제는 늘 힘겹다는 것이다.

33트레일런 출발선 앞에 서서, 무작정 열심히 달리는 대신 페이스 조절을 하기로 했다. 로드와 달리 트레일은 애초에 페이스를 일정하게 유지하기 어렵다. 오르막은 걷기만 해도 호흡이 가팔라진다. 일정한 속도로 가다간 100m도 못가 멈추게 된다. 트레일에 맞는 페이스 조절은 따로 있다. 맥박수를 관리하는 것이다. 달릴 수 없는 오르막에선 걷고 달릴 수 있는 오르막에선 천천히 달린다. 내리막에서도 페이스 조절을 한다. 오르막과 달리 호흡 조절을 위해서가 아니라 근육의 피로를 줄이기 위해서다. 엘리트 선수들은 힘을 빼고 자연스럽게 내려가라고 하지만, 미숙련자가 그렇게 하면 속도를 종잡을 수 없다. 또 허벅지에 피로가 누적되어 경련이 일어날 수 있다. 자칫 넘어지면 피와 고통을 보게 된다. 경련이나 부상이 생기면 멈출 수밖에 없어 천천히 내려가는 것보다 힘들고 시간도 지체된다. 아직 갈 길이면 나는 능선과 임도, 도로가 페이스 조절하기 가장 편하다. 오르막에선 걷고 능선에서는 마라톤 LSD 속도보다 천천히 달리고 임도와 도로에서는 마라톤 LSD 속도로 달린다. 이렇게 하면 맥박이 치솟지 않는다. 이것이 내가 생각한 페이스 조절이었다.

2021 트랜스 제주는 UTMB 몽블랑 대회 당첨이라는 행운 외에도 전국에 있는 트레일 러너와의 인연을 맺게 해주었다. 마라톤은 3~4시간에 끝나는 종목이지만 트레일 러닝은 같은 거리라도 그보다 2배 이상 걸리고 오르막이나 CP에선 아예 멈추는 경우도 많다. 자연스럽게 선수들과 대화나 공감을 나눌 기회가 많아졌다. 1시간 이상 앞서거니 뒤서거니 함께 달린 러너가 한둘이 아니었다. 대회에 참가하면 트레일 러너들을 많이 알게 될 수밖에 없다. 대회에서 내 옆에서 만나는 선수는 앞으로 또 만날 인연이니, 미리미리 인사하고 응원하며 달리는 것도 좋다.

'휴먼레이스'는 전국 규모의 러닝 동호회다. 휴먼레이스 의정부 소속 회원들이 33트레일런을 만들었다. 대회는 사람과 사람을 이어주기도 한다. 트랜스 제주에서 나와 2시간 동안 앞서거니 뒤서거니 달린 러너가 휴먼레이스 소속이었다. 이분이 인연이 되어 알게 된 러너가 송훈 님이다. 그의 닉네임은 '바보'

다. 그는 초고수임에도 '초보'라는 닉네임을 쓰는 동호회 선배처럼 바보와는 전혀 어울리지 않음에도 바보라는 닉네임을 쓴다. 그들의 닉네임에선 삶의 철학이 물씬 느껴진다. 그가 선두에서 33트레일런 대회를 개최했다.

대회가 끝나고 꽤 시간이 흐른 후, 그와 등산을 했다. 등산을 끝내고 식사를 하며 33트레일런의 뒷이야기를 들었다.

"33트레일런 대회는 재능 기부 차원이었어요. 이익을 남기는 다른 대회와 달리 적자였지요. 대회 운영진들이 모두 무료로 봉사했지만, 적자를 벗어날 수는 없었습니다. 하지만 우리는 별로 개의치 않았어요. 멋진 대회를 만들고 트레일 러너들이 마음껏 즐길 수 있는 놀이의 장을 만들었다는 데에 보람과 성취감을 느꼈거든요."

나는 동네 러너들이 적자를 봐서 안타까웠다. 이 좋은 대회가 계속 열리기 위해서는 이익을 내지는 않아도 손해를 봐서는 안 된다. 손해를 보지 않는 방법은 2가지다. 대회 참가비를 올리거나 참가 인원을 늘리거나. 참가비도 조금 올리고 참가 인원도 늘리면 단번에 적자를 벗어날 것이다. 동네 러너들의 선택이 어떻게 될지 모르지만, 그들이 초심을 갖고 대회를 이어간다면 33트레일런은 동네 대회를 넘어 누구나 참여하고픈 명품 대회로 거듭날 것이다. 그런 대회가 되길 기대한다.

33트레일런의 코스는 북한산 둘레길이다. 그곳이 달리기에 얼마나 좋은 곳인지 알았던 나는 대회 소식을 접하자마자 참가하고 싶었다. 하지만 세상만사가 하고 싶다고 다 할 수 있는 것은 아니다. 대회 날 가족 여행이 잡혀 있어 마음을 접었다. 얼마 뒤 가족 여행 일정이 취소되어 33트레일런이 생각났지만, 이미 신청 기간이 종료된 후였다. 그즈음 송훈 님과 연락할 기회가 생겼다. 마침 33트레일런에 관한 이야기였다. 용건이 끝난 후 나는 혹시 지금도 대회 신청이 가능할지 물었다. 그는 취소자가 있어 참가할 수 있다고 했고, 덕분에 나는 막차로 33트레일런에 탑승할 수 있었다. 마라톤이나 트레일 러닝 대회에서 신청 마감일 후에 취소자가 생긴다고 주최 측이 먼저 알려주는 경우는 거의 없다. 하지만 참가할 방법은 있다. 2022 서울 레이스를 앞두고 있을 때였다. 대회는 이미 마감되어 있었지만, 꼭 참가하고 싶었던 나는 주최 측에 메일로 문의를 했다. 그들은 참가할 수 있다고 했고, 그들이 알려준 방식으로 대회를 신청했다. 국내에서 열리는 100개 이상의 대회 중 3~4개를 제외하고는 대회 신청 기간 종료 후에도 대회 신청을 할 수 있을 것이다(현재는 마라톤과 트레일 러닝 대회 인기가 상상을 초월할 정도로 높아져 신청 기간 종료 후 대회 참가 신청은 거의 불가능해졌다).

33트레일런 대회 날은 비가 예보되어 있었다. 신발이 비에 젖으면 발이 붓고 무거워진다. 자칫 흙이나 작은 돌이 들어가면 물집이 생겨 안 그래도 힘든 달리기를 더 힘겹게 달려야 할지 모른다. 트레일 게이터를 착용하면 좀 더 쾌적하게 달릴 수 있고, 그것 외에도 레인 재킷을 준비하면 좋은데, 여전히 초보 트레일 러너였던 나는 그런 게 있는지도 몰랐다. 만약 필수 장비가 엄격했다면 레인 재킷도 준비했겠지만, 33트레일런 대회는 필수 장비를 요구하지는 않았다. 마침 고어텍스 트레일 러닝화 뉴발란스 이에로가 집에 있었다. 대회 날 새벽에 비는 그쳤지만, 바닥은 물기를 머금고 있었다. 고어텍스 러닝화가 나을 것 같았다. 막상 달려보니 생각보다 대회 주로는 흥건하지 않았다. 방수 소재 트레일 러닝화가 아니어도 러닝화가 통째로 젖지는 않을 수준이었다. 비 오는 날은 평소보다 훨씬 미끄러워 달릴 때 더 주의해야 한다. 33km를 달리는 동안 넘어진 사람을 셋이나 봤다. 모두 '퍽' 소리가 날 만큼 제대로 넘어졌는데 모두 괜찮다고 해서 다행이었다. 그 미끄러운 날에도 일부 선수들은 그냥 러닝화를 신고 있었다. 큰일 날 행동이다. 비가 오든 오지 않든 산에서 달릴 때는 트레일 러닝화를 신어야 한다. 엄격한 대회에서는 벌점을 받거나 실격이 되기도 한다.

나는 처음부터 끝까지 페이스 조절을 했다. 오르막을 오를 때는 빠른 걸음으로 내리막에선 천천히 달렸다. 그것도 생각만큼 쉽지는 않았다. 오르막에선 생각보다 훨씬 빨리 호흡이 가팔라져 더 천천히 걸어야 했다. 가파른 오르막에선 거북이 속도로 걷는데도 맥박수가 최대치로 치솟았다. 그때는 잠시 멈출 수밖에 없었다. 내리막에선 저절로 속도가 올라갔는데, 속도를 줄이느라 애를 먹었다. 덕분에 다리 근육의 피로를 덜고 수월하게 오르막을 오를 수 있었다. 중간에 아는 사람을 만나면 응원을 했다. 그것 또한 속도를 늦추는 방법이었다. 기록보다 페이스에 신경 써서 달리자 쥐가 나거나 '내가 여기서 왜 이러고 있지?' 하는 현타는 몰아치지 않았다.

결승선 50m 전, 송훈 님이 선수들에게 길을 안내하며 응원하고 있었다. 대회를 만든 그의 응원을 받으니 몸이 붕 솟는 느낌이었다. 처음부터 끝까지 큰 어려움 없이 달렸고, 잠시 뒤 결승선을 뿌듯하게 통과했다. 계획대로 달린 나는 어느 대회보다 만족했다. 페이스 조절을 한 첫 달리기는 성공적으로 끝났지만, 그것으로 끝난 건 아니다. 경험을 쌓아가며 산에서 나에게 맞는 페이스를 더 정교하게 알아내야 한다. 그래야 성장하고 더 큰 성취감을 누릴 수 있다. 쉬엄쉬엄 소풍처럼 달릴 때도 많지만, 열심히 달리는 싶은 대회도 있으니까.

대회를 끝내고 트레일 러닝화를 벗었을 때 양말은 여전히 뽀송뽀송했다. 비가 전혀 오지 않았고 땅이 생각보다 질척하지 않아 고어텍스의 성능을 제대로 테스트하지는 못했지만, 일반 트레일 러닝화에 비해 쾌적하게 달릴 수 있었다. 하지만 그날이 고어텍스 러닝화를 신고 달리는 마지막 대회였다. 비가 올 때는 고어텍스 할아버지 러닝화라도 소용없다는 걸 훗날 알게 됐기 때문이다. 겨울에는 고어텍스 러닝화가 보온용으로 도움이 되지만, 땅이 빙판이 되는 산에서 달리면 혹 넘어질 수도 있어 달릴 마음이 좀처럼 생기지 않는다.

33트레일런은 동네 러너들이 개최한 대회였지만, 다른 어떤 대회 못지않게 훌륭했다. 초보자들도 달릴 수 있는 코스라 어렵거나 위험하지도 않다. 달리기를 하는 사람이면 누구나 완주할 수 있는 거리와 고도다. 완주율을 확인하지는 못했지만, 참가 선수 전부가 완주했을 것이다.

더운 여름에 개최돼 습도와 기온은 높았다. 어느 때보다 갈증과 더위가 크게 느껴졌다. 이런 러너의 마음을 알았다는 듯이 주최 측은 특별한 CP를 준비해 주었다. CP 1에서는 차가운 물을 분무기로 뿌려주었고 CP 2에서는 시원한 수박을, CP 3에서는 아이스크림을 주었다. 갈증과 더위를 떨치기에 충분했다. 거기에 열렬한 응원도 더해졌다. 다른 대회도 고도나 거리로 경쟁하지 않고 선수들이 감동하는 CP로 경쟁하면 어떨까? 대회가 끝나고 받은 완주 메달은 나무로 만들어져 있었다. 별생각 없이 받았지만, 얼마 뒤 휴먼레이스 소속 회원의 재능 기부로 만들어졌다는 걸 알게 됐다. 메달이 더욱 특별하고 가치 있게 느껴졌다.

새벽 공기가 조금씩 바뀔 무렵이었다. 가을 메이저 마라톤을 앞두고 산 달리기를 잠시 쉬기로 했다. 가을 메이저 대회에서 보스턴 마라톤 기준 기록을 만들고 싶었다. 국내 3대 메이저 대회는 봄에 열리는 서울 국제 마라톤, 가을에 열리는 춘천 마라톤과 JTBC 마라톤이다. 트레일 러닝을 즐기는 사람도 메이저 마라톤 대회는 빠뜨리지 않고 참가하는 편이다. 여러 가지 이유 중 으뜸은 한 번에 수만 명의 러너와 함께 달릴 몇 안 되는 기회이기 때문이다. 가을에 트레일 러닝 대회가 없는 건 아니다. 달리기 좋은 시절이 되면 마라톤 대회뿐만 아니라 트레일 러닝 대회도 촘촘하게 개최된다. 트레일 러너들 사이에서 유명한 가을 대회는 울주 트레일 나인피크, 서울100K, 트랜스 제주다. 이 대회들도 메이저 대회와 마찬가지로 러너들의 심장을 미치광이로 만든다. 문제는 가을 메이저 대회와 트레일 러닝 대회가 서로 겹친다는 것이다. 트레일 러닝과 마라톤 사이에서 하나를 선택하기는 쉽지 않다. 나처럼 마라톤 대회에서 기록을 목표로 달린다면 트레일 러닝 대회는 자제하고 마라톤 대회에 집중하는 것이 좋다. 선택은 자유지만 하나에 집중할 때 목표 달성이 가능한 건 인생의 모든 영역에 해당한다. 마라톤에서 개인 기록을 내기 위해선 컨디션 관리와 휴식이 중요한데 트레일 러닝 대회를 참가하면 충분한 휴식을 할 수 없다. 건강을 위해서도 마찬가지다. 매주 대회에 참가하면 결국 피로가 누적되고 부상을 입을 가능성도 커진다.

아는 것과 실천하는 것은 다르다. 마라톤 대회와 트레일 러닝 대회를 촘촘하게 신청했다. 춘천 마라톤과 JTBC 마라톤, 서울 100K 대회 모두에 욕심이 났던 것이다. 내 마음은 갈대라 언제든 마라톤 대회에서 트레일 러닝 대회로 옮겨탈 수 있다는 생각도 한몫했다. 보스턴 마라톤 기록을 만들기 위해 타깃으로 잡은 대회는 JTBC 마라톤이었다. 목표는 이전 최고 기록인 2시간 59분 26초를 갈아치우는 것이었다. 처음부터 서브 3를 목표로 잡은 건 아니었다. 처음에는 보스턴 마라톤 참가 기준 기록인 3시간 10분이 목표였지만, 시간이 지날수록 마음이 바뀌었다.

'3시간 10분도 설렁설렁 달려서 만들어지는 기록이 아니다.

열심히 달려야 해낼 수 있다. 이왕 열심히 할 거라면 조금 더 열심히 해서 개인 PB를 하는 게 더 낫지 않을까?'

그해 여름, 어느 때보다 열심히 했던 트레일 러닝이 로드 마라톤에서도 효과가 나타날지 독자만큼이나 궁금했다. 결론부터 말하면 도움이 됐다. 다만, 마라톤 목표 기록에 맞는 속도 훈련을 따로 한다는 조건이 붙어야 한다. 이유는 간단하다. 달리기는 호흡이 반 근육이 반이다. 빨리 달렸을 때 호흡이 버티지 못하면 멈추고, 근육이 따라가지 못해도 멈춘다. 트레일 러닝은 호흡과 근육에 어떤 영향을 미칠까? 트레일 러닝은 조금만 뛰어도 숨이 차기 때문에 빠른 속도를 낼 수가 없다. 오르막이 많아 마라톤 목표 기록을 위한 보폭과 회전수도 나오지 않는다. 대신 한번 시작하면 로드 러닝보다 2배 이상 오래 달리기 때문에 LSD 훈련 효과를 낸다. 모세혈관을 활성화해 더 많은 산소를 마실 수 있도록 하는 것이다. 근육은 두말할 필요가 없다. 산을 10km 정도 달리면 누적 고도 500m는 훌쩍 넘어가고 40km 정도 달리면 누적 고도 2,000m는 훌쩍 넘어간다. 이 정도 난이도를 대회 속도로 달리면 거의 모든 사람이 근육 경련으로 힘들어한다. 이 과정에서 다리는 철갑을 두른 듯 튼튼해진다.

풀 마라톤 대회 코스는 누적 고도가 고작 100m 수준이다. 언덕이 높다고 악명 높은 춘천 마라톤도 200m 정도다.

2,000m를 오르내렸던 다리가 100~200m를 만나면 어떻게 될까? 누적 고도가 낮다고 힘들지 않은 건 아니지만, 다리는 풀코스를 문제없이 달릴 만큼 충분히 강해진 상태라는 건 누구나 알 수 있다.

평소에 꾸준히 트레일 러닝을 했던 러너라도 서브 3 수준의 기록 목표를 위해서는 그에 맞는 훈련을 해야 한다. 트레일 러닝 대회에선 아무리 빨라도 본인의 마라톤 목표 페이스로 달리지 못하기 때문이다. 종종 내리막에선 서브 3 페이스가 나올 때도 있지만, 그런 경우는 가뭄에 콩 나듯 한다. 언덕이 많고 주로가 울퉁불퉁한 산 달리기를 하면 전체적인 속도가 줄어든다. 트레일 러닝을 하면서도 로드에서 꾸준히 속도주 훈련을 했다면 별 어려움 없이 서브 3 준비가 됐을 것이다. 하지만 산 달리기를 즐기고 로드 달리기는 천천히 달렸던 나는 속도와는 따로 놀고 있었다. 평소에 꾸준히 안 한 사람에게 최고의 방법은 몰아치기다. 인터벌과 가속주를 하며 서브 3 속도에 익숙해져 갔다.

마라톤은 알면 알수록 과학이다. 달리기는 중력을 거스르는 운동이다. 가벼울수록 유리하다. 우리 배 속에 있는 지방은 눈에 보이지 않을 뿐이지 없는 것이 아니다. 지방만큼의 돌덩이를 짊어지고 달린다고 생각해보자. 아무리 천천히 달려도 몇 발짝 가지 않아 멈추거나 돌덩이를 던져 버리고 싶을 것이다. 비공식이지만 유일하게 풀 마라톤 서브 2 기록 보유자인 킵초게 선수와 한국 기록 보유자인 이봉주 선수를 떠올려 보자. 그들의 몸에는 군더더기 살이 전혀 보이지 않는다.

마라톤에서 러너가 달리는 거리를 공식으로 나타내면 1분당 다리 회전수와 보폭을 곱한 수에 달린 시간을 분으로 환산해서 곱하는 것이다(1분당 회전수×보폭×분으로 환산한 시간). 예를 들어, 1분당 회전수 185에 보폭 1.27m로 180분간 달리면 42.291km를 달리게 된다. 서브 3를 하는 것이다. 실제로 2시간 59분대로 서브 3를 기록한 러너의 보폭과 회전수를 확인하면 이 숫자를 크게 벗어나지 않는다. 러너가 더 빠른 기록을 세우기 위해서는 보폭을 넓히거나 회전수를 올리면 된다. 그러나 보폭을 넓히면 부상의 위험이 커지고, 회전수도 무작정 올린다고 좋은 건 아니라는 점에 주의해야 한다. 엘리트 선수들의 회전수를 참고해 본인에게 맞는 회전수를 찾아야 한다. 꾸준히 달리다 보면 저절로 보폭은 넓어지고 회전수도 빨라진다. 점점 더 빠른 러너가 되어 가는 것이다. 이것은 아마추어 선수와 엘리트 선수들 모두에게 공통으로 발견되는 현상이다. 이 원리에 따라 나온 러닝화의 기술 혁신이 카본화다. 카본화는 카본의 탄성을 이용해 회전수와 보폭을 동시에 올려준다. 용수철처럼 솟아오르는 성질로 지면에 머무는 시간은 짧아지고 높이 솟아오르니 자연스럽게 보폭은 넓어지고 회전수는 올라간다.

예전에는 러닝화 하나로 모든 달리기를 했다. 대회에서 달릴 때도 신고, 훈련을 할 때도 신고, 장거리 달리기를 할 때도 신었다. 요즘은 카본화 따로 훈련화 따로 신는다. 카본화의 가격이 일반 러닝화보다 10만 원 이상 비싸기 때문이다. 소비자의 입장에선 그만큼 비싸야 하나 싶지만, 좋은 기록을 위한 어쩔 수 없는 투자이기도 하다.

10km 기록으로 풀코스를 예측하는 공식도 있다. 10km 최고 기록에서 4.5를 곱하면 풀코스 예상 기록이 나온다. 마스터즈 러너들이 선망하는 풀코스 기록은 서브 3다. 이 기록을 달성하기 위해선 10km를 40분 이내에 달려야 하는데, 그냥 하는 말이 아니고 과학이요, 통계다. 40분에 4.5를 곱하면 딱 3시간이 나온다. 장거리를 할수록 단거리 기록이 좋아지는 건 사실이다. 그러나 매번 풀코스를 달릴 수는 없으니 10km 달리기를 통해 풀코스 예상 기록을 확인하는 건 가장 쉬우면서도 효과적인 방법이다.

계속 과학 이야기를 하면 독자들이 책을 덮을 수도 있으니 이 정도로 하고 쇼핑으로 넘어간다.

달리기 용품을 살 때 나는 주로 온라인이나 아울렛을 이용한다. JTBC 대회에서 입을 쇼츠를 사고 싶어 집에서 가까운 남양주 현대 아울렛에 갔다. 푸마 매장을 들렀다. 그곳에서 단번에 나를 사로잡는 문구를 보았다.

'Eat, Sleep, Train, Repeat.'

실력 향상을 위한 기본 원리가 거기에 있었던 것이다. 이 문구가 한글로 해석되어 내 머리에 박힐 때는 조금 더 구체적이었다.

'좋은 단백질과 탄수화물을 먹고 나쁜 지방과 술은 멀리하라. 충분한 휴식을 취해라. 훈련을 하라. 먹고 쉬고 훈련하는 걸 반복하라.'

이제 막 달리기를 시작하는 사람들은 무작정 열심히만 달리면 실력이 향상되는 줄 안다. 그렇게 하면 따라오는 건 부상뿐이다. 훈련을 열심히 한 뒤엔 그만큼 잘 먹어야 하고 잘 쉬어야 한다. 그래야 훈련이 실력으로 바뀐다. "휴식까지가 훈련"이라고 말한 지인의 얼굴이 생각났다. 실력이 점점 쌓이자 이왕 준비된 몸이니까 춘천 마라톤과 JTBC 마라톤 둘 다 예전 기록을 넘기고 싶어졌다. 관건은 휴식 시간이 고작 2주뿐이라는 것이었다. 2주만 쉬고 풀코스를 달리는 건 내 기준으로 상식 밖의 행동이다. 2주 만에 풀코스를 뛴다고 해서 당장 문제가 생기는 건 아니다. 실제로 2주 만에 풀코스를 달린 동호회 선배들은 늘 첫 번째 대회보다 두 번째 대회가 더 기록이 좋았다. 2주 만에 회복이 될 수 있는지 궁금했다. 우선은 내 방식으로 회복 시간을 찾았다.

'10km 기록으로 풀코스 기록을 예상할 때 10km 기록에

4.5배를 곱하듯이 회복 시간도 10km 대회를 회복하는 데 필요한 시간에 4.5를 곱하면 되지 않을까? 10km 대회 후 회복 시간은 48시간이면 충분하니까 풀코스는 9일이면 되지 않을까?'

내 마음대로의 방식은 크게 틀리지 않았다. 얼마 후 나는 『달리기의 모든 것』의 저자이자 정형외과 의사인 남혁우 러너의 인스타그램에서 풀 마라톤 후 회복 기간에 대한 글을 봤다. 그는 최신 논문 등을 근거로 풀코스 후 7일에서 10이면 회복된다고 했다. 회복하는 데 10일이 걸리면 그 기간에는 훈련을 하지 못하고 남은 4일간 다시 원래 실력을 회복해야 하는데, 이것이 가능한지는 의문이었다. 다만 내가 아는 거의 모든 러너는 두 번째 대회가 더 기록이 좋았으니 나도 그들의 선례를 따를 거라는 희망이 있었다. 혹시 2주 만에 몸이 완전히 회복되지 않을지라도 평생 한 번이면 그리 큰 문제가 되지 않을 거라 여겼다. 언제나 튀어나오는 나는 괜찮을 거라는 긍정 회로다. 메이저 마라톤 3개 대회 모두 '서브 3 달성'이라는 목표도 생겼다. 3개 대회 모두 서브 3를 하는 것은 달리기를 하지 않는 사람은 알지도 못하고, 러너 중에서도 90% 이상은 관심 없지만, 나에겐 꽤 가치 있는 목표였다.

춘천 마라톤과 JTBC 마라톤을 준비한 3개월간 평균 300km를 달렸다. 이전에 없던 달리기 거리였다. 어떤 이들은 고작 그 정도 달리고 유난 떠냐고 할 수도 있지만, 직장생활과 가정생활을 병행하며 3개월간 월 평균 300km를 달리는 건 만만치 않다. 또 이 거리는 과거 첫 서브 3를 했을 때의 평균 누적 거리 250km보다 20%나 증가한 것이다. 여름 내내 트레일러닝으로 다리는 철갑을 둘렀고 달리기는 과학이라는 생각으로 체중을 감량했다. 내 발에 맞는 카본 러닝화도 샀다. 푸마 티셔츠에 새겨진 멋진 문구 'Eat, Sleep, Train, Repeat'도 잊지 않고 지켰다. 춘천 마라톤과 JTBC 마라톤은 그해 여름과 가을에 흘렸던 땀방울과 노력을 배신하지 않았다. 두 대회 모두 서브 3로 결승선을 통과하며 나는 더없는 희열을 느꼈다.

4장

도전! UTMB

목표를 나누면 계획

2023년 새해가 밝은 지 열흘하고도 며칠이 더 지났을 때다. 새해에는 특별한 달리기 목표가 없고 추운 겨울이라 일상 달리기를 이어가고 있었다. 평소 광고로 가득한 이메일을 거의 열어보지 않는 편인데 이날은 무슨 마음으로 그랬는지 출근길 지하철에서 메일함을 열었다. 발신인이 'UTMB Mont-Blanc'인 이메일이 도착해 있었다.

'이건 뭐지?'

「congratulation! Your name has been drawn to participate in the OCC in 2023…… To validate your participation, you must finalize your registration on your My UTMB

runner space before January 20. 2023 at 11:59 pm by paying the registration fee.」

UTMB 몽블랑 대회가 버킷리스트인 사람들은 참가 신청일을 손꼽아 기다려 신청하고, 기도하는 마음으로 결과를 기다렸을 것이다. 하지만 나는 그냥 한번 신청해봤을 뿐이라 UTMB 몽블랑 대회를 신청했다는 것조차 까마득히 잊고 있었다. 메일을 보고서도 바로 이해하지 못했던 것이다. 잠시 시간이 흐른 후에야 무슨 내용인지 깨달았다. 어쩌다 당첨된 나는 어떻게 대회 신청 기간을 알았는지, 정확히 언제 대회를 신청했는지, 당첨 결과는 언제 나오는지조차 기억하지 못했다. 하마터면 당첨 결과를 알지도 못하고 지나칠 뻔했다. 당첨 직후에도 UTMB 몽블랑 대회가 트레일 러너들에게 얼마나 큰 선망의 대회인지 알지 못했다. 참으로 어처구니없는 생각까지 했다.

'이게 됐네? 가? 말아?'

약간의 호기심으로 항공권과 호텔부터 검색했다. 항공권은 130만 원이었고 호텔은 거의 없었다. 결승선인 샤모니 시내에서 꽤 먼 호텔을 발견했는데, 6박에 조식 제외 기준으로 200만 원이 넘었다. 내 기준으로는 무척 비쌌다. 약간의 검색으로 UTMB 몽블랑 대회 동안 인구 1만 명 도시인 샤모니에 1만 명의 선수들과 가족 여행객들이 몰린다는 사실을 알게 됐다. 그제야 비싼 호텔 가격이 이해됐다. 항공과 숙박비, 식비와 여행 경비를 합하면 500만 원은 훌쩍 넘을 것 같았다.

'이 가격을 주고 간다고?'

UTMB 몽블랑 대회가 나에겐 그다지 간절하지 않았다. 간절함의 크기는 노력에 비례한다. UTMB 참가를 위해 오랜 시간 노력했다면 그만큼 간절함도 커졌을 것이다. 당첨되자마자 기쁨에 겨워 바로 항공권과 숙소을 예약했을 것이다. 전혀 그렇지 않았던 나는 갈지 말지 혼돈 속에 빠지고 말았다. 간절함의 크기는 돈으로도 환산 가능했다. 나의 간절함은 보통의 해외여행 정도였다. 항공권은 100만 원, 1주일 숙박비도 100만 원, 식비와 경비를 합해 100만 원, 총 300만 원을 넘지 않았다. 그런데도 그냥 포기하기엔 왠지 아쉬워 틈나는 대로 UTMB 몽블랑을 검색했다. 검색하면 할수록 가야 할 이유가 늘어났다. 인터넷에서 3~4번 신청해도 떨어졌다는 사람의 글을 보았을 때 UTMB 몽블랑이 가고 싶다고 갈 수 있는 대회가 아니란 걸 알게 됐다. 유튜브에서 UTMB 몽블랑 영상을 봤는데 대회 주제가인 'Conquest of Paradise'를 들으니 가슴이 뜨거워졌다. 간절함이 조금씩 싹트고 있었던 것이다.

여기저기서 정보를 모으는 사이 한국인이 운영하는 숙소를 알게 됐다. 유스호스텔 느낌이었다. 숙박료는 호텔의 반의반 값이었다. 얼굴에 미소가 무지개처럼 생겼다. 간절함이 커지고 비용을 낮춰도 문제가 해결된 건 아니었다. 혼자라면 내 결정으로 끝이지만, 가족이 있는 나는 가족의 동의가 필요했다. 그래야 마음 편히 다녀올 수 있다. 가족이 동의하지 않는 대회에 가봤자 제대로 즐기지 못할 게 뻔하니까. 아내에게 UTMB 몽블랑 당첨 사실을 알리고 동의를 구했으나 아내는 긍정도 부정도 하지 않았다. 대회 등록 마감일은 하루하루 다가오고 있었다. 가슴속이 타들어갔지만, 아무렇지 않은 척했다.

마감일을 3일 앞두고 저녁 식사를 할 때였다. 아내가 막 고등학생이 되는 딸에게 의견을 물었다.

"아빠가 몽블랑 마라톤 대회에 가는 거 어떻게 생각해?"

딸의 거침없는 답변이 쏟아졌다.

"당연히 가야 하는 거 아냐? 또 당첨될 보장이 있는 것도 아니잖아. 아빠는 이제 젊은 나이가 아니라 앞으로 달리기를 조금씩 줄여야 해. 한 살이라도 젊은 지금 가야지. 만약 엄마가 당첨으로 가야 하는 콘서트에 됐어. 갈 거야? 안 갈 거야?"

달리기를 조금씩 줄여야 한다는 말은 동의하기 어려웠지만, 아내를 설득하기엔 충분했다. 나는 달리기에 진심이지만 아내는 음악에 진심이다. 그런 아내는 딸의 의견을 반박하지 못했다. 딸의 명쾌한 논리 덕분에 가족의 동의를 구한 후 나는 곧바로 대회 등록을 했다.

UTMB 몽블랑 대회는 거리에 따라 다양한 종목이 있다. 한국인이 주로 참가하는 종목은 UTMB(171km, 누적 고도 10,000m), CCC(101km, 누적 고도 6,100m), OCC(56km, 누적 고도 3,600m)다. 종목별 거리와 누적 고도는 약간씩 바뀌는 것 같았다. 대회 참가비는 국내 트레일 러닝 참가비와 비슷했다. 생각보다 저렴하게 느껴진 건 마라톤 대회 참가비는 해외가 국내보다 훨씬 비싸기 때문이다. 내가 당첨된 OCC 종목은 115유로(한화 약 15만 원)였다. 결제 버튼을 누르자 카드사에서 문자가 날아왔다. UTMB 참가가 확정된 것이다. 잔잔한 미소가 얼굴에 번졌다. 항공권은 선택의 여지가 별로 없었다. 대회가 열리는 샤모니에 가기 위해선 스위스 제네바 공항이 제일 가까운데 직항은 없었다. 비행시간이 가장 적게 걸리는 항공편은 카타르 항공과 아랍에미리트 항공이었다. 일정과 개인적 선호를 고려해 카타르 항공을 선택했다. 카타르 항공이 아랍에미리트 항공보다 조금 좋게 느껴진 건 얼마 전 열린 월드컵 효과였다. 가격은 140만 원이었다. 1주일 전에 비해 10만 원이 올라가 있었다.

숙소가 확정되는 데는 시간이 걸렸다. 한국 사람들이 많이 이용한다는 샤모니 알펜로제에 예약 이메일을 보냈다. 연락이 없어 또 메일을 보냈다. 짜증이 슬 오르기 시작했지만 어디 물어볼 곳은 없었다. 블로그에 답답함을 토로하는 글을 남겼더니, 알펜로제를 다녀온 누군가가 거기는 원래 더딘 곳이니 좀 기다리면 연락이 올 거라고 했다. 답답한 마음에 한숨만 나왔다. 얼마 지나지 않아 메일이 왔고 나는 4인실 중 한 자리를 예약할 수 있었다. 금액은 한화로 5만 원, 6박을 예약하니 총 30만 원이었다. 숙박비가 200만 원에서 30만 원으로 툭 떨어져 춤이라도 추고 싶었다. 애초에 편하게 여행할 마음은 없었다. 입상하기 위해서라면 모든 조건을 컨디션에 맞춰야 하지만, 나는 입상할 실력이 되지도 않거니와 세계 각지에서 온 마스터즈 트레일 러너들과 어울리고 싶은 마음도 컸다. 공동 숙소에서는 코를 고는 사람 때문에 잠을 자기 어려울 수도 있지만, 웬만해선 잠을 잘 자는 나는 그것도 별문제가 되지 않았다. 그래도 3M 귀마개는 준비하기로 했다.

대회를 어떻게 달릴지 고민이 시작됐다. 경쟁이나 입상을 위해 참가하는 대회는 아니지만, 세계 최고의 대회이니만큼 최선을 다하고 싶었다. 아름다운 트레일과 멋진 풍경을 제대로 느끼고, 전 세계에서 몰려든 트레일 러너와 소통도 하고 싶었다. 이 모든 걸 한 번에 한다? 동시에 하기 어려운 것들이 계속해서 생각났다. 일단 대회 준비에 최선을 다하기로 했다. 56km와 누적 고도 3,500m를 문제없이 완주하기 위해 대회 직전에 최소 50km와 누적 고도 3,000m 이상의 훈련을 하기로 했다. 한 번도 달린 적이 없는 코스였기에 작년 선수들의 기록을 참고하는 게 도움이 됐다. 2022년 기준 1등은 5시간, 총 완주자 1,509명 중 10%에 해당하는 150위의 기록은 7시간, 50%에 해당하는 750위의 기록은 9시간, 마지막 완주자의 기록은 14시간 30분이었다.

'2021년 트랜스 제주 대회의 완주 기록과 그 이후 대회 기록을 고려했을 때 앞으로 남은 기간 열심히 준비하면 10%에 해당하는 기록에 근접할 수 있지 않을까? 열심히 하되 조금 여유롭게 달려 50% 수준인 9시간에 완주하면 어떨까? 아예 주최 측이 주는 모든 시간을 주로에서 보내는 건 어떨까?'

마음이 갈팡질팡했다. 최종 결정은 뒤로 미루기로 했다. 어쩌면 대회 출발선에 설 때까지 갈팡질팡은 계속될 것 같았다. 마음이 온통 몽블랑에 가 있을 때 연중 가장 큰 달리기 이벤트가 다가오고 있었다. 서울 마라톤 대회가 두 달 앞으로 다가온 것이다. 우선 마라톤 대회에 집중하기로 했다. 서울마라톤이 UTMB 몽블랑의 워밍업인 셈이다. 서울 국제 마라톤이 끝난 후에는 매달 한 번은 30km, 한 번은 20km, 한 번은 10km의 산 달리기를 하기로 했다. 계획에는 매월 트레일 러닝 대회 참가도 있었다. 집 근처에 트레일 러닝을 하기 좋은 불암산이 있다. 불암산은 서울 둘레길 1코스나 수락산과 사패산 등 인근의 산과 연결돼 있어 트레일 러닝을 위한 최적의 장소다. 대회 준비를 위한 환경이 더할 나위 없이 좋았다.

목표를 나누면 계획이 된다. UTMB 몽블랑에 맞춰 달리기를 계획하자 도전하고 싶고 설레는 이벤트가 하나씩 생겼다. 작년에 하고 싶었지만, 엄두를 내지 못했던 강북 5산 종주(불수사도북)도 그중 하나다. 불수사도북은 44km에 누적 고도 3,500m 내외다. 집에서 가장 가까운 종주 코스지만 쉬운 코스가 아니라 큰마음을 먹어야 가능하다. UTMB 몽블랑은 큰마음을 먹기에 충분한 이유가 된다.

나만 잘하면 모든 게 좋은 상태였다. 훈련은 실전처럼 장비를 다 갖추고 달리기로 했다. '연습은 실전처럼, 실전은 연습처럼'이라는 오랜 격언을 실천하기로 한 것이다. 유튜브에 등장하는 UTMB 몽블랑 대회 피니셔의 모습을 보자 가슴이 벅찼다. 결승선에 어떻게 들어올지 상상하는 건 재미도 있었고 동기부여도 됐다. 몽블랑에 다녀온 유튜버들이 올린 영상은 대회 준비에도 도움이 됐다. OCC 종목의 최고 고도는 2,250m밖에 되지 않아 고산증은 크게 걱정하지 않았지만, 사람마다 달라 준비할 필요는 있었다.

유일하게 아쉬운 건 산에서 함께 달릴 러너가 주위에 없었던 것이다. 무엇이든 혼자 하는 것보다 함께 하면 좋다. 작년 트레일 러닝계에서 유명한 크루인 올댓트레일(현재 저스트레일)에 가입하려고 그 모임 멤버인 친구에게 모임이 어떤지 물었다. 올댓트레일은 트레일 러닝을 열심히 하는 사람이 모인 곳이고 매주 모임이 있다고 했다. 나와 맞지 않는 건 출석률이 높아야 한다는 것이었다(지금은 그렇지 않다고 한다). 이른 새벽부터 달리기를 끝내고 아빠의 시간이나 남편의 시간을 보내야 하는 나로서는 참가하기 쉽지 않은 모임이었다. 다른 동네에서 모이는 모든 러닝 크루는 이동하는 시간이 필요했다. 이동할 필요 없이 바로 달릴 수 있는 러닝 모임은 어디 없을까? 우리 동네에는 좋은 산 달리기 코스가 있으니 동네 러너들과 함께하면 좋을 것 같았다.

'이참에 트레일 러닝 모임을 하나 만들어?'

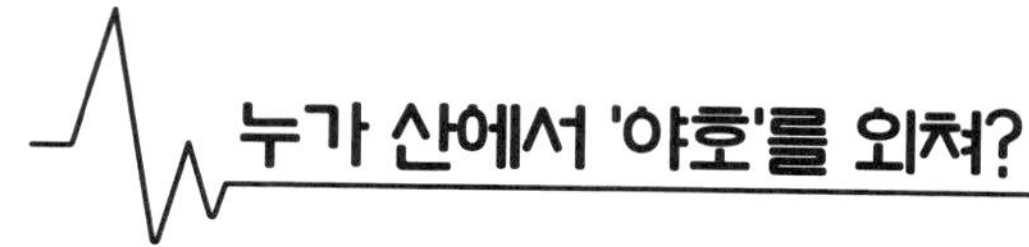

누가 산에서 '야호'를 외쳐?

'함께'의 힘이 필요했다. 시공간을 넘나드는 능력이 있다면 함께 달리고 싶은 사람은 많다. 그건 어벤저스나 가능한 일이다. 지역 기반의 달리기 모임이 좋은 이유는 언제든 가까운 곳에서 모여 함께 달릴 수 있어서다. 다행히 동네에 트레일 러닝을 좋아하는 친구들이 몇 명 있는 행운이 내게 있었다. 동네 친구들에게 트레일 러닝 크루를 하나 만들면 좋겠다고 말하자, 흔쾌히 그러자고 했다. 동네 트레일 러닝 모임은 누가 주도하고 누가 따라가는 게 아니다. '자유'가 모토였다. 달리고 싶은 사람이 모날 모시에 어디서 함께 달리자고 먼저 말하면 함께 모여 달린다. 함께 달리자고 했는데 아무도 없다면 이론적으로는 혼자 달려야 하지만, 거의 100%의 확률로 함께 달릴 사람이 있다. 모임에 가입한 사람 대부분이 엎어지면 코 닿을 곳에 살고, 달리기에 진심이고, 트레일 러닝에 재미를 느끼고 있었기 때문이다.

친구들과 머리를 맞대고 짜낸 모임 이름은 T4H다.

T4H를 풀어 쓰면 Trail for 4 H(Happiness, Health, Hope, Harmony)다. 한글로 풀이하면 4개의 H를 위한 트레일이고, 4가지 H는 행복, 건강, 희망, 조화다. 우리가 지향하는 바를 담았다. 트레일 러닝을 하는 이유는 행복하고 건강한 삶을 위해서다. 건강과 행복이 있는 한 내일의 삶이 더 나아질 거라는 희망도 있다. 함께 하는 모임은 조화로워야 한다. 나보다 남을 먼저 생각할 필요까지는 없지만, 나만 생각해서는 안 되기 때문이다. 여럿이 모이자 크루의 모습이 차츰 모양을 갖추기 시작했다. 재능 있는 친구의 도움으로 예쁜 로고도 생기고 단체 티셔츠도 만들었다.

처음에는 3~4명으로 시작했지만, 시간이 흐를수록 인원도 늘었다. 친구들이 동네에서 달리는 트레일 러너들을 데려온 덕분이다. 우리가 달리는 시간은 주로 새벽 5시에서 6시 사이다. 그렇게 시작하면 보통 8시에서 9시에 끝난다. 주말이나 휴일의 8시나 9시는 가족들이 한 명씩 잠에서 깨어날 시간이다. 아침을 시작하기에 전혀 늦은 시간이 아니다. 인원은 차츰 늘어나 20명이 됐다. 주말이나 휴일에 누군가 산 달리기를 하자고 했을 때 5명 정도는 참석한다. 함께 달리기에 딱 적당한 숫자다.

20명은 나름대로 의미 있는 숫자다. 소속감과 유대감을 느끼기에 적당하다. 그 이상이 될 때는 누군가는 주연이 아닌 조연이 되는 현상도 나타나기 때문이다.

어느 달리기 모임이든 정기 모임의 기본 코스는 있다. 우리 동네 동호회의 경우 창동교 아래에서 시작해 북쪽 의정부 방향까지 5km를 돌아오는 10km가 기본 코스다. 대체로 1시간이면 모든 러너들이 달리기를 끝낸다. T4H의 출발지는 불암산 나비정원으로 정했다. 그곳에 주차장이 있기 때문이다. 새벽 시간에는 대중교통이 없다. 집에서 달려서 오는 사람도 있지만, 자동차로 오는 사람도 있기에 주차장이 필수였다. 불암산을 자주 오르내렸지만, 기본 코스를 확정하는 데는 여러 번의 트레일 러닝이 필요했다. 나비정원을 축으로 오른쪽으로도 달리고 왼쪽으로도 달렸다. 등산로보다 달리기 좋은 코스를 찾는 게 목적이었다. 여러 번 시도하다 보니 자연스럽게 좋은 코스가 눈에 들어왔다. 불암산 나비정원에서 출발해서 전망대를 찍고 화랑대 방향으로 2km를 달리면 불암산 정상과 화랑대역으로 가는 갈림길이 나온다. 거기서 불암산으로 방향을 틀어 3km를 달리면 불암산 정상이다. 올라온 반대쪽 덕릉고개 방향으로 2km를 달린 후 서울 둘레길 1코스를 따라 화랑대 방향으로 달려 전망대를 찍고 불암산 나비정원에 오면 10km가 된다.

10km를 채워 기본 코스를 만든 건 10km를 달리면 만점의 기분이 들기 때문이다. 트레일 러닝에서 10km를 완주하는 데는 로드에서 달릴 때보다 2배의 시간이 들고 경우에 따라서는 3배의 시간이 들기도 한다. 누군가 컨디션이 좋지 않아 지체될 경우도 있기 때문이다. 선두권 주자와 후미권 주자의 거리가 벌어지는 경우도 있다. 이 문제는 토끼 조와 거북이 조로 나눠 출발하고, 먼저 달리기를 마친 토끼 조가 거북이 조를 마중 나가는 것으로 해결했다. 바쁜 회원들은 빨리 끝내고 집으로 돌아가고 여유가 있는 친구들은 좀 더 달리거나 휴식하며 기다리기도 했다. 무엇이든 자유롭게 하는 것이 T4H의 모토다. 여럿이 함께 달릴수록 신경 써야 할 산 예절은 늘어났다. 산을 오르거나 트레일 러닝을 할 때 알고 하는 잘못도 있지만, 몰라서 하는 잘못도 있다. 어른이 된 후에는 정상에 올랐을 때 "야호!"를 외치지 않지만, 그것이 산 예절에 어긋난다는 걸 T4H 회원을 통해 알게 됐다. 향수를 뿌리고 산에 오르는 건 이해가 안 됐지만, 그것이 잘못인지는 더 이해하기 어려웠다. 향수는 벌이나 야생 동물을 자극해 본인은 물론 주위 사람을 위험에 빠뜨릴 우려가 있다는 말을 듣자 그제야 고개가 끄덕여졌다.

트레일 러닝을 막 시작할 때는 일부러 소리 없이 앞사람을 피해갔다. 그것이 예의인 줄 알았다. 그런데 앞에 가는 등산객이 화들짝 놀라는 것이 아닌가. 그들이 느끼기에 산짐승이 내려오는 거랑 별반 다르지 않았을 것이다. 그때부터 나는 멀찌감치서 인기척을 내거나 천천히 걸으며 인사를 하고 지나간다. 그러면 등산객은 대체로 길을 비켜주거나 응원을 해준다. 다른 예절과 마찬가지로 산 예절도 배려에서 시작된다. 내가 다녀갔다는 흔적을 남기지 않고 소리 소문 없이 걷고 달리면 문제가 없다. 큰 소리로 떠들거나 스피커로 노래를 들으며 산을 오르내리는 것은 타인에게 피해를 주거나 야생 동물을 자극해 본인도 위험해질 수 있다. 산에서 음악을 듣고 싶은 사람은 이어폰이나 헤드셋을 사용하면 된다. 돈이 조금 들지만 골전도 이어폰을 사용하면 주위에서 나는 소리도 들을 수 있어 안전하게 트레일 러닝을 즐길 수 있다.

좁은 길을 오르거나 내릴 때는 특히 주의해야 한다. 자동차를 운전할 때 방어 운전을 하듯 방어 달리기를 하는 것이 안전하다. '올라가는 사람이 먼저 피해야 하나 내려가는 사람이 먼저 피해야 하나 그것이 문제요'라고 생각하는 사람도 많지만, 그런 건 따지지 말고 먼저 보는 사람이 피하고, 가능하면 먼저 인사를 하면 아무 문제 없다.

불암산 트레일 러닝 기본 코스는 서울 둘레길 수준의 난이도에 불암산 정상을 포함하고 있다. 그럼에도 10km 중에 달릴 수 없는 오르막은 고작 1km 남짓이다. 트레일 러닝 코스로 안성맞춤인 것이다. 이 코스를 많은 사람에게 알리고 싶은 생각이 든 순간, 문득 대회를 개최하고 싶어졌다.

"트레일 러닝 대회를 개최하면 어떨까?"

크루원 모두가 좋다고 했다. 좋은 추억이 될 수 있을 것 같다고 했다. 대회 종목은 T4H 기본 코스 1바퀴를 달리는 10km, 두 바퀴를 달리는 20km, 천천히 한 바퀴를 달리는 비경쟁 10km, 세 종목으로 정했다. 모집 인원은 각 종목당 100명씩, 총 300명으로 정했다. 막상 대회 개최를 위한 준비는 시작했지만, 실제로 개최하기는 쉽지 않았다. 대회를 대회답게 치르고 싶은 의욕이 컸던 것이다. 우선 불암산 나비정원에서 대회를 위한 아치나 조형물을 설치하는 게 불가능했고 마이크를 사용할 수도 없었다. 노원구청의 협조를 받으면 일사천리로 해결되는데, 노원구청은 등산연맹이나 육상연맹 등 노원구 소속 스포츠 단체 외에는 지원하기 어렵다고 선을 그었다. 예산과 인력이 제한되어 있으니 일리가 있는 말이기도 했다. 대회 개최를 위해서는 돈도 생각보다 많이 들었다. 대회에는 기록칩과 기록증이 기본이다. 출발선에만 기록 측정 기계를 놓고 불암산 정상에서는 수기로 체크한다 하더라도 200만 원이 필요했다. 300명이 먹을 물과 간식, 완주 기념품을 준비하는 데도 돈이 들었다. 이런저런 걸 고려하니 처음 생각했던 1인당 참가비 3만 원을 훌쩍 넘어갔다.

트레일 러닝은 도로에서 달리지는 않아 도로 통제가 필요 없고 경찰의 협조를 받지 않아도 되는 장점은 있다. 그래도 위험한 산에서 달려야 하기에 선수들의 안전이 무엇보다 중요하고, 사고가 발생했을 때는 신속한 대처가 필요하다. 대회 주최를 구체화할수록 첩첩산중이었다.

결국 포기하고 말았다. 돌이켜보면 주최하고자 하는 의지와 열정이 충만했다면 어떻게든 대회를 개최할 수 있었을 것이다. 대회 주최를 시도하고, 거기에 드는 노력과 예산, 필요한 스태프의 인원을 알게 되자 마라톤이나 트레일 러닝 대회를 개최하는 사람들의 열정과 노고를 알게 됐다. 그 이후 참석하는 대회에서 설령 미흡한 부분을 발견하더라도 그들을 이해하는 폭이 넓어졌다. 훗날 때가 무르익으면 대회를 하나 개최하고 싶은 마음은 여전히 있다. 딱히 노원에서 개최해야 하는 건 아니고 반드시 불암산이어야 할 이유도 없다. 내일의 삶이 어떻게 될지 알 수 없듯 내일의 트레일 러닝도 어떻게 될지 알 수 없다. 새로운 열정이 타오를 때까지 기다리기로 했다. 대신 T4H 회원들이 주축이 되어 먼 곳에 있는 지인들을 게스트로 초청해 이 좋은 불암산 코스를 맛보게 하고 싶었다.

어디서나 나보다 잘 달리고 멀리 달리는 사람은 있다. 동네 크루 T4H에도 있다. 모임에서 나도 잘 달리는 축에 속하긴 하지만, 나는 상상도 하지 않는 100km 대회를 참가하고 밤에 출발해서 100km를 끝낼 때까지 밤새 야간 트레일 러닝을 하는 러너가 있다(2024년 마피아런 크루 트레일러닝 대장 현승 형이다). 그의 달리기는 다른 사람의 의욕을 충만하게 하거나 아연실색하게 만든다. 그가 수시로 100km 달리기를 카톡 단톡방에 인증하지만, 나는 아직 거기에 넘어가지 않고 있다. 주식 투자도 매매하는 당사자의 책임이듯 트레일 러닝도 직접 달리는 당사자의 책임이다. 내가 100km를 달릴 때 내 몸에 어떤 일이 일어날지 여전히 알 수 없고, 100km 트레일 러닝이 가져올 득실을 따졌을 때 무엇이 더 클지 확신하지 못하기 때문이다. 100km 한도를 풀면 100마일 뚜껑까지 열려, 한도 끝도 없는 달리기를 할 것 같은 불안감도 있다. 그래도 사람의 미래는 알 수 없다.

100km 울트라를 달리는 그는 이런저런 준비물과 장비 준비에 한 치의 허점도 없다. T4H 회원들과 함께 불암산 트레일 러닝을 할 때다. 그날 게스트로 한 친구가 왔는데 불암산 정상 앞에 있는 나무에 머리를 부딪혀 피부가 찢어지고 말았다. 머리와 이마가 순식간에 피로 붉게 물들었다. 멀리 있는 사람조차 깜짝 놀랄 상황이었다. 마침 곁에 있던 100K 러너는 가방에서 비상 구급킷을 꺼내 신속히 대처했다. 소독과 지혈을 하고 손수건을

이용해 상처 부위를 감싸 묶고 그 위에 모자를 씌웠다. 응급처치가 완료된 것이다. 순식간에 해결한 상황이라 약간은 어리둥절했다.

다친 사람도 대단한 용기의 소유자였다. 피가 나는 상황에서도 평정심을 유지하고, 응급처치가 다 되자, 괜찮다고 말하며 다시 트레일 러닝을 이어갔다. 산에서 다치면 하산할 때까지 스스로 이동하는 것 외엔 대안이 없긴 하다. 생명이 위급한 상황이라면 헬기를 불러야 하지만, 그런 경우는 절대 일어나지 않아야 한다. 그날 이후 나도 가방에 구급킷을 꼭 넣고 다닌다. 아직까지 한 번도 구급킷을 쓰지 않았지만 사고는 언제나 예고 없이 찾아오니까.

초보 탈출 비결

문득 '내가 트레일 러닝을 제대로 하는 게 맞나?' 싶었다. 2% 부족하다는 느낌과 트레일 러닝을 제대로 하고 싶은 열의로 얼마 전부터 트레일 러닝을 공부하기 시작했다. 트레일 러닝에 관한 유튜브와 대한산악연맹에서 제공하는 교육 영상, 트레일 러닝 책을 하나씩 보고 읽었다. 트레일 러닝도 큰 틀에서 달리기지만, 트레일 러닝만의 노하우가 있었다. 전문가들과 경험 많은 트레일 러너들의 조언은 이랬다.

'내리막에선 팔을 양쪽으로 펼쳐 균형을 잡아라. 발 앞쪽보다 발바닥 전체를 디디고 모퉁이를 돌 때는 바깥쪽으로 달리는 게 안전하다. 오르막에선 달릴 수 있는 구간과 달릴 수 없는 구간을 나눠라. 오를 수 없는 오르막을 오를 땐 걷고, 걸을 때 머리와 등을 곧게 펴라. 손바닥으로 무릎을 누르며 올라가면 수월하

다. 달릴 수 있는 구간에서도 걷고 뛰기를 반복하면 덜 지친다.'

지금까지 몰랐던 지식은 그간 산에서 달린 경험과 뒤섞였다. 어떤 것들은 쉽게 이해됐지만, 어떤 것들은 의문이 들었다. 지식이 하나씩 늘 때마다 트레일 러닝 영상을 만들고 책을 쓴 사람들이 고마웠다. 트레일 러닝의 기술이나 방법에 단 하나의 정답이 있는 건 아니다. 실력에 따라 나에게 맞는 게 있고 맞지 않는 것도 있기에 경험자들이 알려준 것들을 참고만 하고 실전을 통해 확인하기로 했다. 트레일 러닝 책에는 상식과 상상을 초월하는 러너들이 있었다. 이 바닥에선 위대한 아웃라이어들이었다. 그들은 전 세계 곳곳에 있는 사막을 달리고, 남극과 북극을 달리고, 며칠 동안 수백 km를 달렸다. 하루 이틀 잠을 자지 않고 달리는 것은 예삿일이다. 그들에 비하면 50km 대회에 종종 나가고 인생 최대 길이인 UTMB OCC 대회를 준비하는 나는 그야말로 새 발의 피다. 그들이 어떻게 그런 말도 안 되는 달리기를 하는지 상상조차 쉽지 않았다. 그러나 그들을 부러워하진 않기로 했다. 그들을 따라 달리다가는 가랑이가 찢어지거나, 그전에 집에서 쫓겨나거나, 통장이 텅텅 빌 수도 있으니까.

코리아 50K 대회에서 22km 종목을 준비하며 몇 가지 다짐을 했다.

첫째, 페이스 조절을 철저히 한다.

둘째, 넘어지지 않는다.

셋째, 알바를 하지 않는다.

이런 다짐들은 무작정 열심히 했던 지금까지의 트레일 러닝이 무식했다는 것을 인정한 결과다.

2023년 첫 대회인 코리아 50K는 트레일 러닝을 본격적으로 공부하고 만나는 첫 번째 대회였다. 영상과 책을 통해 알게 된 경험과 노하우를 직접 시험할 기회였다. 예상치 못한 문제는 날씨였다. 대회를 앞두고 비 예보가 있었고 시간이 지날수록 기정사실화됐다. 대회가 아니면 굳이 산에서 달리는 사람은 아닌지라 우중 트레일 러닝 경험이 없었다. 굳이 따지자면 2021년 트랜스 제주 대회 때 짧게나마 비를 맞았지만, 그때 비는 살짝 흩뿌린 정도라 비옷을 입지 않았는데도 옷이 젖지 않았다. 코리아 50K 당일의 비는 흩뿌리는 정도가 아니었다. 대회 전부터 비가 쏟아졌고 대회가 진행되는 동안에도 비는 그칠 줄 몰랐다. 인생에서 처음 마주하는 우중 트레일 러닝이 곧 시작될 참이었다. 궂은 날씨에도 이상하리만치 마음은 구름처럼 둥둥 떠다녔다. 그건 마음가짐이 달랐기 때문이다. 대회를 위해 준비한 것이 어떤 결과를 만들지 기대됐다. 비를 맞으며 몸을 푸는 사이 출발 시각이 다가왔다. 진행자의 짧은 안내에 이어 출발 신호가 떨어졌다.

트레일은 흙이다. 비를 맞은 트레일은 진흙이, 어떤 구간은 진흙탕이 된다. 선두 주자는 사람들이 밟지 않는 트레일을 달리지만, 후미 주자들은 엉망진창인 트레일을 달려야 한다. 달리는 동안 앞뒤에서 "악, 악, 악" 하는 비명이 수시로 들린다. 앞구르기, 뒤구르기, 슬라이딩, 기어가기가 난무하고 선수들이 넘어지는 건 당연하다. 나는 트레일 러너들이 알려준 노하우와 경험, 적당한 행운 덕분에 넘어지지 않고 달렸다. 유튜브와 책에서 배운 지식이 도움이 된 것이다. 운이 가장 컸지만, 그건 도움이 되는 정보는 아니니 일단 제쳐두자. 바닥이 거칠 때는 다리를 좀 더 높이 들어 올리고, 미끄러진 흔적이 있는 길은 피하고, 누군가 밟지 않은 트레일을 디디는 것이 넘어지지 않는 요령이다.

나는 유년 시절 시골에서 살았다. 산은 놀이터였다. 그때는 등산화나 트레일 러닝화가 있는지도 몰랐다. 지금으로서는 감히 상상도 하기 힘든 매끈한 신발을 신고 달렸다. 때로는 넘어지기도 했지만, 나도 모르는 사이 조금씩 산 다람쥐가 되어가고 있었다. 그때 산에서 뛰어놀았던 경험이 35년 후 트레일 러너로 살아가는 데 도움이 된다는 걸 이제야 알게 됐다. 역시 우리 인생에서 도움이 되지 않는 경험은 없다.

비가 온다는 소식에 대회 직전까지 고어텍스 러닝화를 신을까 고민에 고민을 거듭했지만, 나는 보통의 트레일 러닝화를 신었다. 발목까지 잠기는 물웅덩이와 진흙길이 달리는 내내 이어져 트레일의 상태가 고어텍스로 막을 수 있는 수준을 넘어섰다. 고어텍스보다 가벼운 보통의 트레일 러닝화를 신은 건 길이 길이 빛날 선택이었다. 비가 많이 내리는 날 대회에 출전할 때는 고어텍스 트레일 러닝화를 고민 없이 제쳐둘 것이다. 대회를 앞두고 구입한 트레일 게이터는 흙과 이물질이 신발 안으로 들어오는 걸 적당히 막아주었다. 양말이 젖는 건 피할 수 없지만, 그것 외에는 달리는 내내 별문제 없었다.

악산일수록, 주로가 거칠수록 발목과 무릎에 부담된다. 평소에는 무릎과 발목 테이핑을 하지 않는데 이날은 했다. 트레일 러닝 대회 코스가 워낙 악명높았기 때문이다. 테이핑 방법은 유튜브를 몇 번 보며 익혔다. 무릎 테이핑은 즉시 효과를 내는 건 아니지만, 발목 테이핑은 한 치의 흔들림도 없는 발목을 만들어 달리는 내내 발목이 보호받는 느낌이었다.

왕방산 정상을 오르면서 시야가 살짝 흐려졌다. 내 눈이 잘못됐나 싶어 그나마 깨끗한 손가락 등으로 눈을 살짝 비볐지만, 시야의 변화는 없었다. 비와 안개의 문제였다. 조금 더 조심해서 달리는 수밖에 없었다. 달리는 동안 순위 변동은 거의 없었다. 나도 누군가를 따라잡았지만, 누군가는 나를 따라잡고 있었다. 무리에서 내가 앞장설 때는 길을 잘 찾아야 한다는 생각에 속도가 떨어졌다. 속도가 떨어지자 호흡이 편안해지고 힘을 아낄 수 있었다. 누군가를 따라갈 때는 길을 찾지 않아도 되니 마음이 편하다. 대신 앞사람을 따라가느라 호흡은 거칠어진다. 앞과 뒤, 둘 중에 무엇이 좋냐고 물어보면 둘 다 좋다고 말할 수밖에 없다. 앞서갈 때는 힘을 아껴서, 뒤에 갈 때는 맘 편히 달릴 수 있어서.

코리아 50K 대회는 좋은 기록을 낸 선수들에게 골든벨과 실버벨을 부상으로 준다. 그건 순위 입상과는 다른 기록 시상이다. 남성 선수들의 경우 골든벨 기준 기록은 3시간 15분이었다. 대회 전날 코스도를 보며 예상 기록을 약간 여유 있게 가늠하니 3시간 20분이었다. 조금 노력하면 3시간에 들 수 있을 것 같았다. 대회 출발 전이었다. 가민 GPX를 작동시키면서 예상 기록을 3시간으로 맞췄다. 시작부터 끝까지 3시간에 맞춰 달릴 마음은 없었다. 중요한 건 페이스 조절이었다. 처음부터 끝까지 페이스를 지켜야 내가 의도한 산 달리기가 될 테니까.

레이스는 흔들림 없이 내가 원하는 대로 되고 있었다. 한 번도 멈추지 않았다. 한 번도 넘어지지 않았다. 한 번도 길을 헤매지 않았다. 한 번도 현타를 느끼지 않았다. 비결은 호흡 관리였다. 레이스 초반에는 맥박수 160을 넘지 않고 달렸다. 3km

를 그렇게 달리니 호흡이 트여 170까지 올려도 달릴 만했다. 오르막에선 심박이 160~170 사이를 오갔다. 이 맥박수로 설정한 건 풀 마라톤을 그렇게 달려낸 경험이 있기 때문이다.

기분이 좋아 더 잘 달릴 수 있다는 희망의 나래를 펼치는 순간 몸이 휘청거렸다. 다행히 넘어지지 않고 균형을 잡았다. 넘어지지 않은 건 반은 운이고 반은 바로 집중한 덕분이다. 트랜스 제주에서 넘어진 것이 생각났다. 고통으로 배운 경험은 머리에 각인되어 쉽게 잊히지 않는다. 넘어지면 앞으로의 레이스가 어떻게 될지 모른다. 한 번 넘어지면 수시로 넘어지는 징크스도 있고 지금까지 잘 달려서 생긴 자신감도 일정 부분 사라질 게 뻔하다. 쥐도 조금씩 났다가 사라졌다를 반복하고 있었다. 다행히 충분히 통제 가능한 수준이었다. 달릴 수 없는 오르막에선 걸었다. 보폭을 좁게 걸으며 다리 근육의 부담을 최소화했다. 내리막에서도 적절히 속도를 조절하며 무리하지 않았다. 나보다 경험 많은 트레일 러너들이 알려준 작은 비법들이 실전에서 도움이 되고 있었다.

드디어 결승선이 있는 운동장이 보였다. 제대로 달렸다는 생각에 달부심이 차올랐다. 코리아 50K 전에 참가한 대회에선 달릴 때마다 대회에 끌려갔는데 이번에는 내가 대회를 주도했다. 마라톤 대회에선 1초라도 빨리 들어오려고 애를 쓰는데,

이번에는 그러지 않았다. 결승선 앞에서 잠시 멈춰 나만의 세리머니를 했다. UTMB 영상을 따라 한 것이다. 결승선 앞에서 잠시 멈춰 서서 자신만의 세리머니를 하는 선수들이 멋져 보였기 때문이다.

완주 기록은 2시간 40분이었다. 대회 전에는 이 기록을 전혀 기대하지 않았다. 스스로도 놀랐다. 무작정 열심히 달리는 것보다 페이스를 조절하는 것이 훨씬 더 좋은 성과를 낸 것이다. 결승선에 들어오며 나에게 박수를 쳤다. 대회장을 빠져나오는데 휴먼레이스 바보님이 따뜻한 아메리카노를 건넨다. 그가 건넨 커피는 세상 어떤 커피보다 따뜻했다. 달리기로 만난 인연이 고마웠고 내적 친밀감은 더욱 커졌다. 지금까지 달린 트레일 러닝 대회 중에서 가장 만족스럽고 스스로 한 단계 도약한 기분이었다.

마라톤 인생에서 극적인 전환점은 2014년 중앙 마라톤이다. 달리기 3년 차에 나간 2014 중앙 마라톤(지금의 JTBC 마라톤) 대회에서 나는 이전보다 15분 이상 기록을 단축했다. 그전까지 늘 있었던 부상을 처음으로 겪지 않고 완주해냈다. 당시에는 1년에 한 번씩 풀코스를 달렸다. 마라톤 3년 차까지는 풀코스 대회를 달릴 때마다 무릎 부상이 생겼고, 마지막 3km 내외를 걸을 수밖에 없었다. 부상이 사라지니 딱 그만큼 기록이 좋아진 것이다.

트레일 러닝에서 극적인 전환점이 2023 코리아 50K가 될 것 같았다. 돌이켜보면 늘 열심히 달렸지만, 갑작스러운 컨디션 난조나 근육 경련으로 멈춰야 했다. 가파른 언덕이 아닌데도 1km 페이스가 30분이 넘어간 상황이 꼭 한 번은 있었다. 그때마다 힘은 빠지고 멘탈은 무너졌다.

"여기는 어딘가? 나는 왜 이러고 있는가?"

10km를 빨리 달려 10분을 단축한 게 무슨 소용인가? 코리아 50K에서 한 번도 멈추지 않고 달려내면서 자신감이 부쩍 커졌다. 다시 오리무중이 된 건 UTMB 몽블랑 대회다. 이 대회 전까지 UTMB 몽블랑 대회에서 즐기는 쪽으로 마음이 쏠렸지만, 부쩍 커진 자신감이 의욕을 불태웠다. 지상 최고의 대회에서 살랑살랑 놀기만 하면 아쉬울 것 같았다. 그렇다고 당장 빨리 달릴 결심을 하기는 쉽지 않았다. 어렵고도 어려운 선택이었다. 다시 결정을 뒤로 미루기로 했다. 대회에서 어떤 레이스를 할지 당장은 알 수는 없지만, 대회 준비는 여전히 계속됐다.

매월 대회에 참가하며 UTMB 몽블랑 대회를 준비하기로 한 건 대회가 최고의 훈련이기 때문이다. 그런 마음으로 선택한 대회가 4월 코리아 50K, 5월 3일 동안 100K 달리는 제주 국제 트레일 러닝 대회, 6월 운탄고도 스카이레이스였다. 7월과 8월 초에는 마땅한 대회가 없었다. 대회 참가 대신 집에서 가까운 강북 5산(불수사도북) 종주와 지리산 화대 종주를 생각했다. 해피레그 울트라마라톤 50K 대회와 OSK 서울 둘레길 한 바퀴 서바이벌 행사가 열릴지 몰랐을 때였다.

코리아 50K에도 50K 종목이 있다. UTMB OCC를 준비하는 데는 50K를 참가하는 것이 더 낫다. 50K 대신 22K를 달린 이유는 코리아 50K와 제주 국제 트레일 러닝 대회 사이에 고작 1주일이란 시간밖에 없었기 때문이다. 50K를 달리고 회복 없이 다시 32km, 32km, 36km를 연속으로 달리면 부상이 생길 가능성이 있다고 판단했다. 산에서 뛰기도 전에 알았던 유일한 트레일 러닝 대회가 제주 국제 트레일 러닝 대회다. 2015년, 동호회 회원 중 한 분이 대회 참가 후기를 동호회 카페에 올렸다. 요약하면 이렇다.

'참가 선수들은 3일 동안 100km를 달리고, 대회 기간 선수들은 게르(몽골식 천막집)에서 합숙한다. 마치 국가대표 선수들이 전지훈련을 하는 느낌이었다. 낮에는 달리기로, 밤에는 대화로 즐거움을 누린다. 제주의 바다와 오름은 특별한 추억을 선사한다. 더 많은 분이 이 대회를 즐기면 좋겠다.'

그의 글은 가슴을 뛰게 했다. 당장 제주를 달리는 상상을 했다. 100km는 부담됐지만, 선수들과 합숙하며 함께 동고동락하는 것이 매력으로 다가왔다. 시간이 흐르며 기억에서 조금씩 멀어진 건 산 달리기에 입문하지 않아서다. 산 달리기를 바로 시작했다면 좀 더 일찍 제주에서 달렸겠지만, 산에서 달리기를 한 건 좀 더 시간이 흐른 뒤였다. 내가 2023년 제주 국제 트레일 러닝 대회에 참가하기로 했을 때 수년 전의 그 글이 다시 떠올랐다. 산 달리기에 빠진 뒤라 예전보다 몇 배나 설렌다. 달리기는 혼자보다 함께 하면 재미도 2~3배가 된다. 친한 친구들에게 대회 참가를 알렸고 함께 하자고 했다. 친구들도 흔쾌히 대회를 신청했다. 대회 일을 핸드폰 D-day 어플에 저장했다. 하루하루 다가올수록 기분이 좋아졌고 설렘은 차곡차곡 쌓여갔다.

3일간 이어지는 대회를 부상 없이 잘 달리기 위해선 몸 상태에 맞는 세심한 계획이 필요하다. 나는 첫날과 둘째 날 즐거운 트레일 마라닉을 하고 마지막 날은 UTMB 몽블랑 대회 훈련으로 열심히 달리기로 했다. 끝까지 부상 없이 UTMB 몽블랑을 준비하고 싶었다. 하지만 대회가 눈앞에 다가왔을 때 짙은 그림자가 드리워졌다. 대회 3일 연속 비가 내린다는 예보였다. 코리아 50K처럼 하루 비를 맞으면 끝나는 대회는 마치고 집에 가면 되기에 별문제 없지만, 3일간 이어지는 대회에서 연이어 비가 내리면 곤란한 일이 한둘이 아니다. 달리기를 하지 않는 사람은 비를 맞고 계속 달리는 걸 상상하기 힘들다. 어떤 사람들은 아예 대회 참가를 포기할 수도 있다. 달리기를 진심으로 좋아하는 축에 드는 나는 대회를 포기하고 싶은 마음은 없었지만, 화창한 날에 달리고 싶은 마음은 누구보다 컸다. 더군다나 장소가 제주였다. 아쉬움이 깊어졌다. 비가 오면 준비물이 많아진다. 대회 필수 물품도 추가되고 비에 젖은 러닝화는 하루 만에 마르지도 않는다. 우중주를 대비한 트레일 러닝화와 옷, 준비물이 추가되자 여행 캐리어가 소형에서 대형으로 바뀌었다.

대회가 금요일부터 일요일이라 예약한 제주행 비행기는 목요일 오후, 서울행 비행기는 월요일 새벽이었다. 대회 전날, 대회 신청을 함께 한 올레 형은 제주도에 먼저 도착해 있었다. 나는 이제 막 트레일 러닝에 눈을 뜨기 시작한 동호회 이온 형과 같은 비행기를 탈 예정이었다. 생각해보니 2년 만에 타는 비행기였다. 코로나가 해제되고 사람들은 해외여행을 시작했지만, 나는 해외여행은커녕 비행기도 한 번 타지 않았다.

정확히 2년 전인 2021년 5월 4일에도 김포공항에 갔다. 그때는 아들과 함께 공항에 왔다. 원래 계획대로라면 2021년 4월 아들과 보스턴으로 마라톤 여행을 떠났어야 했으나 코로나로 가지 못했다. 제주는 보스턴 대타였다. 그날도 제주 날씨는 좋지 않았다. 결국 공항에서 탑승 절차를 시작하기도 전에 비행기는 결항됐다. 그 여행은 일주일간 계획되어 있었기에 다음 날 새벽 첫 비행기를 타고 떠났다. 제주 날씨는 더없이 화창했고, 어제 무슨 일이 있었냐는 듯 하늘은 시치미를 뚝 뗐다. 제주 여행 내내 내 마음에는 무지개가 떠다녔다. 기억은 미화됐고 결항은 여행을 떠올리는 유쾌한 추억이 됐다.

과거의 결항은 유쾌할지라도 현재의 결항은 불쾌하다. 아쉬움이 걷잡을 수 없이 커졌다. 불안한 징조는 수화물을 부칠 때부터 있었다. 항공사 직원이 결항될 수도 있다고 말했다.

'에이 설마….'

상상조차 하고 싶지 않았다. 나의 의지와는 아랑곳없이 결항이 현실이 되는 데는 1시간도 걸리지 않았다. 다른 공항도 사정은 마찬가지였다. 김해에서 제주로 출발하기로 한 지인은 출발하지 못하고 비행기 안에서 대기하고 있었다. 얼마 후 그는 결항 소식을 알렸다. 비행기를 탑승한 후에 결항하면 더 허망할 것 같았다. 대구에서 이륙한 비행기는 하늘에서 돌아다니다 회항했다고 한다. 대회를 하루 앞두고 어처구니없는 일들이 일어난 것이다. 단념하기엔 아쉬움이 컸다. 항공사 직원에게 물어보니 내일도 결항 가능성이 크다고 했다. 가고 싶은 마음이야 셀 수 없을 만큼 컸지만, 내일 다시 공항에 와도 허탕을 칠지도 모른다고 생각하니 항공권을 다시 사기가 망설여졌다. 갈팡질팡하다 제주행을 포기했다.

버스를 타고 집으로 돌아오는 기분은 달리기를 하다 개똥을 밟았을 때와 다르지 않았다. 대회 신청부터 지금까지 있었던 일들이 하나씩 떠올랐다. 깊은 한숨이 나왔다. 대회 참가비는 얼리버드로 30만 원이었다. 그건 그대로 날아가나 싶었다. 대회가 취소될 것 같지는 않았다. 이미 대회장엔 꽤 많은 사람이 모였고, 주최 측은 참가비로 대회 준비를 마친 상황이었다. 내가 대회를 주최한다면 결항으로 오지 못한 참가자들에게는 대회

레이스 패키지는 지급하고, 차기 대회 참가권을 주면 어떨까 싶었다. 결항으로 오지 못한 사람이 얼마나 될지 모르지만, 차기 대회 참가권을 준다고 해도 모두가 참가하지는 못할 것이다. 내년 대회에 인원을 조금만 늘리면 되지 않을까 싶었다. 결항으로 대회에 참가하지 못한 사람들에게 기념품과 참가권을 제공하는 것은 타의로 발길을 돌린 사람들에게 적당한 위안이 될 게 분명했다. 모든 사람이 나와 같은 생각을 한 건 아니었다. 불암산 트레일 러닝 대회 개최를 시도하며 주최 측의 어려움을 알게 된 나의 생각일 뿐이었다. 보통의 참가자들은 불가항력적 상황이었으니 주최 측이 어떤 특별한 조치를 할 거라 기대했다.

함께 대회를 신청한 지인의 생각도 마찬가지였다. 비록 천재지변일 경우에 주최 측은 아무런 책임이 없다고 사전에 알렸지만, 실제 아무 조치도 하지 않는다면 도의적 책임을 피할 길은 없었다. 2년 만에 되풀이된 결항은 의아했다. 5월은 계절의 여왕인데, 제주만은 예외인가 싶었다. 집에 오는 길에 집 앞 편의점에서 막걸리를 2병 샀다. 아무것도 하지 않고 하루를 보내기엔 마음의 찌꺼기가 사라지지 않을 것 같았다. 대회를 얼마나 기대하고 손꼽아 기다렸는지는 가까이 있는 사람이 제일 잘 안다. 아내는 풀죽은 내 모습이 측은했던지 닭갈비를 안주로 준비해 주었다. 막걸리는 순식간에 사라졌다.

다음 날 이른 새벽에 일어났다. 아쉬움을 달리기로 완전히 털어내고 싶었다. 동네 트레일 T4H 친구들과 1시간을 달리고 맥모닝을 먹으며 수다를 떨다 보니 아쉬움도 조금씩 사라지는 듯했다. 그날 저녁이었다. 마라닉TV 운영자 올레 님은 매주 화요일과 금요일 저녁 7시에 영상을 올리는데, 금요일 저녁 7시가 되자 어김없이 영상이 올라왔다. 영상 속 제주의 푸른 하늘과 바다는 내 마음을 흔들었다. 제주행 불씨는 여전히 꺼지지 않고 내 마음속에 있었던 것이다. 바로 항공권을 예약했다. 사흘간 이어지는 대회가 하루밖에 남지 않았지만, 출발한다고 마음을 먹는 순간 그건 중요하지 않았다. 하루도 설렘을 주기엔 충분했다.

이틀 전과 같은 경로로 김포공항에 갔다. 2년 만에 타는 비행기는 설렘을 가득 채우기에 충분했다. 제주에 무사히 도착했다. 제주공항에서 선수들이 숙식하는 표선생활체육관까지는 꽤 멀었다. 버스나 택시로 이동해야 했다. 저녁 식사와 레이스 브리핑 시간을 맞추기 위해 택시를 탔는데, 택시비가 비행기 가격보다 비쌌다. 어이없는 웃음이 피식 나왔다. 저녁 식사 시간은 6시부터 7시, 레이스 브리핑이 7시에서 8시, 9시부터 취침이었다. 식사 시간이 끝나기 10분 전에 목적지에 도착했다. 표선생활체육관에 들어서자 양치기 님이 반갑게 인사했다. 김해공항에서 비행기가 결항되어 발길을 돌렸던 분이다. 매년 히말라야 트레킹을 하고, 히말라야 트레킹을 가기 위해 달리기를 시작했다는 그를 볼 때마다 히말라야를 향한 도전이 꿈틀댄다.

식당에서 올레 형을 만났다. 그는 환하게 웃으며 나를 반겨주었다. 잘 왔다는 생각이 들었다. 식당에는 여전히 식사하는 선수들도 있었고 음식도 푸짐하게 남아 있었다. 늦게 도착했지만, 저녁을 먹는 데는 아무런 문제가 없었다. 서둘러 식사를 마치고 레이스 브리핑을 하는 강당에 갔다. 이미 앉을 자리가 없을 만큼 선수들이 가득 차 있었다. 트레일 러너들이 만든 열기는 대단했다.

'안 왔으면 어쩔 뻔….'

레이스 브리핑에서 대회 관계자는 다음 날 대회 일정과 코스를 설명했다. 비가 많이 와서 미끄럽다는 것과 일반적인 주의사항을 알려주었다. 레이스 브리핑에 이어 2일 차 대회 순위 발표와 간단한 이벤트 시상식이 끝나고 깜짝 놀랄 일이 일어났다. 당일 생일을 맞은 선수에 대한 축하 파티가 이어졌던 것이다. 대회장에서 생일 축하를 한다는 건 상상도 하지 못한 일이다. 대회 운영진의 배려가 있어 가능했겠지만, 선수들 모두가 한마음으로 축하한 이유는 1박 2일을 동고동락하며 끈끈한 유대감을 나눴기 때문일 것이다.

이틀 전 결항으로 오지 않았다면 대회를 치른 사람들의 이야기를 들으며 하염없는 아쉬움을 삼켰을 것이다. 남의 것이 더 커 보이는 건 세상 모든 것이 같으니까. 비록 이틀 늦게 도착했지만, 잘한 선택이었다. 영화 〈포레스트 검프〉의 초콜릿이 생각났다. 먹어보기 전엔 어떤 맛일지 알 수 없지만 달콤할 건 분명하다. 제주에서 열리는 트레일 러닝 대회도 마찬가지였다. 끝까지 보지 않아도 해피엔딩으로 끝나는 영화처럼.

독자들은 결항으로 참가하지 못한 선수들에게 어떤 보상이 있었는지 궁금할 것이다. 주최 측은 모든 선수에게 기념 티셔츠를 발송하기로 했다. 내가 기대한 다음 대회 참가권은 없었다.

찐 고수의 자격

대회일 이른 새벽, 사람들이 바스락대는 소리에 잠이 깼다. 시간이 지나며 체육관은 조금씩 생기를 찾았다. 대회장으로 이동하면 체육관에 다시 올 일이 없어 잠자리를 정리하고 짐을 쌌다. 식사를 마치고 곧바로 대회 준비를 했다. 대회장까지는 버스로 이동해야 한다. 사전 고지된 버스 출발 시각이 다가왔을 때 관계자의 외침 소리가 들렸다.

"제주 지역 폭풍우로 대회 코스가 36km에서 20km로 단축됐습니다."

예상된 상황이라 놀라지는 않았다. 비를 맞으며 장시간 밖에 있으면 저체온증의 위험이 있기 때문이다. 날씨가 원망스러웠지만, 주최 측의 판단에 고개를 끄덕일 수밖에 없었다. 주최 측이 준비한 버스를 타고 가시리 조랑말 체험장으로 갔다. 그곳이 출발지였다.

대회장엔 10km 선수들도 도착해 있었다. 시간이 흐를수록 분위기는 달아올랐다. 빨리 달릴 마음은 애초에 없었지만, 빨리 달리고 싶어도 날씨가 그걸 허락하지 않는 상황이었다. 출발 카운트다운에 이은 출발 신호에 선두권 주자들은 쏜살같이 달려나갔고 후미 주자들은 천천히 발걸음을 옮기기 시작했다. 시작부터 진흙이었고 여기저기 굵직한 말똥이 보였다. 시작할 땐 진흙과 말똥을 피했지만, 100m도 못 가 어디로 뛸지 선택할 수 없는 난장판이 됐다. 바로 뒤에서 달리는 여성 주자의 "마라톤보다 훨씬 재미있지 않아?"라는 물음에 그녀의 친구는 확신에 찬 목소리로 "응, 맞아! 맞아!"를 연거푸 외쳤다. 어린 시절 돼지똥이니 소똥이니 하는 가축들의 똥을 치우는 게 일이었던 나는 고개를 갸우뚱할 수밖에 없었지만, 눈앞에서 많은 사람이 똥물 트레일을 진심으로 즐긴다는 사실을 인정할 수밖에 없었다.

제대로 뛸 수 있는 트레일이 아니었다. 걷고 뛰기를 반복하다 제주 러너 재엽 님을 만났다. 2021년 트랜스 제주에서 같이 달린 경험과 그 인연으로 서울에서 저녁 식사까지 했기에 자연스럽게 함께 달리기 시작했다. 대화의 주제는 서로의 근황과 제주의 날씨에 이어 내일 한라산 트레일 러닝으로 옮겨갔다. 관음사에서 출발해 성판악에 도착한다고 하자 제주 토박이다운 알짜 팁을 알려주었다.

“내일 날씨가 좋다던데, 부럽네요. 사라오름은 꼭 올라가 보세요. 백록담에서 성판악으로 내려오는 길에 있어요. 비가 많이 와서 호수가 가득 찰 거예요. 제주에 사는 저도 본 적 없을 만큼 만수는 귀해요.”

몸은 가시리를 달리고 있었지만, 마음은 이미 한라산에서 달리고 있었다. 백록담을 실물로 본 적은 한 번도 없었다. 책에서만 봤던 백록담을 본다는 생각에 내일이 더 기다려졌다. 비가 계속 내려 쉬지 않고 달렸더니 순식간에 결승선에 들어와 있었다. 트레일 마라닉을 떠난 올레 형과 윤호 님을 기다리는 사이 몸은 점점 식어갔다. 비가 그칠 기미는 전혀 없었고 갈아입을 옷도 없었다. 이럴 줄 알았다면 갈아입을 옷을 물품보관소에 맡겨야 했는데, 옷은 올레 형의 차에 있었고 차 키는 그와 함께 뛰고 있었다. 시간이 흐를수록 추위는 더 살을 파고들었다. 비와 땀에 젖은 반팔 티셔츠를 벗고 기념품으로 받은 긴팔 피니셔 티셔츠로 갈아입었다. 갈아입기 전보다 나았지만 춥긴 매한가지였다. 러닝 베스트에 있는 서바이벌 블랭킷으로 몸을 덮었으면 나았을 텐데, 그런 건 항상 상황이 끝나야 생각난다.

친구들이 도착한 후 서둘러 목욕탕으로 갔다. 목욕탕까지 가는 차 안은 히터로 따뜻했지만, 차가워진 체온은 바로 회복되지 않았다. 뜨거운 탕에 들어가서야 다시 몸에 온기가 돌아왔고, 얼굴에도 웃음이 살아났다. 주최 측의 레이스 축소 결단은 현명했다. 주최 측이 36km를 강행했다면 저체온증에 걸린 선수들이 속출하고 어쩌면 아찔한 불상사도 일어났을 것이다. 목욕탕에서 윤호 님이 한라산 트레일 러닝을 함께 하자고 했다.

'아싸!'

나에겐 천군만마였다. 혼자 하는 트레일 러닝보다 둘이 하는 트레일 러닝이 무조건 더 낫다. 조금 과장하면 백배 더 낫다.

시간이 천천히 흐르면 좋겠다는 바람과 달리 여행지에서의 하루는 순식간에 지났다. 눈을 뜨니 벌써 새벽 4시였다. 느긋하게 준비를 하고 5시 반에 호텔을 나섰다. 택시를 타고 관음사 탐방로로 가는 길에 건물과 건물 사이로 햇살이 드러났다 사라지기를 반복했다. 지난 금요일부터 자취를 감췄던 태양이 나흘만에 모습을 드러낸 것이다. 친한 친구를 제주에서 우연히 만난 것처럼 반가웠다.

우리는 20분 만에 관음사 탐방로에 도착했다. 한라산은 생명 그 자체였다. 트레일과 나무, 숲과 계곡은 촉촉하게 젖어 있었다. 어제까지 내린 비로 모든 게 싱그러웠다. 하늘에는 구름이 듬성듬성, 시야는 뻥, 우리의 기분은 랄랄라. 숲의 향기는 코로, 숲의 소리는 귀로 하염없이 들어왔다. 그야말로 오감이 만족하는 트레일 러닝이 시작되고 있었다. 트레일 러닝을 하기 전에도 산에 종종 올랐지만, 산이 좋아서라기보다는 새해 일출이나 친목 모임 같은 연중행사의 하나로 찾은 산일 뿐이었다. 트레일 러닝을 알게 된 후부터는 매달 산에 올랐는데, 그러면서 산이 조금씩 더 좋아졌다. 코로나에 걸려 자가격리를 할 때는 산에 관한 책과 영화를 보는 것이 하루의 일과였다. 산에 관한 영화와 책을 보자 산이 더 좋아졌다. 책을 덮고 영화를 끌 때마다 한결같이 든 생각은 등산이든 트레일 러닝이든 산에서 하는 운동은 건강은 물론 인생에도 도움이 될 거라는 것이었다.

한라산을 오르며 잠시 트레일 마라닉 속도를 찾는 데 골몰했다. 좋은 코스와 동반자, 멋진 날씨가 나에게 여유를 주어서 그랬을 것이다. 산은 오르막과 내리막이 있고 중간에는 능선이 있다. 능선이라도 주의를 집중하며 달려야 하기에 평지보다 속도가 느리다. 시계를 보지 않고 걷고 달릴 때 편안하면 그것이 마라닉 속도다. 사람마다 속도가 다르니 km당 몇 분이니 하는 숫자는 의미 없다. 트레일 러닝에서 걷기와 달리기의 황금 비율에 대해서도 생각해보았다. 산은 오르막과 내리막이 반반이고 중간중간 능선이 있다. 오르막은 달리기 쉽지 않지만, 내리막과 능선에선 달리기 쉽다. 그러면 70%를 달리고 30%를 걸으면 꽤 괜찮은 트레일 러닝이지 않을까? 트레일 러닝의 황금 비율을 생각하는 동안에도 눈으로 들어온 풍경은 감탄사가 되어 입으로 튀어나왔다. 사람들이 관음사가 성판악보다 오르기 힘들다고 했던 이유를 알 것 같았다. 관음사를 오르는 동안 깊은 내리막에 이은 가파른 오르막 구간이 있었기 때문이다. 평소에 등산이나 트레일 러닝을 하지 않는 사람이라면 꽤 힘겹게 느껴질 것이다. 반면 내려오는 길에 만난 성판악 구간은 낮은 오르막이 처음부터 끝까지 이어진다. 오르기에 상대적으로 쉬운 편이다.

대회에서 높은 오르막을 만나면 마음을 단단히 먹고 호흡 관리를 한다. 어떤 이들은 지옥이라 부르기도 한다. 하지만 한라산을 트레일 마라닉 속도로 달리고 있으니 힘겨움 대신 여유로움이 있었다. 지옥이라는 생각은커녕 천국이라는 생각이 들었다. 저 오르막을 오르면 감당하기 힘든 아름다움을 만날 거란 기대가 있었기 때문이었다.

출발한 지 2시간쯤 지났을 때, 난생처음 백록담을 만났다. 팔을 뻗으면 손이 닿을 곳까지 물이 가득할 거라 기대했다면 대실망이겠지만, 다행히 나는 그런 건 없다는 걸 알고 있었다. 어떤 건 몰라서 좋고 어떤 건 알아서 좋다. 한라산에서 나는 어떤 건 몰라서 좋았고 어떤 건 알아서 좋았다. 무엇이든 좋은 한라산이었다. 사진을 찍느라 정신없었다. 우리 주위에 있는 사람도 마찬가지였다. 눈으로 마음으로 기억하는 게 더 좋다지만 사진으로 기록하는 것도 좋다. 두고두고 꺼내 볼 수 있기 때문이다.

백록담에서 성판악으로 내려가는 길은 완벽한 다운힐이었다. 백록담에서 신나게 다운힐을 하며 4km를 내려가자 사라오름 입구 표지판이 있었다. 거기서부터 오르막이라 걸어서 올랐다. 사라오름이 다가오고 있을 때 기대가 부풀었다. 호수를 만난 순간 저절로 감탄사가 튀어나왔다.

"우왓, 대박이다."

나만 모르고 다 아는 사라오름이었는지, 이른 시간이었는데도 이미 사람들로 가득했다. 그곳에서 트레일 러닝 대회에서 스태프로 꾸준한 활동을 하는 민정 님을 우연히 만났다. 우리보다 먼저 도착한 그녀의 얼굴엔 승자의 여유가 자리 잡고 있었다. 호숫물은 데크길을 삼켰는데, 사람들은 잠긴 그 길을 걷거나 뛰어다녔다. 나도 얼른 신발을 벗고 호기롭게 호수로 뛰어들었다. 아뿔싸! 물이 얼음장 같았다. 데크길 끝까지 가려고 했던 마음은 온데간데없고 고작 50m도 못 가 되돌아오고 말았다. 데크길 끝에 사라오름 전망대가 있고 거기서 바라보는 한라산 정상은 또 다른 장관이라는 걸 미리 알았다면 얼음장 같은 물이라도 꾹 참았을 텐데, 그때는 몰랐다.

올라올 땐 둘이었는데, 내려갈 땐 민정 님이 합류해 일행이

셋으로 바뀌었다. 내려오는 길도 계속 다운힐이었다. 팔을 새처럼 아래위로 흔들면서 내려왔다. 그건 균형을 잡는 자세이기도 했지만, 그렇게 하면 혹시라도 날 수 있지 않을까 하는 어처구니없는 기대이기도 했다. 성판악을 3km 남겨두었을 즈음, 우리 뒤에서 누군가가 따라오며 말을 걸었다. 우리는 곧 달리기로 연결됐고 내려오는 내내 달리기 이야기를 했다. 몇 년 전까지 울트라 러너였던 그가 말했다.

"지금은 무릎이 아파 달리기를 그만뒀지만, 여전히 산에 오르는 걸 즐기고, 산에서 걷다가 트레일 러닝을 하는 사람을 만나면 같이 뛰기도 합니다."

그가 우리에게 꼭 하고 싶은 말은 이것이었다.

"고수는 빨리 달리는 사람이 아니라 오늘도 주로에 나오는 사람입니다."

그의 말은 큰 울림으로 다가왔다. 그가 달리기를 그만둔 결정적인 계기는 몽골 225km 울트라마라톤 대회다. 그는 대회 준비를 할 때부터 무릎이 좋지 않았으나 기대한 대회라 참가했다. 첫날 50km를 달리며 무릎의 상태는 더 안 좋아졌다. 주위의 기대감과 본인의 의지로 진통제를 복용하며 결국 225km를 완주했다. 그것이 그의 마지막 달리기였다. 그의 말을 듣는 사람은 우리뿐이었지만, 그의 본심은 세상 모든 러너를 향하고 있었다.

제주에서 돌아온 며칠 뒤 윤호 님이 기사 하나를 캡쳐해 카톡으로 보냈다. 뭔가 싶어 읽어보니 한라산에서 만난 그 울트라 러너에 관한 기사였다. 그는 과거 우리나라 최고의 울트라 러너이자 국가대표였다. 그가 한라산에서 했던 말이 다시 살아나 귀에서 울리는 것 같았다. 오늘도 주로에 나오는 사람이 진짜 고수라는 그의 말이 가슴에서 다시 요동쳤다.

한라산 트레일 러닝은 지금까지 했던 수많은 트레일 러닝을 제치고 압도적으로 1위에 등극했다. 한라산 트레일 마라닉은 트레일 러닝 인생에서 또 하나의 이정표가 되기에 충분했다. 이유는 많다. 한라산 자체가 최고의 트레일 러닝 코스였다. 날씨도 한몫했다. 전날까지 쏟아진 폭우로 미세먼지는 사라졌고 숲과 계곡, 트레일과 나무는 생명을 머금고 있었다. 함께 달린 동반자도 좋았다. 그는 나와 페이스가 비슷했고 무엇을 해도 좋다고 했다. 마음이 백록담만큼이나 넓은 사람이었다. 마라닉 페이스도 좋았다. 20km를 달리는 동안 단 한 번도 힘들지 않았다.

잘 달리려면 더 많이 달려야

한라산 트레일 마라닉을 하며 몽블랑 대회에서도 최선을 다하는 달리기보다 트레일 마라닉이 더 낫지 않을까 하는 생각을 했지만, 그리 오래가지는 않았다. 얼마 전부터 "트레일 마라닉은 대회 적응 기간에 해도 충분할 것 같지 않아? 혹시 훈련이 힘들어서 그런 건 아니지? 한국에서 함께 가는 참가자들과 현지 적응을 위해 두 번 정도는 몽블랑을 달릴 거잖아? 그때 트레일 마라닉을 하고 대회 당일엔 진짜 대회를 하는 게 어때?"라고 내 안에 있는 또 다른 내가 말했다. 내면에 있던 또 다른 나의 말이 더 매력적으로 다가왔다. 트레일 러닝은 목표 기록을 정하기가 마라톤에 비해 몇 배나 어렵다. 특히 한 번도 달리지 않은 코스를 달릴 때 목표 기록을 정하기는 거의 불가능하다. 마라톤은 고도라는 게 거의 없어 시종일관 같은 페이스로 달릴 수 있지만, 트레일은 주로가 변화무쌍하고 고도에 따라 페이스도 천차만별이다. 같은 대회를 두 번째 참가할 때는 이야기가 달라진다. 이전의 기록이 다음 대회의 기준이 되기 때문이다.

제주 국제 트레일 러닝을 마치고 집으로 돌아오는 길에 신청한 33트레일런 대회가 다가오고 있었다. 작년 기록은 4시간 17분이었다. 그때보다 9개월 정도 지났고, 트레일 러닝도 꾸준히 했으니 딱 그만큼의 기록 향상이 기대됐다. 처음부터 마음먹고 달리면 4시간 안에 드는 건 가능할 것 같았다. 33트레일런 대회가 임박했을 때 트레일 러너 사이에 기념품과 코스가 좋다고 소문난 'TNF100' 대회가 신청을 받기 시작했다. 두 대회는 같은 트레일 러닝 대회지만 여러 면에서 다르다. TNF100은 10km, 50km, 100km 3개 종목이 있고 33트레일런은 33km 단일 종목이다. TNF100은 참가하고 싶은 대회이고 33트레일런은 참가해본 대회다. TNF100은 노스페이스가 개최하고 33트레일런은 러닝을 좋아하는 동네 러너들이 주최한다. TNF100은 참가비가 비싸고 33트레일런은 싸다. 33트레일런을 취소하고 TNF100으로 돌아선 사람들도 꽤 있었다. TNF100 대회에 다녀온 사람들은 꼭 가야 할 대회라고 침이 마르게 칭찬했다. 그런 말을 들으면 가고 싶어지는 게 인지상정이다. 둘 다 참가하고 싶었지만, TNF100이 올해만 열리는 것은 아니기에 미련을 갖지 않기로 했다.

많은 사람이 TNF로 돌아선 것과 달리 내가 33트레일런을 참가하기로 결정한 데는 몇 가지 이유가 있었다. 첫째, 33트레일런은 우리 집에서 가까운 의정부에서 열렸다. 대회장까지 오가는 시간이 거의 들지 않는다. 둘째, 작년 33트레일런에 참가했을 때 만족도가 매우 높았다. 참가해보지 않은 대회에 참가하는 것도 좋지만, 좋은 대회로 증명된 대회를 외면할 이유가 없었다. 셋째, 50km를 달릴 몸과 마음의 준비가 되지 않았다. 거리를 늘리면 몸이 받는 부하도 커진다. 나는 조금씩 거리를 늘리기로 했다.

33트레일런 대회에서 4시간 안에 완주하기로 한 지 이틀이 지났다. 여느 때처럼 새벽 달리기를 위해 밖으로 나갔다. 달리기 실력 유지를 위해 1km를 2번 3분대로 달렸다. 몸이 평소와 달랐다. 타이어를 끌고 달리는 것처럼 다리가 무거웠다. 집에 왔을 땐 다리가 후들거리는 느낌마저 들었다. 내 몸에 무슨 일이 일어나고 있었다. 감기의 전조 증상이었다. 그날 오후에 한기를 느꼈고, 다음 날이 되자 콧물과 재채기가 나왔다. 감기란 언제 어디서나 걸릴 수 있다. 몽블랑에 도착해서 갑자기 감기에 걸릴 수도 있는 것이다. 그다지 좋은 상황은 아니지만, 이런저런 상황을 미리 경험한다고 여겼다. 감기라 해서 33트레일런 서브 4 목표를 미리 낮출 생각은 없었다. 달리다 힘이 들면 그때 속도를 늦춰도 된다. 열심히 달리려고 애를 쓰지만, 몸에 심각한 무리가 올 만큼 강행하지는 않기로 했다. 감기 속에서도 33트레일런을 열심히 달리려고 한 이유는 열심히 달릴 생각이었던 제주 100km가 뜻대로 되지 않았고, 코리아 50km에서 얻은 자신감을 이어가고 싶었기 때문이다. 이번에도 원하는 기록을 만들면 UTMB 몽블랑 대회 준비도 순조롭게 이어질 것이다. 매번 대회를 열심히 달리는 게 정답은 아닌데, 왠지 UTMB 몽블랑 대회는 인생에서 한 번만 참가할 것 같았다. 마라톤 대회를 포함해 지난 수십 번의 대회를 돌아보면 열심히 달렸을 때 만족도가 가장 높았다. 이것은 달리기에 관한 한 나란 사람은 도전하고 성취하는 인간이기 때문일 것이다. 애초에 남과 겨룰 만한 실력은 안 되고 남에게 이겨봤자 별것 없다는 걸 일찍 깨달았다. 예전의 나를 넘을 때의 성취감은 내가 오늘도 열심히 살고 있다는 걸 증명하기에 충분하다.

달리기를 하며 알게 된 지인들과 친구들도 꽤 참가했다. 트레일 러닝을 하며 더 우정하는 친구 재우는 응원차 대회장에 들렀다. 이때부터 나도 대회 참가를 하지 않더라도 집에서 가까운 대회는 응원차 놀러간다. 재미도 있고 의미도 있기 때문이다. 작은 대회다 보니 가까운 서울이나 경기도에 사는 러너들이 많았다. '대회는 대회답게'라는 모토로 달릴 참이라 대회에선 함께 달리고 싶은 러너가 있어도 서로의 페이스가 다르면 그렇게 할 수 없다. 대신 대회 전에 만나 서로를 응원하고 격려하고, 함께 사진을 찍는 건 충분히 가능하다. 그러면서 대회 분위기에 스며들고 몸과 마음은 좋은 기운으로 가득 찬다. 대회장에 도착했을 때 개인전, 커플전, 단체전을 포함해 120여 명의 선수가 모여 있었다. 규모로는 동네 대회지만 분위기로는 메이저 대회 못지않았다. 참가 선수들의 설레는 모습에 덩달아 기분이 반올림됐다.

출발을 앞두고 출발선 앞쪽에 자리를 잡았다. 뒤에 서면 출발 후 주로가 좁아져 제대로 달리지 못할 상황이 생긴다. 출발 신호가 떨어졌다. 출발은 언제나 경쾌하다. '타다다닥' 발자국 소리와 함께 몇몇 선수는 순식간에 사라졌다. 나는 10번째 정도에서 달렸다. 1km도 지나지 않았을 때다. 막 데크길에 들어서는데 내 키만큼 앞서가던 선수가 미끄러졌다. 새벽에 비가 내려 젖은 데크가 미끄러웠던 것이다. 넘어진 선수는 가혹하게 아팠을 것이고 나는 깜짝 놀랐다. 괜찮냐는 물음에, 괜찮다는 답이 돌아왔다. 가슴을 쓸어내렸다. 만약 그의 팔이나 다리가 데크 난간대에 끼기라도 했다면 그는 달리기를 멈춰야 했을 것이다. 나는 더 조심해서 달리기 시작했다. 그때부터 그와의 동행이 시작됐다. 그가 충격에서 회복하는 동안에는 내가 앞서 달렸는데 얼마 지나지 않아 그가 나를 앞섰다. 내가 알바를 한 것이다. 그가 내 뒤에서 따라왔기에 자연스럽게 자리 바뀜이 생겼다. 작년에 이어 두 번째 달리는 대회지만, 세세한 길을 기억하지는 못했다. 북한산 둘레길은 표식이 잘 되어 있어 걸을 때는 문제없지만, 달릴 땐 자칫 표식을 못 보고 지나칠 때도 있다. 다행히 길을 잘못 들었을 때는 가민에 저장된 GPX가 즉각 주로 이탈을 알려주었다. 잘 모르는 길을 달릴 때는 속도를 늦추는 게 요령이다. 정해진 코스에서 10m 정도만 벗어나도 시계가 주로 이탈을 알려준다. 트레일 러닝에선 비슷한 실력의 동행자가 있다면 뒤에 달리는 게 더 나은 선택일 수도 있다. 그와 나는 이후에도 몇 번의 순위 바뀜이 일어났는데, 대체로 알바가 원인이었다.

트레일 러닝을 할 때 누군가와 몇 km를 함께 달리면 자연스럽게 이런저런 대화를 하게 된다. 계속 나란히 달리면서 아무런 대화 없이 달리는 건 MBTI E로 시작하는 나로선 이해하기 힘들다. 나와 함께 달리는 트레일 러닝 동지는 달리기를 시작한 지 1년도 안 됐지만, 이미 서브 3 주자였다. 나와 달리 그는 현재진행형, 나는 과거형이었다. 우이령길에 진입한 후 약 17km 지점에서 그를 놓아줄 수밖에 없었다. 그의 속도는 내 실력보다 앞서 있었다. 트레일 러닝 대회에서 17km나 되는 긴 거리를 함께 달린 건 이번이 처음이었다.

그를 놓아준 것이 못내 아쉬웠다. 코리아 50K 대회에서 20km를 달린 지 벌써 3주가 됐고, 그사이에는 33km 트레일 러닝을 열심히 달릴 만큼 이렇다 할 달리기를 하지 않은 것이 문제였다. 나의 준비 상태는 딱 하프 마라톤의 거리를 트레일 러닝으로 달릴 만한 수준이었다.

홀로 달리기가 시작됐다. 달리는 내내 UTMB에서 열심히 달려 완주하기 위해선 달리기 연습량을 더 늘려야 한다는 생각뿐이었다. 달리다 보면 가끔 두 갈래 길이 나온다. 이쪽은 계단이고 저쪽은 트레일이다. 어떤 길을 선택할지 생각하는 사이 다리가 먼저 길을 선택한다. 계단과 트레일에 대한 선호는 러너에 따라 다르다. 계단은 안전하지만 보폭을 내 마음대로 선택할 수 없다는 단점이 있다. 그에 비해 트레일은 미끄럽지만 보폭을 선택할 수 있는 장점이 있다. 어떤 날은 계단을, 어떤 날은 트레일을 선택한다. 때로는 지름길과 돌아가는 길이 나온다. 지름길은 짧지만 고도가 높고, 돌아가는 길은 길지만 고도가 낮다. 두 길을 같은 조건에서 동시에 달려볼 수 없기에 무엇이 더 유리한지는 알 수 없다. 그때그때 상황에 따라 선택하면 되는데, 머리가 어디로 갈지 고민하는 사이 다리가 먼저 길을 선택하는 것이 문제라면 문제다.

CP 2와 CP 3에선 음식을 많이 먹었다. 몸이 힘들면 음식을 잔뜩 먹는 경향이 있다. 몸이 지쳤다는 증거다. 오버페이스를 했거나 실제로 에너지가 부족해서일 것이다. 아침에 빵 한 조각 먹은 것이 못내 아쉬웠다. 행동식을 넉넉하게 챙겼지만, 그걸로는 부족했다. 행동식도 좀 더 정교하게 준비할 필요도 있다. 대회 출발 전 누적 고도 1,300m를 예상했다. 그런데 어찌 된 영문인지 1,300m를 넘었는데도 눈앞엔 끝도 없는 오르막이 나타났다. 나는 충분히 트레일 러닝에 단련돼 있어 최소한 달리기를 할 때만큼은 욕이 나오지 않을 줄 알았다. 완벽한 착각이었다. 1,400m를 넘어서고 또 오르막이 나타났을 때 입에서 욕설이 튀어나왔다. 멘탈이 무너졌다는 증거다. 잠시 뒤 오르막이 끝나자 그제야 마음도 평지로 내려왔다.

가민 시계에 GPX 파일을 넣어 실행하면 페이스에 맞춰 도착 예정 시간을 알려준다. 3km를 남기고 나온 예상 기록은 4시간이 간당간당했다. 힘을 냈다. 굳이 그러지 않아도 되지만, 4시간 안에 들고 싶었다. 내리막을 달리는 동안 몸은 회복됐고 골인 지점에 들어설 때는 여유도 있었다. 결승선을 통과할 때 시계는 3시간 58분을 막 지나고 있었다. 과정은 아쉽지만, 원했던 기록은 냈다. 준비되지 않은 상태에서 TNF100 대회에 출전했다면 온몸이 고생할 뻔했다. 33km 거리에서도 지쳐 정신을 차리지 못하고 입에서 욕도 쏟았는데 50km를 달렸다면 내가 이걸 왜 해서 이 고생을 사서 하냐며, 한탄에 한탄을 거듭했을지도 모른다. 그 순간 안도감이 순식간에 찾아왔다.

'가만, 50km 종목을 참가했다면 여전히 달리고 있을 게 아닌가.'

UTMB 몽블랑 대회에 간다는 걸 직장 동료들에게 말하자 하나같이 놀라워했다. 그들에게 나는 별종이다. 10km 마라톤을 하는 사람도 몇 안 되는 회사에서 50km나 되는 산을, 그것도 프랑스 몽블랑에서 달린다는 걸 이해하긴 어렵다. 내 돈 들여서 간다고 했을 때 그들의 눈빛은 분명 제정신이 아닌 사람을 바라보는 것이었다. 놀라움을 깊숙이 숨긴 눈빛이 그리 낯설지는 않았다. 충분히 그들의 마음을 이해한다. 나도 트레일 러닝을 하지 않았다면, 누가 돈을 준다고 해도 산에서는 달리지 않았을 테니.

직장 동료들이 가장 궁금해하는 것은 산에서 달려도 무릎이 괜찮냐는 것이다. 연골은 수명이 있고 달릴수록 닳는다는 사람들의 의견에는 중립이다. 전문가들도 의견이 엇갈린다. 어떤 의사는 달리기를 할수록 무릎이 좋아진다고 하고, 어떤 의사는 달리기를 할수록 무릎이 상한다고 한다. 사람들은 자신들이 믿고 싶은 것을 미리 정하고 그에 대한 증거가 나타나면 자신의 주장을 강화하고 반대의 증거가 나오면 눈을 감는다. 그러니 내가 설령 무릎은 달릴수록 튼튼해진다는 주장을 탄탄한 논리로 뒷받침해도 나와 다른 의견을 가진 사람들에게는 공염불일 뿐이다. 달리기를 하는 사람 중에도 무릎이 아파 고생하는 사람이 있고, 달리지 않는 사람 중에도 무릎이 아파 고생하는 사람이 있다. 달려서 무릎이 아픈 사람은 본인의 적정한 수준보다 더 달려서 문제고, 달리지 않아서 무릎이 아픈 사람은 운동을 전혀 하지 않아서 문제다. 무엇이든 적당히 하면 좋은데, 이 적당한 수준이란 것은 사람마다 다르다. 그래서 단 하나의 '적당'이란 건 애초에 있을 수 없다.

달리지 않는 직장 동료들과 지인들은 내가 언제까지 달릴 것인지도 궁금해한다. 나는 가능하면 오래 달리고 싶다. 시간이 흐를수록 속도는 느려지고 횟수는 줄어들 것이다. 어느 날부터는 매주 1번, 한 달에 1번밖에 달리지 못해도 달리기를 영원히 관두고 싶은 마음은 하나도 없다. 달리기를 관두는 것은 내 존재가 갑자기 훅 사라지는 듯한 느낌을 줄 것이기 때문이다. 내 무릎이 앞으로 어떻게 될지는 모르지만, 오늘도 달리는 내가 좋다. 이젠 달리지 않는 인생을 상상할 수 없다. 내 몸에 적당한 달리기로 건강을 유지하며 내가 원하는 달리기를 꾸준히 이어가는 삶이 지금 내가 상상하는 최고의 삶이다. 달리지 않아도 무릎이 아플 수 있고 달리기를 해도 무릎이 아플 수 있다면 무엇을 선택할 것인가?

직장 동료들은 운동을 열심히 하기로 소문난 나를 건강한 사람이라고 생각한다. 이건 맞기도 하고 틀리기도 하다. 전반적으로 건강한 건 맞지만 건강을 나타내는 여러 가지 지표를 종합적으로 따지면 운동량에 비해서는 고개를 끄덕일 수준은 아니다. 건강검진 결과로 나의 건강을 분석하면 신체 기능은 우수하지만, 혈액 기능과 심혈관 기능은 보통이다. 매달 25일 내외로 200~250km를 달리고, 꾸준히 턱걸이를 하루 10개 이상씩 하는 사람이니 신체 기능이 우수한 것은 맞다. 그런데 혈액 기능과 심혈관 기능은 왜 보통일까? 혈액과 심혈관은 운동보다 음식에 더 영향을 받기 때문이다. 체중 감량을 위해 운동을 하면 될 거라는 착각을 하지만 실제로 식단이 더 중요한 것과 마찬가지다. 평소 나는 음식을 약간 짜게 먹고 고기를 즐긴다. 술도 좋아하는 편이다. 이런 것들이 혈액과 심혈관에 나쁜 영향을 준다. 운동만 열심히 한다고 건강해지진 않는다는 걸 알고는 있다. 입이 좋아하는 음식보다 몸이 좋아하는 음식을 먹어야 완벽히 건강한 사람이 되는데, 입이 좋아하는 음식은 온 천지에 널렸고 몸이 좋아하는 음식은 어딘가에 꼭꼭 숨어있는 것 같다.

무조건 많이 달리는 것이 능사는 아니라는 생각과 한계 거리로 정한 50km 상단을 없애면 100km, 100마일에도 도전할 거라는 상상으로 여전히 나는 최대 50km까지만 고집한다. 풀 마라톤이나 무릎에 부담을 줄 만한 거리를 달리면 최소한 열흘 이상은 쉬어야 완전히 회복된다고 믿는다. 이것들은 나이 들어서도 꾸준히 달리기 위한 나름의 노력이다. 그런데 UTMB 몽블랑을 100일쯤 앞두고 나만의 기준을 깬 달리기를 하게 됐다. 33트레일런 대회를 달린 후 하루만 쉬고 불수사도북 종주를 감행한 것이다.

불수사도북은 불암산, 수락산, 사패산, 도봉산, 북한산의 앞 글자를 딴 것이고 총거리 44km와 누적 고도 3,500m 정도 된다. 33km를 대회로 달리고 하루 쉰 다음에 불수사도북을 하는 건 사실상 미친 짓이나 다름없다. 이렇게 달리는 사람을 우리 러너들은 '런또'라고 부른다. 불수사도북은 아무리 빨리 달려도 10시간은 걸린다. 그 시간 동안 혼자 달리는 건 쉽지 않다. 누군가 함께 달려주기를 바랐다. 40km가 넘고 누적 고도 3,000m에 달하는 달리기를 할 수 있는 사람이 많지 않다. 다행히 동갑내기 친구 승택이가 나를 위해 시간을 냈다. 없던 힘이 솟는 기분이었다. 조금 과장하면 패퇴 직전의 장군이 천군만마 원군을 얻었을 때의 심정이 나와 비슷했을 것이다. 반드시 완주하겠다는 생각은 내려놓았고 친구도 나와 같은 마음이길 바랐다.

불수사도북 전날, 퇴근길에 마트에 들렀다. 건포도와 꿀, 약과와 호떡을 샀다. 약과와 호떡은 좋아하지만, 많이 먹으면 살로 가는 고열량 음식이라 평소에는 애써 외면하는 것들이다. 트레일 러닝은 그걸 소화할 만한 충분한 운동량이라 1~2개씩 먹으면 맛도 좋고 힘도 난다. 사람이 어디에 있느냐에 따라 가치가 달라지듯 음식도 그렇다. 고열량 음식들은 격한 운동을 하는 사람들에게 더 빛을 발한다.

새벽에 일어나 미역국에 밥을 말아 든든히 먹었다. 지난 33 트레일런 대회에서 빵 한 조각만 먹은 것이 허기로 나타난 까닭에 일단 배를 든든히 채우고 싶었다. 특히 오늘은 천천히 달릴 계획이라 대회 때보다 더 오래 산에 있을 것이다. 달리기를 하다 보면 배가 고플 때도 있고 그냥 힘이 없을 때도 있다. 배가 고플 때는 견과류나 육포처럼 소화가 더디고 포만감이 느껴지는 음식이 좋고 그냥 힘이 없을 때는 에너지젤처럼 바로 에너지로 전환되는 음식이 좋다.

화랑대역에서 친구를 만났다. 출발지인 백세문까지 1km를 걸으면서 꼭 완주할 마음은 없다는 속내를 보였다. 친구도 맞장구를 쳤다. 그렇게 우리는 완주보다는 하는 데까지 하자고 결의

했다. 무리하지 않고 달려 5시까지 종점에 도착할 수 있으면 계획대로 완주하고, 중간에라도 힘들면 거기서 멈추기로 한 것이다. 우리가 달릴 불사수도북 종주는 반드시 완주해야 하는 무언가는 아니었다. 친구는 이렇게 긴 트레일 러닝을 처음 경험한다고 했다. 가야 할 길이 아무리 멀고 높아도 친구가 곁에 있어 든든했다. 딱 1년 전, 우리 동네 세르파가 되기로 다짐했다. 다른 산은 몰라도 우리 동네 산에 오는 지인들에게는 더 좋은 길을 안내하고 싶었다. 실제 그렇게 되지는 않았다. 집에서 가장 가까운 불암산은 수시로 올랐지만, 집에서 떨어진 수락산, 사패산, 도봉산은 덜 가게 됐고, 가장 먼 북한산은 제로포인트 트레일 서울 5픽을 하며 한번 가봤을 뿐이다. 몇 번 올라본 불암산, 수락산, 사패산, 도봉산까지는 걱정이 없었지만, 북한산은 제대로 갈 수 있을지 걱정됐다. 그래도 가민 시계에 넣은 GPX가 우리를 잘 안내해 줄 거라 믿었다.

첫 번째 산인 불암산은 넉넉한 힘으로 기분 좋게 올랐다. 둘이서 사진을 찍고 각자 독사진도 한 장씩 남겼다. 마침 주위에 등산객이 있어 사진을 부탁했다. 인상 좋은 그는 이 방향 저 방향으로 몇 컷을 찍고는 "즐거운 산행 하세요"라고 말했다. 우리도 인사로 고마운 마음을 전했다. 그에게 받은 스마트폰을 보는 내 얼굴은 점차 굳어졌다. 무척 고마웠지만, 우리 둘 다 짜리몽

땅했다. 사실 그대로인데도 왠지 다시 보고 싶은 마음은 전혀 들지 않았다. 수락산 정상 근처에서는 길을 헤맸지만, 둘이 있으니 길을 찾는 것도 수월했다. 산에 갈 때는 가능한 한 누군가와 함께 가라고 하는데, 이날도 함께의 힘이 빛났다. 1시간당 5km를 가는 게 쉬운 줄 알았는데 전혀 그렇지 않았다. 나는 피로가 덜 풀려서 친구는 처음 장거리 트레일 러닝을 해서 더 그랬다. 정상에서 가방을 풀고 먹는 건 산을 즐기는 사람들의 루틴이다. 친구가 준 카스텔라와 바나나를 먹으며 오늘 완주할 수 있을지 남은 거리와 시간을 점검했다. 길을 잘 찾기 위해 사패산까지 가는 길에 어떤 경유지들이 있는지도 수시로 확인했다.

트레일 러너들에게 편의점은 훌륭한 보급처다. 일단 산에 들어가면 보급이 쉽지 않으니 산에서 내려왔을 때 편의점을 찾는 건 습관이 됐다. 수락산에서 내려와 편의점에 들러 라면과 아이스 아메리카노를 먹고 물을 플라스크에 채웠다. 주위에 식당도 있지만 제대로 된 식사는 마지막으로 남기고 간단한 휴식과 보급의 목적으로 편의점에서 식사를 해결했다. 트레일 러닝을 하는 동안에는 무엇이든 맛있다. 라면과 아이스 아메리카노는 두말할 필요 없는 멋진 조합이다.

생각보다 몸은 더 빨리 지쳤고 시간은 지체됐다. '5시까지 완주하지 못할 수도 있겠는데'라는 생각이 처음 들었다. 아직은

섣불리 판단할 시간은 아니었다. 30분쯤 쉬었더니 몸이 다시 살아나기 시작했다. 의정부 회룡역을 지나 호암사로 향했다. 시멘트로 된 언덕이 장난이 아니었다. 지금까지 사패산을 2번 올랐었는데, 그때는 이렇지 않았다. 사패산이 이렇게나 가팔랐나 싶었지만, 등산로는 1~2개가 아니다. 어떤 길은 짧은 대신 가파르고 어떤 길은 긴 대신 완만하다. 오늘 우리가 가는 불수사도북 코스가 가팔랐던 것뿐이다. 분명 완만한 길이 수월하지만, 이동하는 데 걸리는 시간은 별 차이 없을 수도 있다. 꾸역꾸역 오르막을 오르고 달린 후 우리는 360도 풍광을 바라보는 사패산 정상에 도착했다.

"크아."

시간이 우리가 선 경치를 완전히 바꿨다. 산을 좋아하는 어떤 친구는 서울에서 가까운 산 중에서는 사패산이 제일 좋다고 했다. 사패산 정상에서 아래를 내려다보니 그 친구의 얼굴이 떠올랐다. 왜 그가 사패산을 좋아하는지도 알 것 같았다. 한 마디로 끝내준다. 사패산에서 도봉산으로 이어지는 구간은 사패 능선과 포대 능선으로 이어져 하강과 상승이 완만하다. 산을 완전히 내려가야 하는 것도 아니다. 산은 아무 문제가 없었지만, 우리의 체력이 바닥을 친 건 문제였다. 가민 시계가 알려준 종점, 불광동 대호아파트까지 예상 도착 시각은 저녁 7시를 넘어 8시를 향하고 있었다. 도봉산 신선대가 보일 즈음 친구와 나는 거기서 멈추기로 결단을 내렸다. 천근만근이던 발걸음이 갑자기 가벼워졌다. 마치 내 몸무게만큼의 쇳덩이를 내려놓은 것처럼.

이즈음 등산을 좋아하는 선배가 퇴직했다. 그가 등산을 시작한 건 건강상의 이유였다. 퇴직 인사를 하는 자리에서 그는 불수사도북 이야기를 꺼냈다.

"최근 등산으로 불수사도북을 했어요. 불수사도북은 서울 북쪽에 있는 불암산, 수락산, 사패산, 도봉산, 북한산을 말하는데, 한 번에 하나씩 올라 얼마 전에 완주했지요. 앞으로도 등산을 꾸준히 하며 건강하게 생활하려고 합니다. 여러분도 건강 잘 지키시고요…."

그의 얼굴엔 자부심과 뿌듯함이 묻어 있었다. 건강을 위해 시작한 등산이 어느새 도전의 대상이 된 것이었다. 퇴직 후의 삶도 우뚝 솟은 불수사도북처럼 나날이 빛나기를 바랐다.

산을 여러 개 한 번에 달리는 것만 대단한 것이 아니라 산 하나씩을 걷는 것만으로도 충분히 건강을 유지하고 성취감을 누릴 수 있다는 걸 그가 보여주었다. 등산만 하는 그가 어느 날 트레일 러닝 대회에 '짠' 하며 나타나면 얼마나 좋을까 하는 생각도 들었다.

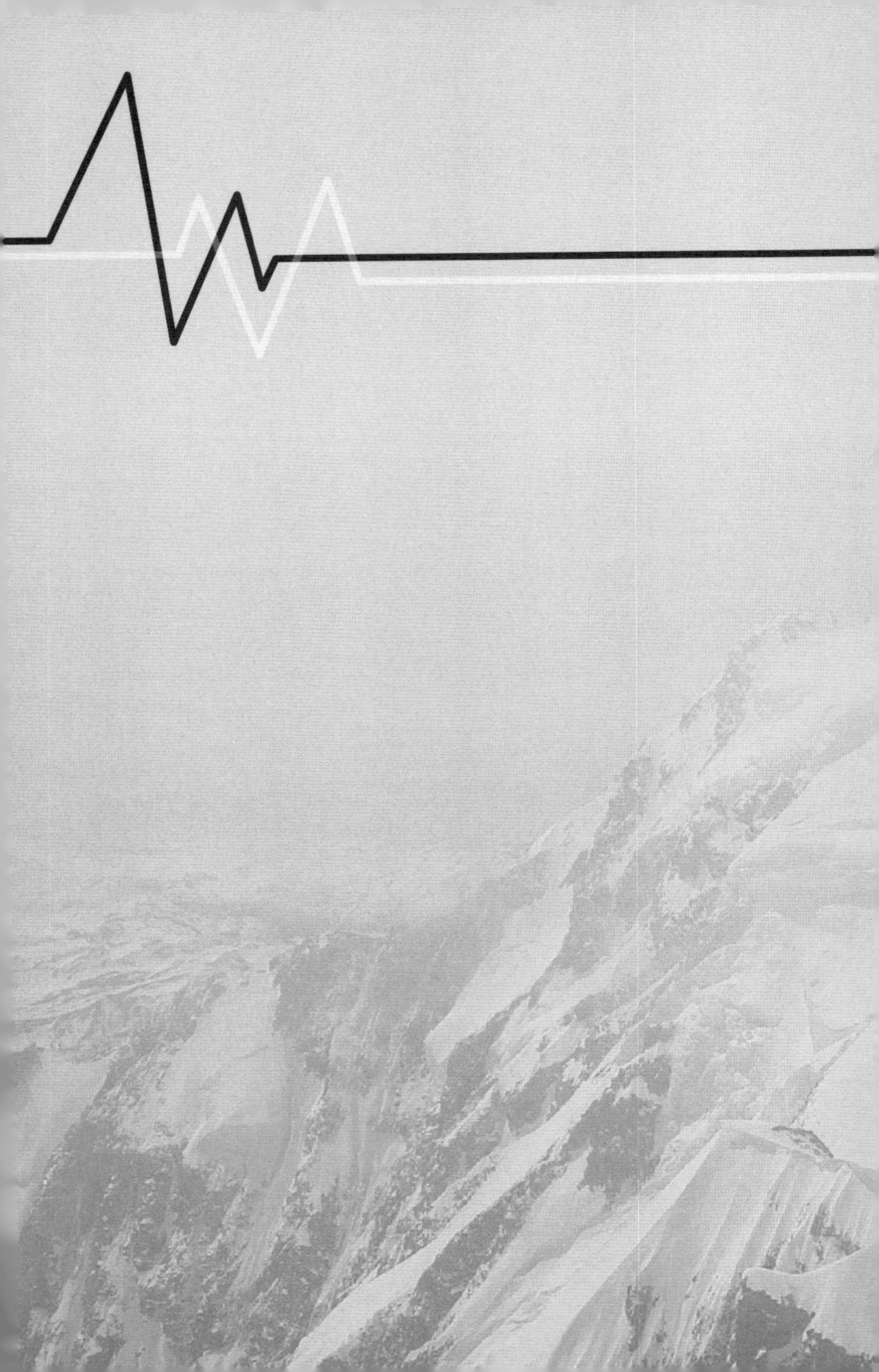

5장

대회는 최고의 훈련

목표를 정하는 방법

우연히 중대한 발견을 하는 것을 '세렌디피티'라 한다. 삶의 질을 획기적으로 바꾼 페니실린과 아스피린도 세렌디피티였다. 나의 산 달리기도 수많은 세렌디피티로 이뤄져 있다. '불수사도북' 도전을 통해서도 나는 중대한 발견을 하나 했다. 그것은 이미 내 다리가 예상한 것 이상으로 강해졌다는 것이다. 33트레일런 대회에서 최선을 다한 후 하루만 쉬고 다시 30km 트레일러닝을 하면 다리에 쥐가 나거나 다음 날 근육통으로 옴짝달싹도 하지 못해야 정상인데, 그런 게 전혀 없었다. 이 경험을 통해 나는 훈련 강도를 지금보다 더 높여도 되겠다는 자신감을 얻었다. 다른 사람에게 절대 추천하고 싶지는 않다. 33km 대회를 뛰고 하루만 쉬고 바로 30km를 달리는 건 정상적인 달리기는 아니니까.

UTMB 몽블랑 대회를 취미로 달릴지 도전으로 달릴지 여전히 오리무중이다. 취미로 달리기 위해선 함께 달릴 동반자만 있으면 된다. 강도 높은 특훈을 하지 않아도 된다는 말이다.

그런데 도전은 다르다. 도전의 높이에 따라 그에 맞는 특훈을 반드시 소화해야 한다. 내 마음은 방향이 순식간에 바뀌는 제주도 바람과 같다. 대회 당일 아침에도 바뀔 수 있는 게 내 마음이니 도전에도 대비하고 싶었다. 거리 56km에 누적 고도 3,500m인 트레일을 열심히 달리기 위해서는 어느 정도의 훈련을 소화해야 할까? 지금까지 가장 길게 달린 트레일 러닝은 트랜스 제주 52km다. 누적 고도 2,000m에 지친 다리는 45km가 되기도 전에 경련으로 혼쭐났고 그 이후에는 제대로 달릴 수조차 없었다. 그 대회를 위해 달린 장거리 달리기는 로드 43km였다. 그렇게 달려도 트레일에서 40km를 넘게 달리니 다리가 버티지 못했다. 로드 43km 달리기는 트레일에서 50km를 달리기엔 충분치 않다는 뜻이다. 몽블랑 코스는 한라산 코스보다 더 길고 높다. 어떻게 대회를 준비해야 할지 진지하게 생각할 수밖에 없었다.

먼저 목표를 세밀하게 정했다. 목표가 낮으면 성취감이 떨어지고 높으면 달성할 확률이 떨어진다. 이상적인 목표는 계획을 100% 이행했을 때 성공할 확률과 실패할 확률이 반반 정도 되는 수준이다. 이렇게 해서 성공하면 성취감이 상상 이상이다. 실패한다고 해도 패배감을 느끼지 않는다. 성취감은 아니더라도 뿌듯함은 느낀다. 그 이유는 대체로 아슬아슬하게 실패하는 경우가 많아 다음에는 달성할 수 있다는 희망과 자신감이 생기기 때문이다.

UTMB 목표 설정을 위해 많은 요소를 고려하지는 않았다. 국가대표 선수로 금메달을 따러 가는 건 아니기 때문이다. 최근 트레일 러닝 대회에서 달린 기록과 속도부터 확인했다. 트레일 러닝 대회 때 나의 평균 속도는 시간당 7km 정도였다. UTMB OCC는 56km니까 단순하게 계산하면 시간당 7km, 8시간 달리면 결승선에 들어온다. 목표를 8시간으로 정하면 적당할 것 같다. 하지만 한 번도 달려보지 않은 코스라는 위험 부담과 고산증도 대비해야 한다. 가장 중요한 건 완주이지 기록이 아니라는 걸 잊지 않기로 했다. 비상상황에 대비하기 위해 1km당 1분의 여유를 보태기로 했다. 그러면 대략 1시간, 8시간에 1시간을 보태면 9시간이다. 8시간과 9시간 사이에서 고민한 끝에 8시간 30분을 목표로 정했다. 대회일까지 여유가 있으니 몰입해서 준비하면 30분은 당길 수 있지 않을까 하는 희망을 넣은 것이다. 그렇게 정한 8시간 30분이 나에겐 50%의 성공과 실패의 갈림길에 있는 목표다. 목표를 달성하면 성공이고 달성하지 못하면 실패라는 이분법은 너무 가혹하다. 완주 자체로도 훌륭한데 0점이라니, 그건 있을 수 없는 일이다. 좋은 방법이 있다. 목표 달성도를 점수로 환산하는 것이다. 계산식은 간단하다. 목표 시간을 100으로 나누고 목표보다 빨리 들어오면 초과한 만큼 점수를 보태고 목표보다 늦게 들어오면 늦어진 만큼 점수를 덜어내는 것이다.

나의 목표를 예로 들어보자. 8시간 30분을 분으로 환산하면 510분이다. 510을 100으로 나누면 5.1분이고, 5.1분은 1점에 해당한다. 8시간 30분보다 51분 늦은 9시간 21분으로 완주하면 목표 달성도는 90점이 되는 것이다. 어린 시절 통지표에 90점 넘으면 '수'였다는 걸 떠올려 보자. 90점은 꽤 괜찮은 점수 아닌가? 취미의 영역인 달리기에서 실패라는 단어는 적절하지 않다. 이 방식이 달리기에서는 아주 낯설지만, 목표 달성도가 널리 알려져 많은 사람이 실패 없는 달리기를 하면 좋겠다. 어떤 목표든 달성하기 위해서는 언젠가는 꼭 될 것이라는 무한 긍정이 있어야 하지만, 그렇다 하더라도 실패 확률이 완전히 사라지는 건 아니다.

그래서 목표를 향해 노력하는 과정을 즐기거나 그 자체가 의미 있어야 한다. 목표 달성을 위한 과정이 고통과 인내뿐이라고 생각해보자. 최선을 다했는데 목표 달성을 못 하면 어떤 기분이

들까? 목표를 향해 나아가는 인고의 과정은 사라지고 좌절만 남지 않을까? 생각만 해도 안타깝다. 영화 〈죽은 시인의 사회〉에서 키팅 선생님이 아이들에게 알려주고 싶었던 '카르페 디엠'도 같은 맥락일 것이다. 나에게 목표는 있지만, 그 목표를 달성하고 못 하고는 그다지 중요하지 않다. UTMB 몽블랑 대회를 준비하며 나는 즐거움에 풍덩 빠졌고, 삶에 도움이 되는 배움을 얻었고, 무엇보다 트레일 러너로서 실력도 일취월장했으니까, 이미 충분히 좋다.

목표 달성을 위해 몇 가지 계획을 생각했다. 가장 먼저 떠오른 건 감량이다. 가벼운 만큼 빨리 그리고 멀리 가는 건 진리다. 감량을 위해 기본으로 돌아가기로 했다. 트레일 러닝의 기본은 그냥 달리기다. 달리기는 언제 어디서나 원하는 페이스로 달릴 수 있고 거리를 늘릴수록 몸은 가벼워진다. 감량을 위해선 운동보다 식단이 더 효율적이고 몸도 덜 고되지만, 계획적인 식단을 지속하는 것보다 달리기 횟수와 거리를 늘리는 것이 나는 편하고 좋다. 써놓고 보니 나는 참 비효율적인 사람이다.

길고 높은 몽블랑을 달려낼 만큼 튼튼한 하체를 만들기로 했다. 트레일 러닝 대회에서 수시로 경련이 나는 내가 허벅지와 장딴지를 튼튼하게 하기 위해선 달리기 외에 무언가를 더 해야 한다. 산에서 달리는 것이 좋은 방법이나 산에서 달리는 건 주말에나 할 수 있으니 헬스장에 가서 트레드밀 각도를 높여 달리거나 계단을 오르는 훈련을 하기로 했다. 장시간 산 달리기에 익숙해질 필요도 있다. 마라톤의 LSD를 산에서 하는 것이다. 혼자서 몽블랑 대회 목표인 8시간 이상을 대회 속도로 달리는 건 불가능하다. 전문 선수가 아닌 이상 그건 대회에서나 가능한 이야기다. 대회보다 짧은 거리를 달릴 때는 실전보다 빠르게 달리고 대회 시간만큼 달릴 때는 천천히 달리는 것이 기록 향상에 좋다. 이건 마라톤이나 산 달리기나 마찬가지다.

훈련은 일정 부분 고통을 회피할 수 없다. 간혹 힘든 훈련을 소화할 때면 100km와 171km를 달려내기 위해 한 달에 얼마나 달려야 하며, 최장거리 훈련은 최소 얼마나 달려야 하는지 궁금했다. 트레일 러닝 100km 종목에 출전하는 러너는 산에서 최소 80km, 171km 종목은 135km를 달릴 거라 생각했다. 하지만 이건 내 생각일 뿐 정답은 없고 사람마다 달랐다. 어떤 사람은 실제 거리만큼 달리고, 어떤 사람은 고작 50km를 1~2번 달리는 것만으로도 대회 준비가 된다고 했다. 사람마다 대회를 달리는 이유가 다르고 목표도 다르기 때문이다.

"웬만큼 달리는 분들의 체력은 이미 충분해요. 걷고 달리면 누구나 할 수 있거든요. 문제는 잠이에요. 잠이 오면 아무 곳에서나 레인 재킷을 깔고 10분이나 20분씩 자고 달리는 수밖에 없더라고요. 그런 선수들이 널렸어요."

이미 100마일을 달렸고 UTMB에서도 100마일을 달릴 울트라 러너 문환 님의 말은 100km와 그 이상에 도전하는 사람들에게 큰 도움이 될 것이다.

UTMB 몽블랑 대회의 경우 100km 제한 시간은 26시간 30분, 171km 제한 시간은 46시간 30분이다. 국내의 다른 대회도 비슷하다. 46시간은 말할 것도 없고 26시간 동안 자지 않고 달리는 건 상상조차 할 수 없다. 실제로 24시간 이상 동안 한숨도 자지 않는 것은 거의 불가능하다. 잠과의 사투가 이해된다. 얼마나 틈틈이 잘 휴식하고 자느냐가 완주의 성패를 가를 것이다. 우리나라에 100km 이상 트레일 러닝에 도전하는 사람은 얼마나 될까? 적게는 500명, 많게는 1,000명 정도 될 것이다. 많고 적고를 판단하는 건 독자들의 경험에 달렸을 것이다. 달리기를 잘하고 트레일 러닝을 즐기는 사람 중에도 100km에 도전하는 사람은 드물다. 100km에 도전하는 사람들은 이미 차원이 다른 사람들이다. 만약 누구라도 100km에 도전한다면 그 자체만으로도 대단한 트레일 러너가 된다는 것이다. 트레일 러닝은 마라톤에 비해 더 정답이 없다. 특히 42.195km를 넘어가는 울트라는 더 말할 것도 없다. 산 달리기를 잘하기 위해선 달리기 이론과 본인의 실력, 유경험자의 조언과 경험을 토대로 하나씩 시도하고 자신에게 맞는 트레일 러닝을 찾는 방법밖에 없다.

UTMB 리허설을 위해 나는 OSK가 주최한 서울 둘레길 157km 달리기 행사에 참가했다. 처음부터 완주할 마음은 1도 없었다. UTMB OCC 정도 되는 거리와 난이도만큼 달릴 생각이었다. 실제로 서울 둘레길 8코스와 7코스 2개를 달렸다. 총 51km에 누적 고도는 2,300m였다. UTMB 몽블랑에서 달려야 하는 56km와 3,500m에 비해 짧았지만, 리허설을 하기엔 충분했다. 지인들과 천천히 걷고 달리고, 1~2시간마다 편의점에 들러 먹고 싶은 음식으로 에너지를 보충하고, 점심시간에는 영양 가득한 추어탕과 갈비로 영양을 채웠다. 쉬는 시간과 식사 시간을 합해서 대략 10시간을 걷고 달렸다. 대회 훈련과 취미 활동을 한 번에 한 것이다. OSK 행사에는 나처럼 중간에 관두기로 한 사람도 많았지만, 끝까지 달리기 위해 참가한 사람도 꽤 있었다. UTMB를 한 달 남겨둔 상태라 마지막 훈련을 하러 온 러너도 많았다. 덕분에 샤모니에서 만날 분들을 미리 봤다. 그것도 기분 좋은 세렌디피티였다.

유난히 더웠고 폭염 경보도 있었다. 미친 짓이었다. 야외에서 하는 일이었다면 어떤 핑계를 대서라도 시작조차 하지 않았을 테지만, 좋아서 하는 달리기였다. 사람들의 얼굴에는 웃음과 생기가 가득했다. 일반인들이 보기엔 무모했지만, 그들에겐 각자 달릴 만큼 달리고 집에 가는 현명함과 최선을 다해 완주하는 강인함이 공존했다.

대회를 준비할 시간이 무한정 있는 것도 아니고 무기한 대회 준비를 할 마음도 없다. 인생이 유한해서 의미 있듯 대회를 준비하는 기간도 유한해서 더 의미 있다. 인생이 무한하다면 오늘을 열심히 살 이유도 없듯 대회를 준비하는 기간이 무한하다면 오늘을 열심히 달릴 이유도 없을 테니까. 최소한 엘리트 선수가 아닌, 직장과 가정생활을 병행하는 보통의 러너에겐 더 그렇다.

헬스장에 등록한 것은 산에서 달리기 어려운 평일에 기구를 이용한 언덕 훈련을 하기 위해서였다. 그런데 헬스장은 의외로 다른 쓰임이 있었다. 그것은 비 올 때 장거리 달리기를 할 수 있다는 것이었다.

여름이 오면 비가 내리는 날이 많아진다. 비가 오는 날 1시간을 달리는 건 아무 문제가 되지 않지만, 그 이상을 달리는 건 그리 내키지 않는다. 혹시나 좀 더 쾌적할까 싶어 신은 고어텍스 러닝화는 1시간을 버티지 못하고 축축해졌다. 레인 재킷은 밖에서 들어오는 빗물은 막아주지만, 몸에서 솟아 나는 땀은 어쩌지 못했다. 고어텍스와 레인 재킷이 각종 수치를 들먹여가며 비를 막고 땀을 배출한다 해도 그건 그저 숫자일 뿐이다. 쏟아지는 비에도 상쾌하다는 건 상식적으로 말이 되지 않는다. 궁금하면 직접 사서 신어보고 입어보면 되지만, 돈 낭비가 될 확률이 99.9%다. 풀 마라톤 이상의 대회를 제대로 준비하기 위해선 최소 2~3주에 한 번은 장거리를 달려야 한다. 직장인에게 장거리 달리기를 할 적당한 시간은 주말이다. 주말에 비가 오면 곤란하지만, 비는 평일과 주말을 가리지 않는다. 나는 비를 핑계 삼아 주말을 그냥 넘기고 싶지 않았다. 달리기를 갓 시작하는 사람들은 이게 도대체 무슨 말인가 싶겠지만, 일단 달리기에 빠지면 주말에 달리지 않고는 못 배긴다. 마치 안중근 의사가 하루라도 책을 읽지 않으면 입안에 가시가 돋는다고 말했던 것처럼 우리 러너는 달리지 않으면 발바닥에 가시가 솟는 것 같다.

헬스장에 등록할 즈음 감기가 떨어졌다. 감기가 있을 때는 푹 쉬라는 의학적 권고를 깨고 1주일간 2번 일상 달리기를 했다. 그럴 수 있었던 이유는 열과 근육통이 없는 약한 감기였기 때문이다. 달릴 때 평소보다 땀이 조금 더 나긴 했다. 숨도 찼고 다리도 무거웠다. 감기는 달리기 성능을 떨어뜨리는 게 분명했다. 문득 감기는 몇 % 정도의 달리기 성능을 하락시키는지 궁금했다. 답은 없었다. 감기의 강도에 따라 다를 텐데, 그 강도라는 건 애초에 측정 불가다. 감기에서 벗어나니 몸이 가벼워졌다. 감기에 걸렸다고 다시는 감기에 걸리지 않는 건 아니지만, 감기가 단기간에 다시 오는 경우는 드물다. 몽블랑에 가기 전에 감기에 걸린 것이 오히려 잘된 건지도 모른다. 뇌의 회로를 긍정으로 돌리자 걱정이 줄어들었다.

헬스장에 등록한 첫날 러닝머신에서 달렸다. 러닝머신의 최대 기울기는 16도였다. 16도 기울기로 5km를 달리다 걷다 달리다 걸었다. 16도 기울기에서 5km를 걷고 뛰는 건 무척 힘겨웠다. 실내의 더운 공기와 힘든 언덕 달리기로 이마와 얼굴에서 땀이 흘러내렸다. 내 몸에 물구멍이 생긴 것 같았다. 악으로 깡으로 겨우 5km를 버텨냈다. 이것도 계속하면 익숙해지고 편해지겠지 생각했지만 할 때마다 힘들었다. 굳이 5km를 버텨낸 이유는 몽블랑에 5km 이상을 계속 올라가기만 하는 구간이 있어서다. 주말은 대체로 평일보다 달리기 강도가 높다. 월요일에 내가 달리기를 하지 않는 이유다.

어느 날 달리기를 하러 나가지 않고 집에서 약간의 여유를 즐기다 얼마 전 달리기 책에서 봤던 벤치 런지를 시도했다. 이건 글로 읽는 것보다 유튜브 영상으로 보는 것이 백배 낫다. 아무튼 그냥 런지보다 힘든 것인데, 런지를 꾸준히 해온 나도 벤치 런지를 처음 한 후에는 허벅지부터 둔근까지 뻐근해졌다. 그 강도는 트레일 러닝을 할 때 더는 오르기 힘든 상황에서 느끼는 수준이다. 다음 날부터 나는 이틀간 엉덩이의 심오한 뻐근함을 느낄 수밖에 없었다. 몽블랑에서 쌩쌩 달리려면 더욱 친하게 지

내야 할 운동법이었다.

벤치 런지만으로도 UTMB 몽블랑을 잘 달려낼 만큼 하체 근력을 만들 수 있을 거란 예감이 들었다. 괜히 헬스장에 등록했나 싶기도 했지만, 마음을 고쳐먹었다. 평일에 한 번은 16도 기울기로 달리고, 가끔은 천국의 계단을 오르고, 비가 오는 날에는 트레드밀에서도 30km 이상의 장거리를 하면 헬스장 비용은 투자가 된다. 역시 긍정 회로는 좋다.

벤치 런지로 허벅지에 이어 둔근까지 뻐근해졌을 때 마냥 쉬는 것보다 평지에서 가볍게 달리는 것이 근육을 푸는 데 도움이 될 것 같았다. 헬스장 대신 당현천으로 나갔다. 1시간 동안 달리는 내내 힘들었다. 언덕을 만나 달리기가 힘들었을 때 나는 아무런 거리낌 없이 달리기를 걷기로 바꿨다. 근육통에서 오는 힘겨움은 아니었다.

'산도 아닌데 왜 이렇게 힘들지?'

달리는 동안 생각은 시간과 공간을 마음대로 넘나들었다.

'언덕이 아니라 평지라면 계속 달릴 수 있었을까? 혹시 달리기를 멈추기 위한 핑계는 아니었을까?'

갑자기 현실로 돌아온 머리가 차가워졌다. 트레일 러닝은 걷고 뛰는 게 당연하다 여겨 걷는 시간을 점점 늘리고 천천히 달리는 데도 익숙해졌다. 그러다 보니 10km를 쉬지 않고 달리는 것조차 힘들어진 것이다. 56km를 달려야 하는데 10km 달리기도 힘든 상황이라니, 참으로 어처구니없었다. 56km를 준비하기 위해서 장거리 달리기가 꼭 필요하다는 결론에 이르렀다. 지금 상태로 쉬지 않고 얼마나 달릴 수 있을지 궁금했다.

6월의 첫 토요일이라 30km 이상은 달리고 싶었다. 하프 마라톤 이상의 거리를 혼자 달리는 건 쉽지 않다. 함께 달리는 것이 훨씬 수월하다. 함께 달릴 누군가를 급히 찾았다. 마침 토요일 6시에 20km를 달릴 지인들이 있었다. 5시에 1시간을 혼자서 먼저 달리고 그들과 함께 20km를 달리면 30km를 어려움 없이 달릴 수 있을 것 같았다.

토요일 아침, 러닝 베스트를 입고 집을 나섰다. 트레일 러닝 대회 필수 장비를 모두 갖췄다. 러닝 베스트를 메고 달리는 건 맨몸으로 달리는 것보다 딱 무게만큼 더 힘들다. 대회에서 러닝 베스트와 그 안에 들어갈 필수 장비를 뺄 수는 없으니, 좀 더 가볍게 달리기 위해선 허리에 붙은 지방을 빼면 된다. 대회 당일 67kg으로 달리면 좋을 것 같다. 성인이 되어선 한 번도 본 적 없는 몸무게다. 지금부터 5kg을 더 빼야 한다. 마침 잘 됐다. 매달 2~3주마다 30~40km의 장거리 달리기를 하고 7월부터는 그 이상의 달리기를 할 생각인데, 감량은 꼭 그렇게 달려야 할 이유가 된다.

9km쯤 달렸을 때 모임 장소에 도착했다. 약속 시각이 되기

도 전에 동호회 형이 나와 스트레칭을 하고 있었다. 나머지 분들도 속속 도착했다. 곧 오늘의 독수리 오 형제가 완성됐다. 스트레칭을 하는 사이 10분이 지났다. “즐겁게 달려봅시다”라는 이구동성에 이어 신발이 바닥을 치는 소리가 경쾌하게 울렸다. 의정부 방향으로 100m 정도 갔을 때다. 중랑천을 보는데 윤슬이 반짝였다. 중랑천에서 윤슬을 만나기는 처음이다. 딱 적당히 풀린 몸과 총천연색의 자연을 품은 6월 초의 중랑천과 1년에 몇 번 만날 수 없는 멋진 날씨와 내가 좋아하는 걸 좋아하는 사람들 덕분이었다. 로드에서 이렇게 긴 장거리를 달리는 건 지난 3월 19일 서울 마라톤 이후 처음이다. 날짜로 따지니 70일이 넘었다. 그동안 장거리 달리기를 지나치게 멀리한 것이다. 풀코스를 완주하려면 3주 전에 최소 한 번은 30km를 달리는 것이 나의 마라톤 지식이다. 늘 풀코스를 달릴 수 있으려면 3주에 한 번은 30km 이상을 달려야 한다는 뜻이다. 33트레일런 대회도 참가하고 바로 30km 트레일 러닝도 했지만, 그건 걷기와 달리기가 합해진 거리다. 완주를 위해서는 충분하지만, 내가 원하는 페이스로 달리기 위해선 역부족이다.

동호회 회원들과 그간 나누지 못했던 근황을 이야기하는 동안 거리는 빠르게 불어났다. 몽블랑 이야기도 자연스럽게 나왔다. 화두는 고산증이었다. 고산증은 2,000m 이상에서 나타난다고 한다. OCC 종목 몽블랑 주로에서 만나는 최고 높이는

2,202m이며 2,000m 이상 달릴 거리는 5km 내외다. 대회에 참가한 사람들의 후기를 보니, 어떤 사람들은 고산증으로 힘들었다 하고 어떤 사람은 어려움이 없었다고 했다. 경험하지 않은 나는 어떻게 될지 모른다. 모를 때는 공부가 답이다. 고산증에 대해 알아보니 2,000m까지는 아무 문제 없고, 2,500m에서는 20%, 3,000m에서는 40%, 4,000m 이상에서는 60% 이상의 비율로 고산병이 나타난다고 한다. 2,200m에서 고산병이 나타날 확률은 최대 10% 정도 될 터였다. 고산증에 대비한 약은 아세타졸과 비아그라가 있는데 굳이 약까지 먹어야 할까 싶었다. 시험 삼아 먹기도 꺼림칙하다. 전문가들의 조언을 실천하기로 했다. 대회 며칠 전에 도착하기에 2,500m 이상 높이에서 두 번 정도 올라가 적응을 하고, 실전에는 수분 섭취를 충분히 하고, 2,000m 이상에선 천천히 움직이고, 가벼운 두통에 대비해 타이레놀을 준비하기로 했다. 지금까지 올라본 가장 높은 산은 1,947m의 한라산이다. 거기까지는 아무렇지도 않았다. 고작 50m 더 높은 곳에서 고산증이 시작된다고 하니 신기하다. 하긴 물 한 잔에, 음식 한 주먹에, 약 한 알에, 주사 하나에 사람이 죽고 사는 것을 떠올리니 50m나 100m 높이도 절대 만만한 것은 아니라 여겨졌다.

누적 19.5km에서 반환점을 돌았다. 호흡도 좋았고 다리도 괜찮았다. 그간의 달리기가 하프 마라톤을 달리기엔 충분했던 것이다. 그렇다고 앞으로 달릴 거리가 낙관적이진 않았다. 충분히 잘 훈련되어도 30km 언저리에 가면 마라톤의 벽이란 놈은 어김없이 찾아올 것이다. 더군다나 나는 제대로 훈련되어 있지 않은 상태였다. 20km를 막 지났을 무렵부터 함께 달리던 세 사람이 조금씩 앞서나갔다. 내가 달리는 속도가 늦어진 건 아니다. 단지 그들이 빨려졌고, 그들의 속도를 따라가기엔 내가 다소 힘겨웠을 뿐이다.

도봉구와 의정부의 경계선 어느 즈음에 300m 정도 되는 나지막한 언덕이 있다. 트레일 러닝에선 아무것도 아니지만, 로드치고는 꽤 높은 언덕이다. 25km를 코앞에 둔 상황이었다. 의정부 방향으로 달릴 때 이미 한 번 지났던 언덕인데, 20km 이전에 만났을 때와 이후에 만났을 때 몸의 반응은 완전히 달랐다. 나는 충분히 지쳐 있었다. 다행히 옆에 아무 말 없이 함께 달려주는 동네 형이 든든한 힘이 됐다. 남은 6km를 '함께'의 힘으로 겨우 버텨냈다. 시작할 때는 내심 3시간 또는 35km까지 달리고 싶었지만, 독수리 형제들이 끝내는 순간 나도 멈췄다. 30km를 달려낸 성취감과 35km를 채우지 못했다는 아쉬움이 교차했다. 다시 긍정 회로를 돌릴 시간이었다.

30km를 채우면 42km를 해낼 수 있다.

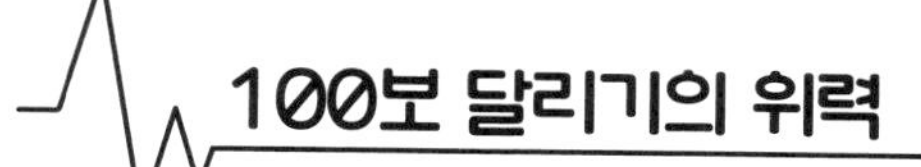

운탄고도 스카이레이스는 트레일 러너들이 교류하는 마당이다. 참가 인원도 2,000명으로 국내 최대 수준이다. 자칭 타칭 트레일 러너라고 불리는 사람은 웬만하면 다 모인다. 대회 전날에는 주최 측과 협찬사가 마련한 부대 행사도 열린다. 대회 참가자들의 90% 이상이 대회 전날 대회장에 도착하는 이유다. 지인 수십 명 중에서 대회 당일 대회장에 도착한 사람은 고작 1명뿐이었다. 선수들은 대회장에서 열리는 이벤트에 참가하고, 할인된 가격으로 용품을 사고, 평소에 만나지 못하는 지인들과 즐거운 시간을 보낸다. 달리는 연예인이나 러닝 인플루언서를 만나는 재미도 쏠쏠하다.

정선으로 출발하기 전날, 33트레일런을 주최한 송훈 님에게 연락해 혹시 대회에 참가하는지 물었다. 그는 대회 참가는 안

하지만, 아내를 응원하러 온다고 했다. 반갑다는 말을 전하며 올레 님과 함께 만나자고 했다. 트레일 러닝 대회 주최에 관심이 많은 올레 님을 바보 님에게 소개하고 싶었다. 좋은 대회가 많아질수록 러너들의 삶은 즐거워진다. 두 사람의 만남이 다른 좋은 대회로 연결되거나 33트레일런이 더 큰 대회로 발전되기를 바랐다. 동네에 사는 형들과 함께 아침 일찍 출발한 덕에 11시가 되기 전 하이원리조트에 도착했다. 송훈 님과 약속한 시각은 1시간이 남아 있었다. 이른 시간이라 대회장에 도착한 사람은 거의 없었다. 대회 주최자와 부대 행사 관계자들만 막바지 준비를 하느라 분주했다. 바보 님이 곧 도착한다는 카톡 알림이 울렸다. 아침을 먹지 않은 터라 배가 고프던 참이었다. 예상보다 이른 시간에 도착한다는 소식에 세 남자의 얼굴에 만족스러운 미소가 번졌다. 10분 뒤 우리가 먼저 식당에 도착했고 곧 송훈 님이 식당으로 들어왔다. 각자 다른 시간과 다른 방향에서 왔지만, 목적지와 모인 이유가 같은 우리는 금방 화기애애한 동료가 됐다. 식사 중에도 이야기는 끊어지지 않았다. 주제는 달리기를 정주행하고 있었다. 우리가 밥을 먹는지 달리기 이야기가 밥을 먹는지 알 수 없는 시간이 흐르는 동안 식탁 위 음식은 하나씩 사라졌고, 곧 빈 그릇만 남았다.

식사 후 커피는 기본 코스다. 본격적으로 33트레일런의 뒷이야기를 들을 차례였다. 강원도 골짜기(?)에도 무인 카페가 있었다. 가까운 무인 카페로 갔다. 우리가 의식하지 못하는 사이에도 세상은 트렌드를 따라 한 방향으로 일제히 움직이고 있었다.

달리기도 그렇다. 러너들이 교류하고, 즐기고, 달리는 것이 한 공간에서 이루어지는 대회가, 무인 카페가 하나씩 새로 생기듯 만들어지고 있었다. 송훈 님은 벌써 그 일을 하고 있었고 올레 님은 막 그걸 하려는 것이다. 송훈 님은 칭찬의 힘이 대단하다는 말로 33트레일런의 후일담을 시작했다. 그의 얼굴엔 미소와 자부심이 물결처럼 일렁이고 있었다.

"작년, 첫 33트레일런 대회는 무척 힘들었고 적자도 심했어요. 따라온 건 마음고생이었지요. 의기투합해 대회를 만들었지만, 누구도 다음 대회를 이야기하지 않았어요. 그랬던 우리가 어느 날 다시 신발 끈을 조여 매고 두 번째 대회를 준비하고 있더라고요. 시작은 사람들의 칭찬이었어요. 대회 너무 좋았어요. 대회 또 언제 하나요? 꼭 참가할게요. 33트레일런 같은 대회는 없었어요…."

칭찬의 힘은 고래도 춤추게 하지만, 없던 마음도 생기게 했던 것이다.

33트레일런 대회 참가자들이 가장 아쉬워했던 것은 코스 표식이었다. 코스 표식은 대회의 기본인데 왜 없었을까? 그것은 북한산 둘레길을 관리하는 국립공원에서 허가를 해주지 않았기 때문이다. 아쉬운 건 그것뿐만이 아니다. 국립공원 측은 대회 코스에 포함된 우이령길에선 뛸 수 없다고 했고 실제로 대회를 치르는 동안 민원도 들어왔다고 한다. 자동차도 다니는 길에 사람이 달리지 못하는 건 이해하기 쉽지 않았다. 물론 국립공원이 그러는 데는 그만한 이유가 있을 것이다. 육상연맹이나 산악연맹이 아니면 지자체나 정부 기관의 협조를 얻기가 어렵다고도 했다. 그런 어려운 여건에서도 그들이 대회를 주최한 건 꺾이지 않는 열정과 끈기 덕이다. 그는 33트레일런을 조금 더 키우고 싶다고 했다. 계절마다 다른 북한산 둘레길의 매력을 보여주고 싶어 봄, 여름, 가을, 겨울에 한 번씩 대회를 개최하려는 의지도 보였다. 올레 님은 무엇이 33트레일런에 도움이 될지 생각해보기로 했고, 앞으로 대회 주최할 때 바보 님의 경험이 큰 도움이 될 거라는 고마움도 전했다. 지금도 새로운 대회를 시도하고 노하우를 공유하는 러너들의 만남은 전국 방방곡곡에서 이뤄지고 있을 것이다. 내가 본 건 정말 일부에 불과할 테니까.

순식간에 하루가 지나 42km 종목이 시작하는 8시를 앞두고 있었다. 600명의 42km 선수들, 선수들을 응원하러 나온 20km와 12km 선수들, 그들의 가족과 친구들, 모두의 얼굴은 설렘으로 가득했다. 대회 출발을 알리는 전광판은 초읽기를 시작했다. 5, 4, 3, 2, 1! 선두권 선수들은 늘 그렇듯 쏜살같이 튀어 나갔다. 초반 500m를 지나면 좁은 등산로가 있기 때문이다. 병목 현상을 피하려는 선수 중에는 나도 끼어 있었다. 선두권 주자들의 속도에 맞추다 보니 숨이 순식간에 거칠어졌다.

작년에 이 대회에 참가한 경험을 살려 초반부터 페이스 조절을 했다. 걷기와 달리기를 섞어가며 오르막에 익숙해졌다. 50km 이하 트레일 러닝에서 차원이 다른 실력을 보여주는 김지섭 선수는 이미 눈에 보이지 않고 50대 중반의 나이에도 여전히 초고수의 실력을 유지하는 심재덕 선수는 잠깐 보이더니 사라진다. 직선 주로라면 출발선에서 헤어진 엘리트 선수를 다시 만나는 건 불가능한데, 이 대회는 순환 주로가 두 번 있어 엘리트 선수를 두 번은 만나게 된다. 그들이 얼마나 잘 달리는지 보는 것도 운탄고도 대회의 매력이다.

6km 지점부터 시작하는 내리막에서 전혀 예상치 않은 문제들이 잇따라 나를 덮쳤다. 먼저 치고 나온 건 발가락이었다. 엄지발가락이 계속 앞으로 밀렸고 곧 통증이 시작됐다. 페이스 조절을 위해 천천히 가려고 했던 것이 어쩔 수 없이 천천히 내려가는 꼴이 됐다. 시간이 지날수록 통증은 요동쳤다. 속도를 내야 하는 낮은 내리막에서조차 속도를 내기 어려웠다. 신발이 문제였다. 평소에 신던 트레일 러닝화를 제쳐두고 고작 2번 신은 브룩스 칼데라를 선택한 이유는 내가 가진 트레일 러닝화 중에 가장 미드솔이 두툼해서다. 최근 달리기 거리를 늘린 까닭에 무릎을 보호하고 싶은 마음이 컸다. 통증이 생기고 나서야 그간 칼데라에 손이 가지 않은 이유가 떠올랐다. 신발을 사고 처음 신었을 때

도 엄지발가락 쏠림이 있었다. 신발 끈을 제대로 묶지 않았냐 하면 그것도 아니었다. 신발을 갈아신거나 벗어야 문제가 해결되지만, 산에서, 더군다나 대회 중에는 그럴 수 없다. 간혹 신발 앞부분을 잘라내는 선수도 있다지만, 칼을 가져오지 않았을뿐더러 그렇게 했을 때는 돌과 발이 헤딩하는 상황이 발생할 수도 있다.

두 번째 문제는 내려갔던 비탈길을 올라오면서 생겼다. 살로몬 센스프로 5 베스트에 커스텀 쿼버를 장착하고 그 안에 스틱을 넣었는데, 넣고 빼는 걸 충분히 익히지 않았던 것이 문제였다. 대회 시작 전에 스틱을 빼고 넣는 걸 친구에게 배우기는 했지만, 실전에서 바로 익숙해지지는 않았다. 스틱을 펴는 것도 문제였다. 급한 마음에 스틱을 제대로 고정하지 않고 달리는 바람에 넘어지기도 했다.

세 번째 문제는 허리 통증이다. 오르막이 끝나고 다시 내리막이 시작하는 16km 지점에서 통증이 시작됐다. 처음에는 이유를 몰랐다. 통증 부위와 정도는 소변을 오래 참았을 때와 거의 같지만, 나는 전혀 소변 생각이 없었다. 중간중간 멈춰 허리 스트레칭을 하고 다시 달렸다. 10km를 더 달린 후 도저히 참기 어려웠을 때 전날 새로 산 러닝 벨트가 허리를 너무 압박해서 그런 건 아닐까 하는 의심이 생겼다. 임시방편으로 러닝 벨트를 허리 아래로 내려 허벅지에 걸쳤다. 조금 나아진 기분이 들어 31km 지점 CP에서 자원봉사를 하던 동호회 동생에게 러닝 벨트를 맡겼다. 허리에 문제가 생긴 건 기본을 망각해서다. 대회에선 새로운 시도를 하지 않아야 하는데, 나는 어제 산 러닝 벨트를 입고 달린 것이다. 앞으로 살을 뺄 생각을 고려하여 미리 한 치수 작은 걸 선택한 것도 문제다. 러닝 벨트와 허리 통증이 명확한 인과관계가 없을지라도, 벨트 외에 허리 통증이 생길 만한 원인은 아무것도 없었다.

문제의 원인이 사라진다고 문제가 바로 사라진 건 아니었다. 허리 통증이 조금씩 괜찮아졌지만, 여전히 계속됐고 내리막에선 엄지발가락이 아프다고 아우성쳤다. 걸었다. 걸으면서 시계를 보니 순간 속도가 km당 12분이 나왔다. 내 마음에는 5시간 이내 완주 목표가 있었다. 걸어서는 5시간은커녕 6시간 이내에 들기도 어려웠다. 아직 가야 할 길은 11km나 남았다.

일단 100보를 달리고 100보를 걷자. 일단 해보자. 100보를 달리는 게 쉬운 건 아니었지만 버틸 만했다. 그러자 12분까지 밀리던 속도가 7분이 되고 6분이 됐다. 5시간에 내에 완주할지도 모른다는 희망이 생기자 기분이 좋아지며 힘도 났다. 달리기는 100보에서 150보로 늘어나고 걷는 거리는 100보에서 50보로 줄었다. 허리 통증은 조금씩 멀어지다 어느 순간 전혀 느껴지지 않았다. 100보 달리기의 힘은 컸다. 대회에서 얻은 가장 큰 소득이다. 몽블랑에서도 큰 힘이 될 방법이다. 40km

를 넘어섰을 때 예상 기록은 4시간 58분 정도 됐다. 그런데 아무리 달려도 결승선이 나오지 않았다. 무슨 이유였는지 나는 총 거리가 41.6km라 여겼다. 그런데 41.5km를 가도 끝이 보이지 않았다. 결승선이 보였을 때 시간은 5시간이 넘어가고 있었다. 골인한 후 시계를 보니 최종 거리는 42.1km, 트레일 풀코스였다. 1분 차이로 5시간을 넘긴 건 조금 아쉬웠지만, 시간이 지날수록 괜찮은 레이스를 했다는 생각에 만족감이 찾아왔다. 나름의 방식으로 충분히 즐겼고, 완주했고, 배웠다. 그러면 된 것이다. 나는 아직 UTMB 몽블랑으로 가는 과정에 있었다.

1초라도 빨리 앉고 싶을 만큼 몸에 힘이 없었다. 근처 그늘이 있는 곳에서 철퍼덕 앉았다. 양말을 벗어보니 양쪽 엄지발가락 아래가 까매져 있었다. 피멍이었다. 달리기 인생에서 처음 있는 일이지만, 달리기 지인들을 통해 흔히 들었던 것이라 낯설지는 않았다. 친구들과 지인들이 준 얼음물, 붕어빵, 돈가스 마요 밥, 커피를 먹는 사이 찌그러졌던 얼굴은 다리미로 다린 듯 펴졌고 도망갔던 웃음도 조금씩 되돌아왔다. 대회 진행자는 결승선에 들어오는 선수를 알렸고, 결승선에 들어오는 선수들은 환호했다. 그들의 지인과 친구, 가족들은 선수들과 함께 달리거나 사진을 찍거나 동영상을 찍고 있었다. 그들을 가만히 바라보고만 있어도 기분이 좋아졌다.

42km 트레일 러닝 대회를 치르고도 무릎이 전혀 아프지 않았던 것은 큰 소득이었다. 달리기 거리를 늘리고 훈련 강도를 높이면서 혹시 부상이 찾아오면 어쩌나 하는 불안감이 있었는데, 운탄고도 스카이레이스 완주는 그런 불안감을 날리기에 충분했다. 그래도 달리기 거리와 훈련 강도를 조금씩 올리고 훈련 후에는 스트레칭과 휴식을 소홀히 하지 않는 건 아무리 명심해도 지나치지 않다.

발톱 밑에 있는 피멍은 그대로였지만, 대회를 치른 후 3일째가 되자 걷거나 달리는 데 지장이 없었다. 조금 더 쉬면 좋겠지만, 체중을 줄이기 위해서는 무언가를 계속해야 한다는 약간의 조급함이 있었다. 그 무언가는 천천히 달리고 걸으며 운동량을 유지하고 불필요한 음식 섭취를 줄이는 것이었다. 준비해야 할 것이 없다면 몸과 마음이 저절로 느슨해지지만, 80일 앞으로 다가온 UTMB 몽블랑 대회로 몸과 마음이 느슨해질 겨를은 없었다.

시간이 흐를수록 잘 달려내고 싶은 마음이 영글고 있었다. 트레일 러닝은 일상으로도 침투했다. 운탄고도 대회가 끝난 지 며칠 지나지 않았을 때다. 페루와의 축구 국가대표 평가전이 있었다. 축구를 좋아하는 아들과 함께 집에서 축구를 보기로 했다. 축구를 보는데 대회 때 스틱을 제대로 사용하지 못해 허둥대던 모습이 부유물처럼 머릿속에 떠다니고 있었다. 그걸 싹 치우고 싶었다.

전반전이 끝났을 때 트레일 러닝 용품 상자에서 살로몬 러닝 베스트와 커스텀 퀴버, 스틱을 꺼냈다. 마음은 진작부터 스틱 사용법을 익히고 싶었지만, 축구를 보는 동안은 축구에 집중하는 척했다. 둘이서 함께 어떤 것을 할 때 한 사람이 딴짓하면 다른 사람의 흐름을 방해하여 집중력을 빼앗기 때문이다. 열심히 대한민국을 응원하는 아들을 방해하고 싶지는 않았다. 커스텀 퀴버는 스틱이 딱 들어갈 만한 크기의 가방이다. 마치 화살통처럼 생겨 트레일 러너들은 화살통이라고도 부른다. 커스텀 퀴버를 러닝 베스트에 장착하고 그 안에 스틱을 빼고 넣는 걸 연습했다. 예전 군대에서 총을 해체하고 조립했던 것처럼 스틱을 넣었다 뺐다 반복하면 1분 걸리던 것이 몇 초 만에 가능하리란 걸 아는 까닭이었다. 스틱을 넣고 빼는 건 여전히 익숙하지 않았다. 왜 생각대로 안 되는지 확인하고 싶었다. 현관에 있는 전신 거울 앞에서 거울을 보며 스틱을 넣고 빼자 문제가 보였다. 스틱을 빼는 순간 커스텀 커버 아랫부분이 위로 말려 올라가서 잘 빠지지 않았던 것이다. 왼손으로 커스텀 커버 아랫부분을 잡고 오른손으로 오른쪽 어깨에 있는 스틱을 잡아당기자 스틱이 쑥 빠졌다. 서너 번 되풀이하자 익숙해지며 시간도 단축됐다.

'이렇게 쉬운 걸 이제야 알다니.'

다음은 스틱을 펼치고 접는 걸 연습했다. 나는 길이 조절형 스틱을 사용했는데 고정형 스틱보다 시간이 더 걸리는 느낌이었다. 고정형 스틱을 사용하는 상황을 머릿속에 그리자 트레일 러닝 대회에 참가할 때는 고정형 스틱이 더 유리하다는 확신이 들었다. 비싼 스틱을 또 살 것 같은 불길한 예감이 찾아왔다. 어떤 물건이든 처음 살 때 제대로 된 걸 사면 좋은데 경험하지 않으면 무엇이 좋은지 알 수 없으니 돈이 새는 건 어쩔 수 없다.

내가 스틱에 빠져 있는 동안 나를 한 번씩 쳐다보던 아들이 나를 불렀다. 아들은 손으로 소파를 툭툭 치며 말했다.

"아빠, 이제 축구 시작해, 여기 와서 앉아."

그제야 나는 스틱을 내려놓고 다시 축구를 보기 시작했다. 트레일 러닝이 일상으로 들어온 걸 무조건 좋다고 할 수는 없지만, 어느 때보다 트레일 러닝에 몰입하고 있다는 증거였다. 이것이 장기간 이어지면 문제지만 실력이 어느 정도 궤도에 이르기까지 이어지는 건 그리 나쁘지 않을 것 같았다.

2014년, 홍시기 형이 보스턴 마라톤에 참가하며 거기서 서브 3에 도전할 거라 말했다.

'보스턴까지 가서 굳이 서브 3를? 도대체 왜?'

당시엔 전혀 이해하지 못했다. 그런데 나는 그때 그와 비슷한 생각을 하고 있었다. 몽블랑에서 나를 넘어서려고 하는 것이다. 가장 큰 이유는 지난 모든 달리기를 돌아봤을 때 몰입하여 준비하고 최선을 다해 완주했을 때 가장 만족스러웠기 때문이다. 한계를 두드리는 동안 나는 끊임없이 배우고 깨달았다. 아무리 노력한다 해도 나의 트레일 러닝이 완벽해지지는 않지만(실제로 훈련할 때마다 크고 작은 문제가 계속 나왔다), 시간이 흐르면서 조금씩 나아지는 건 분명하다.

나를 한계로 몰아넣는 달리기에 주의할 점은 있다. 번아웃과 부상이다. 몽블랑 이후에도 여전히 나는 주로에서 달리고 싶기 때문이다. 그래야 오늘도 주로에서 달리는 멋진 선배들, 좋은 친구들, 대단한 러너들을 만날 수 있다. 번아웃과 부상을 당하지 않기 위해서는 오랜 경험자들의 조언을 새기면 된다. 그들의 조언은 시시하리만치 단순하다.

'열심히 달리고 잘 쉬고 잘 먹고 반복하라.'

깊이 새겨야 할 피와 살이 되는 말이다.

달리기 친구가 UTMB 몽블랑 대회를 준비하는 데 도움이 될 거라며 유튜브 영상을 하나 보냈다. 〈마라톤 온라인〉이 올린 후지산 트레일 러닝 대회(UTMF) 영상이었다. 168km 대회에 출전하는 선수들의 모습이 담겨 있었다. 세계적인 트레일 러닝 대회에서 우승을 다투는 선수들은 프로와 아마추어 사이에 있다. 본업을 그만두고 달리기만 하는 사람도 더러 있지만, 본업을 유지하며 달리기를 하는 사람들이 대부분이다. 달리기에 집중하기 위해 직장을 그만뒀다는 중국 선수의 이야기는 인상적이었다. 무엇을 하며 생업을 유지하는지는 모르지만, 달리기에 대한 열정만큼은 인정할 수밖에 없었다.

UTMF(지금은 Mt.FUJI 100) 대회에서 몇몇 순위권 선수들은 개인 서포터들이 있었지만, 대부분은 스스로 모든 걸 해결했다. 나 또한 그 외의 선수이기에 UTMB 몽블랑 대회에서 스스로 모든 걸 해결해야 한다. 입상이 목표가 아니기에 서포터가 있고 없는 건 전혀 중요하지 않다. 세계적인 선수들도 러닝화를 잘못 선택하고, 영양 보급과 페이스 조절에 실패해 애를 먹는다. 산에서 날씨는 변화무쌍하여 선수들을 추위에 떨게 했고 심지어 대회가 중단되기도 했다. 누구의 잘못도 아닌 이유로 원하는 대로 달리지 못했을 때 선수들의 기분은 어떨까? 상상하기도 싫지만, 내가 그런 상황에 부딪치지 않는다는 보장은 없다. 실제로 그런 일이 내게 닥치지 않기를 비는 수밖에….

고수들의 레이스는 대단했지만, 그들도 보통의 러너처럼 힘겨울 때는 걸었다. 대회를 포기할 만큼 심각한 상황에서는 멈추기도 했다. 회복된 선수들은 순위와 관계없이 완주했다. 혹독한 상황에서도 완주한 선수들은 내게 어떤 상황에서도 쉽게 포기하지 않고, 자신을 믿고, 여유를 가지는 것이 중요하다고 말하는 것 같았다. 고수들과 숨만 섞어도 실력이 늘어나는 건 진리다. 그들과 달리는 기회가 있으면 좋겠지만, 그런 기회를 만들긴 쉽지 않다. 대회에서도 그들과 함께 달리는 건 어렵다. 고수들은 출발과 동시에 사라지기 때문이다. 고수들이 등장하는 영상을 보는 건 실제로 함께 달리는 것보다는 못하지만 좋은 대안이 된다. 대단히 잘 달리는 러너들의 영상을 보면서 나는 하나씩 배우고 실전에도 적용했다. 달리기 키가 1cm씩 커지는 느낌이었다.

대단한 러너들이 쓴 책 중에서는 심재덕 선수의 『나는 울트라 러너다』가 좋았다. 심 선수는 다른 어떤 울트라 러너보다 달리기에 진심이다. 책은 울트라마라톤뿐만 아니라 트레일 러닝과 달리기를 두루 다룬다. 내가 이미 알고 있던 것들은 탄탄한 논리가 되었고 몰랐던 것들은 좋은 정보가 됐다. 경험에서 우러나온 그의 조언은 UTMB 몽블랑 대회를 준비할 때 시행착오를 줄이는데 큰 도움이 됐다. 조금 더 일찍 읽었으면 좋았을 것이다. 그렇다고 그의 의견을 무작정 따라 할 수는 없다. 그의 재능과 훈련량은 나보다 한참 위에 있다. 누구에게나 통용되는 보편성과 그에게만 해당하는 개별성이 있다. 고수가 알려주는 비법이라도 보편적인 것과 개별적인 것을 분리해야 한다. 어떤 것이 보편적이고 어떤 것이 개별적인지는 직접 경험해야 알 수 있다. 그는 올해 50세가 훌쩍 넘었다. 전성기는 30대 중반이던 2006년이었다. 그해 그는 일본과 미국에서 세계 최고의 선수들을 넘어서며 우승했다. 만약 그때 UTMB 몽블랑 대회에 참가했다면 우승했을지도 모른다. 그는 2016년에야 처음 UTMB 몽블랑 대회에 참가했다. 우승권과 거리가 있었지만, 최선을 다한 그는 박수를 받아 마땅하다. 나보다 10살이나 많은 그가 여전히 국내 최정상의 위치에 있다는 건 놀라운 일이다. 그는 지금도 나이는 숫자에 불과하다는 걸 몸소 보여주고 있다. 트레일 러닝의 기술에 관해 알고 싶다면 심재덕 선수가 쓴 『나는 울트라 러너다』를 꼭 읽기 바란다. 이 책을 읽고 적용하면 당신도 분명 지금보다 잘 달리는 트레일 러너가 될 수 있다.

대단한 선수들의 영상과 책은 몽블랑에서 죽을 둥 살 둥 뛰겠다는 마음에 큰 변화를 주었다. 영상과 책을 통한 간접 경험으로 고산을 달리는 UTMB 몽블랑 대회에서는 어떤 일이 일어날 지 모른다는 걸 알게 된 것이다. 현지의 날씨와 트레일의 조건을 무시하고 무작정 열심히만 달리면 자칫 완주조차 하지 못할 것이다. 불패의 신화 이순신 장군을 벤치마킹하기로 했다. 이순신 장군이 이기는 싸움만 한 것처럼 만족하는 달리기만 하는 것이다. 마음가짐을 새로 했다. 몽블랑 대회 출발선에 서는 것만으로도 감사한 일이다. 상황에 맞게 최선을 다하면 그걸로 충분하다. 설령 DNF를 하더라도 말이다. 나는 타인을 위해 달리는 것이 아니라 나를 위해 달리는 것이다. 그러니 레이스에 대한 평가도 타인이 아닌 내가 한다. 몽블랑 대회를 준비하는 과정은 트레일 러닝을 알아가는 과정이고 대회는 그 과정을 시험하는 또 하나의 실전일 뿐, 그것이 끝은 아니다. 트레일 러닝은 몽블랑 대회 이후에도 계속되어야 하니까.

과정에 최선을 다하면 결과가 어떻든 나는 만족할 것이다. 목표 기록에 집착할 필요는 없다. 기록 외에도 의미 있는 무언가는 많다. 함께 몽블랑에서 달리는 동지들과 좋은 관계를 맺는 것, 세계 최고의 선수들을 가까이서 지켜보는 것, 아름다운 트레일을 온몸으로 느끼는 것, 나를 돌아보는 기회로 삼는 것, 이런 것들도 충분히 가슴을 뛰게 한다. 터질 듯 팽팽하던 마음이 조금은 여유로워지기 시작했다.

런-워크의 효과

7월에는 320km를 달렸다. 10년 넘은 달리기 인생에서 월간 300km 이상 달린 건 이번이 두 번째다. 한 해 200km를 달리는 달이 10번 정도 되는 나도 300km를 달리는 건 여간 어려운 일이 아니다. 월간 300km를 채우기 위해선 매일 10km를 달리거나, 하루 이틀을 쉰다면 매주 1번은 20~30km를 달려야 한다. 한 주에 사나흘을 달리는 사람이 월간 300km를 넘기는 건 훨씬 더 어렵다. 그들이 300km를 넘기기 위해서는 뛸 때마다 하프 마라톤 정도의 거리를 달려야 하기 때문이다. 내가 300km를 넘긴 데는 운탄고도 스카이레이스 42km와 해피레그 울트라마라톤 대비로 달린 40km가 큰 몫을 했다. 한 달에 40km를 2번 달리면 300km를 훌쩍 넘길 줄 알았지만, 실제로 그렇지는 않았다. 30km 이상 달리면 최소한 이틀, 그 이상 달리면 사나흘은 달리기를 중지하다 보니 40km 달리기가 달리기 거리를 늘리는 데는 별 소용이 없었던 탓이다.

트레일 러닝 50km에 입문하기 전에는 40km 이상 긴 거리를 달린 건 마라톤 대회가 거의 유일했다. 대회를 달릴 땐 중간에 쉬거나 걷지 않고 시작부터 끝까지 빠른 속도로 달리는 게 당연했다. 그렇게 달리면 대회 다음 날부터 최소한 3일은 근육통이 이어진다. 달리고 싶어도 달리지 못하니 자연스럽게 사나흘은 쉬었다. 마라톤 대회 후 며칠간 쉬는 건 자연스러운 습관이 됐다. UTMB 몽블랑 대회를 준비하며 40km를 달려도 근육통이 없고 몸도 피곤하지 않다는 걸 깨달았다. 이유를 분석했다. 그간 몸이 단련됐던 것과 천천히 달린 것도 있지만, 달리는 중간중간 걸었던 것이 비결인 것 같았다. 트레일 러닝을 하면 걸을 수밖에 없다. 50km를 달리는 동안에 최소한 10번 이상은 걷는다. 제아무리 날고 긴다 해도 산에서 달릴 땐 걸을 수밖에 없는 이유는 수시로 나타나는 가파른 오르막 때문이다. 달리다가 걸으면 달리는 동안에는 더 긴 거리를 달릴 수 있으며 달린 후에는 회복기를 당겨준다. 이것은 세계적인 마라톤 전문가이자 『마라톤-5km에서 42.195km까지』의 저자인 제프 갤러웨이의 주장이다. 가민 시계를 이용하는 러너들은 가민 코치가 제안하는 훈련 프로그램을 활용하기도 한다. 가민 코치 중에 제프가 있는데 그 사람이 바로 제프 갤러웨이다. 나는 10여 년 전 그를 알게 됐다. 잘 달리고 싶은 마음에 이런저런 달리기 책을 참고할 때다. 그는 '런-워크' 프로그램을 초보 러너에게 권한다. 10년 전에는 달리기 유튜브가 없었고 지금처럼 대중을 상대로 한 러닝 클래스도 없었다. 체계적으로 달리기를 배우기 위해선 전문가가 쓴 책을 활용하는 것이 거의 유일한 방법이었다. 제프 갤러웨이는 책에서 '런-워크' 프로그램을 다뤘는데, 나는 눈으로만 읽었지 몸으로 실행하지는 않았다. 달리기 도중 걷지 않아도 될 만큼 실력이 쌓인 상태였고 쉬지 않고 달려야 훈련 효과가 확실하다는 고정관념도 있었다. 달리는 중간에 걸으면 빨리 회복한다는 걸 알았지만, 달리는 도중 걷는 것이 훈련 효과에 어떤 영향을 미치는지 경험하기 위해선 조금 더 시간이 필요했다.

나는 우리 동네 동호회에서 마라톤을 배웠다. 엘리트 선수들처럼 체계적으로 배우지는 못했지만, 풀 마라톤을 달려내기엔 모자람이 없었다. 선배 회원들 덕분에 달리기 실력이 일취월장했다. 경험이 쌓일수록 달리기에 관한 생각이 조금씩 변했지만, 달리기 훈련을 할 때는 중간에 쉬거나 걷지 않고 끝까지 달려야 한다는 생각은 요지부동이었다. 그렇게 달려야 훈련 효과가 더 있다고 배웠다. 모든 동호회 선배들이 그렇게 말하지는 않았다. 마침 나의 페이스를 맞춰주던 한 선배가 툭 던졌을 뿐이다.

"달리기 훈련을 할 땐 말이야, 중간에 쉬면 안 돼. 그럼 훈련 효과가 없어."

진지하게 말한 게 아닌데도 나는 그걸 금과옥조로 여겼고 한 번도 의심하지 않았다. 그렇게 달리며 시간이 쌓이자 점점 잘 달리는 러너가 됐다. 달리기에서 성공 가도를 달리다 보니 대회 때는 물론이고 훈련 때도 중간에 걷는 건 상상조차 하지 않았다. 십 년 동안 지켜온 방법에 변화가 찾아온 건 작년 춘천 마라톤을 한 달 앞뒀을 때다. 마피아 크루에서 대회 방식으로 준비한 마라닉 풀코스 이벤트가 있었다. 이벤트는 마라톤을 피크닉처럼 달리는 거라 훈련 효과가 있을 거라 여기지 않았다. 나는 개인 PB를 목표로 달리기 훈련에 열을 올리고 있었다. 훈련 효과가 확실한 개인 훈련과 즐거운 마피아 이벤트 사이에서 갈팡질팡했지만, 전국 각지에서 오는 지인들을 만나기로 했다.

이벤트 당일 마라닉 행사의 취지상 느린 속도로 달렸고, 달리는 도중 수시로 걸었고, CP에선 앉아 쉬기도 했다. 그렇게 풀코스를 달리는 동안 피로를 느끼지 못했고 달린 후에도 마찬가지였다. 그래도 과거의 습관대로 며칠 달리기를 쉬었다. 여러 가지 다른 변수도 있어 마라닉 마라톤과 춘천 마라톤 간에

인과관계를 증명할 수 없지만, 나는 춘천 마라톤에서 PB를 했다. 이 정도면 시작부터 끝까지 달리는 것과 중간중간 걸으며 달리는 것 사이에 훈련 효과의 차이는 없지 않을까?

중간에 걷기를 끼워 넣는 것이 훈련 효과를 반감시킨다는 선배의 생각을 버리기로 했다. 하지만, 경험을 믿음으로 전환하는 데는 또 반년이나 걸렸다. 걷기를 넣는다고 훈련 효과가 줄어들지 않는다는 걸 완전히 받아들인 데는 인터벌이 한몫했다. 기록 향상에 필수적인 인터벌을 할 때도 중간에 걷기나 느린 달리기로 회복기를 가진다. 인터벌과 LSD의 차이는 속도 외에는 없다. 이런저런 생각을 하니 장거리 훈련을 하는 동안에도 중간중간 걷는 것이 회복은 물론 훈련 효과를 얻는 데도 더 좋은 건 아닐까 하는 생각에까지 이르렀다. 걷기가 회복에 도움이 되고 훈련 효과에도 영향을 미치지 않는다는 걸 받아들이자 실제로 다른 사람도 그런지 궁금했다. 100km 피니셔 선배들에게 어떻게 훈련하고 대회에선 어떻게 달리는지 물었다. 그들은 100km를 달리는 동안 수시로 걸으면서 회복한다고 했다. 그렇게 달리면 마라톤 풀코스와 울트라 100km가 별 차이 없다고도 했다. 걷기가 달리는 동안과 달린 후 회복에 큰 도움이 된다는 짐작은 점차 확신이 됐다. 런-워크 프로그램이 회복에 확실한 도움이 되는지 알아보기 위해서는 달리기 전후 정밀 검진을 하면 되겠지만, 일반인이 그렇게까지 하는 건 빈대 잡자고 초가삼간 태우는 격이다. 어떤 사람들은 인생이 자신을 찾아가는 과정이라고 한다. 달리기도 수많은 달리기를 통해 자신의 달리기를 찾아간다. 이래서 인생은 달리기를 닮았구나 싶다.

해피레그 50km 울트라마라톤 대회가 임박했다. 8월 목표 거리는 400km 돌파였다. 모든 대회는 내게 UTMB 몽블랑의 과정이었다. 이 대회에서 나는 런-워크 프로그램을 실천할 예정이었다. 목표 거리인 400km를 달성하기 위해서 대회 후 빠른 회복이 무엇보다 필요했다. 그래야 곧바로 다음 달리기를 이어갈 수 있다. 런-워크 프로그램으로 몸의 부담을 획기적으로 줄인다면 하루를 완전히 휴식한 후 바로 달리기를 이어갈 계획이었다. 해피레그 50km 대회는 해피레그 마라톤 클럽에서 주최하고 종목은 50km가 유일하다. 주자들은 밤 11시에 출발해서 새벽까지 달린다. 풀 마라톤보다 긴 거리는 모두 울트라마라톤이기에 트레일 러닝을 제외하면 인생에서 처음으로 참가하는 울트라마라톤이다. 대회가 다가올수록 설레는 마음이 커졌다. 대회를 코앞에 두고 연일 폭우가 쏟아졌다. 뉴스는 여름철 '장마' 명칭을 '우기'로 바꿔야 한다는 전문가의 의견을 전했다. 해마다 이어지는 기후 변화 때문이었다. 대회 하루를 남기고 대회 코스에 포함된 한강 잠수교가 잠겼다. 결국, 주최 측은 대회 연기를 선언했다.

해피레그 동호회에는 시각 장애인을 위한 페이서가 많고, 해피레그 50km 대회에는 시각 장애인들도 많이 참가한다. 본인도 힘든 50km를 누군가와 함께 달리며 타인의 눈이 된다는 건 나로서는 상상하기 힘든 일이다. 그들이 어떻게 달리고 완주하는지 현장에서 보며 감동을 조금이나마 느끼고 싶었는데, 그러지 못해 무척 아쉬웠다. 시각 장애인의 눈이 되어 사막에서 250km를 완주한 러너가 있다. 그의 책을 보며 나는 어떻게 태어나면, 어떻게 성장하면 그런 마음을 먹고 행동할 수 있는지 궁금했다. 그런 사람이야말로 진정 차원이 다른 러너이며, '존경' 받을 만하다. 나는 죽었다 깨어나도 할 수 없는 일이다.

해피레그 울트라 대회는 취소됐지만, 동네에서 달리는 건 문제가 되지 않았다. 여전히 비가 예보된 가운데, 집에서 가까운 서울과학기술대학교 트랙에서 대회를 함께 신청한 동네 친구들과 함께 달리기로 했다. 집에서 뛰어서 중랑천을 거쳐 서울과학기술대학교로 향했다. 중랑천을 달리는 동안에는 5km마다 물을 마시며 30초를 걸었고 10km마다 에너지젤을 먹으며 1분을 걸었다. 서울과학기술대학교 운동장에 도착했을 때는 막 23km를 지나고 있었다. 쌓인 피로가 몸으로 느껴질 시점이었다. 이때부터는 걷는 시간이 조금 더 늘어났다. 5km는 2분, 10km는 3분이었다. 천천히 달리고 중간에 잠깐 걸으니 확실히 달리는 도중 덜 힘들었다. 40km 이후에도 아무 문제가 없었다. 달리는 동안 친구들과 서로 격려하고 응원하고 대화하니 시간도 훨씬 빨리 흘렀다. 50km를 채우지 못하고 43km만 달렸다. 함께 달리는 친구들이 각자 본인들이 달릴 만큼 달렸고 나는 계획한 거리를 채우는 것보다 함께 마치는 걸 선택했다. 42.195km를 넘겼으니 울트라를 뛴 거라 여겼다.

장거리 달리기의 훈련 효과와 회복을 위한 최고의 런-워크 방법은 달리는 중 걷는 횟수와 걷는 시간을 최적화하는 것이다. 그 최적은 사람마다 다르다. 장거리 훈련을 계속 반복할 수도 없으니 애초에 나는 최적을 알아낼 수 없다. 그냥 적당히 하는 수밖에. 월간 400km를 달리겠다는 마음을 먹고, 해피레그 50km 대회를 준비하고, 43km를 런-워크 방식으로 달리며 런-워크 프로그램의 효과를 느낀 건 큰 소득이었다. 대신 하루를 완전히 쉬면 충분히 몸이 회복될 거라는 생각은 버리기로 했다. 여전히 40km 이상 달리기를 하면 예전처럼 3일은 걷고 나흘째부터 달릴 생각이다. 그것도 매우 느린 속도로.

이렇게 달리면 400km를 채울 확률이 희박해지지만 집착하지 않기로 했다. 어떤 일이든 더 좋은 방법이 있으면 계획을 수정하는 게 옳다. 400km를 달리지 않고 원하는 몸무게를 만들기는 어렵지만, 방법은 있다. 술을 포함해 불필요한 음식을 줄이고 걷기와 근육 운동을 더 하면 된다. 그게 말처럼 쉽지는 않다. 하면 독한 놈, 안 하면 나약한 놈이다. 이러나저러나 놈을 피할 수는 없다. 오늘의 내가 내일의 나를 알기는 쉽지 않다. 나는 앞으로 어떤 놈이 될지 궁금해졌다.

UTMB 몽블랑 대회 준비물

몽블랑 대회가 코앞에 다가왔다. 마지막까지 정하지 못한 건 대회에서 신을 트레일 러닝화였다. 모든 장비 중에 러닝화가 경기력에 가장 큰 영향을 미치기 때문이다. 지금까지 나는 호카 텍톤과 마파테 스피드를 꾸준히 신었다. 둘 중 하나가 대회 당일 내 발을 감싸고 있을 게 분명했지만, 둘 사이에서 나는 흔들리는 갈대였다.

얼마 전 호카코리아에서 준비한 트레일 러닝 행사에 참석했다. 그날 울트라 트레일 러닝에서 대한민국 최고가 된 김지수 선수에게 몽블랑 코스의 주로 컨디션에 관해 물었다. 그는 달리기에 너무 좋은 곳이라고 말했다. 그의 말을 들은 후 내 마음은 카본 러닝화인 호카 텍톤으로 기울었다. 주로가 좋을수록 카본화는 성능을 제대로 발휘하기 때문이다.

지금까지 호카 텍톤을 잘 신고 있었지만, 다른 카본 트레일 러닝화를 찾지 않은 건 아니다. UTMB 몽블랑 대회는 특별하니까 가능하면 최고의 카본 러닝화를 신고 싶었다. 국내에는 호카 텍톤 외에도 나이키 울트라 플라이, 써코니 엔돌핀 엣지, 노스페이스 플라이트 벡티브가 있었다. 내가 나이키 러닝화를 신었을 때 성공할 확률은 30%도 되지 않기에 일찌감치 마음을 접었다. 엔돌핀 엣지와 플라이트 벡티브는 신어보고 싶었다. 엔돌핀 엣지에 호감이 간 이유는 로드용 카본 러닝화인 엔돌핀 프로가 성능에 관한 한 내겐 최고였기 때문이다. 플라이트 벡티브에 대한 호감은 믿을 만한 지인의 추천이 있었기 때문이다.

30만 원 전후의 카본 트레일 러닝화를 무작정 구입할 수는 없다. 자칫 돈만 버리는 꼴이 될 수도 있기 때문이다. 먼저 경험한 러너들의 리뷰를 찾아봤다. 써코니의 장단점은 뚜렷했다. 카본 러닝화 특유의 성능을 내긴 하지만 발볼 앞부분이 넓다고 했다. 신발끈을 잘 맸을 때도 발볼이 넓으면 내리막이 수시로 나오는 트레일 지형에선 반드시 문제가 생긴다. 심하면 발톱 아래 피멍이 생기고 더 심하면 발톱이 빠진다. 플라이트 벡티브는 특별한 문제가 없어 보였지만, 호카 텍톤 이상의 성능을 낸다는 평도 없었다. 실제로 어떤지는 알 수 없지만, 굳이 새로운 러닝화를 선택할 때 따르는 위험을 안고 싶지는 않았다. 결정적으로 시간도 얼마 남지 않았다. 호카 텍톤과 마파테 스피드를 가져가서 현지에서 달려보고 최종 선택하기로 했다. 대회 필수 장비는 주최 측이 알려준 대로 꼼꼼히 챙겼다. 현장에 도착해서 준비해도 되지만 미리 준비하면 현지에서는 대회에만 집중할 수 있다. UTMB 몽블랑 대회 필수 장비에서 트레일 러닝화가 빠진 건 무척 의외였다. 국내 대회는 트레일 러닝화가 가장 중요한 필수 장비이고, 로드화를 신으면 실격 처리를 하기도 한다. 특히 입상자의 경우엔 입상 자체를 박탈한다. 그만큼 트레일 러닝화는 중요한 장비다. 그런데 왜 UTMB는 트레일 러닝화를 필수 품목에서 제외했을까? 트레일 러닝화는 기본 중의 기본이라 당연하다고 여길 수도 있고, 선수들에게 재량권을 부여하는 것일 수도 있다. 스틱은 역시나 필수 장비 목록에서 빠졌지만, 나에게는 필수 장비 같은 선택 장비다. 스틱을 쓰는 게 무조건 좋은 건 아니지만, 스틱 없이 대회를 달릴 때 달려드는 쥐에 속수무책인 러너에겐 큰 도움이 된다.

장비 준비를 마친 나는 레이스 차트를 만들었다. 레이스 차트는 전체 코스를 여러 구간으로 나누고 고도와 거리를 고려한 구간 기록을 정하고, 물과 에너지젤을 어디서 얼마나 먹을지를 담은 계획표다. UTMB 측에서 보내준 이메일을 통해 Live Trail 앱을 알게 됐다. 주최 측은 그걸 통해 선수들의 레이스 상황을 파악할 수 있고 선수들은 자신들의 레이스를 지인들과 공유함으로써 응원을 받을 수 있다. 누이 좋고 매부 좋은 훌륭한 앱이다. Live Trail 앱에서 UTMB 몽블랑 대회를 팔로우하고 나의 배번을 조회하니 UTMB 인덱스 점수로 판단한 나의 예상 기록이 나와 있었다. 8시간 18분이었다. 실제로는 이보다 빠를 수도 있고 늦을 수도 있지만, 내가 기억해야 할 기준 기록인 건 분명했다. 작년 대회에서 선수들이 달린 구간 기록도 큰 도움이 됐다. 그들의 기록은 UTMB 홈페이지 내 UTMB Live 메뉴에서 확인할 수 있었다. UTMB가 제시한 나의 예상 기록, 그 기록과 비슷하게 완주한 선수들의 구간 기록, 내가 생각하는 지금 현재의 실력이 어우러져 정밀한 레이스 목표가 만들어졌다.

나는 조금 더 공격적인 목표를 잡았다. 7시간 30분과 8시간이 첫 번째와 두 번째 목표인데, 전체를 8구간으로 나눴을 때 1구간만 달려보면 내가 7시간 30분을 목표로 계속 달려야 할지, 8시간을 목표로 달려야 할지, 목표를 그 이하로 내려야 할지 판단할 수 있다. 레이스를 할 때 계획은 계획일 뿐이지만, 정밀한 구간 목표와 구간별 도착 시각을 미리 정하면 조금 더 치밀한 레이스 운영이 가능하다. 구간별로 물을 얼마나 담아야 할지도 계획했다. 현재 샤모니의 날씨가 덥고 CP간 이동 거리가 대체로 1시간 이상이 예상됐기에 몇 구간만 제외하고는 500ml 물통 2개에 물을 가득 채우기로 했다. 현장에 도착해서 CP 외에도 물을 보급할 장소가 있다면 굳이 물을 가득 채워 달릴 필요는 없다. 물 한 통 무게가 500g이니 그것도 장거리 트레일 러닝에선 꽤 무겁다. 보통의 참가자들보다 먼저 샤모니로 떠난 호카 소속의 김지수 선수와 김진희 선수가 올린 현지 날씨와 코스 정보는 도움이 됐다. 그들의 사진을 보면 가슴이 탁 트이며 감탄사만 나왔다. 달리기는 때려치우고 우두커니 서서 풍경만 바라봐야 할 것만 같았다. 그런 풍경 속에서 제대로 달릴 수 있을지 잠깐 의문이 들었지만, 힘들다고 아우성치는 근육들의 외침은 풍경 따위는 아무렇지도 않게 만들고, 사람은 무엇이든 익숙해지면 금방 싫증 내는 기질이 있으니 실제로 대회에 참가하면 달리기에 집중하게 될 것이다.

출국 날짜가 다가올수록 심장의 박동은 조금씩 빨라지고 있었지만, 평정심을 유지할 만한 수준이었다. 설렘의 속도는 낮은 수준의 유산소 운동을 하고 있었던 것이다. 설렘의 속도가 눈에 띄게 빨라진 건 비행 좌석을 확정했을 때다. 몽블랑으로 떠난다는 것이 현실로 느껴졌다. 이때부터 몽블랑 대회 영상을 볼 때마다 설렘의 속도는 속도계의 숫자가 올라가듯 빨라졌다. 훈련은 출국하는 전날까지 이어졌다. 대회를 3주 앞뒀을 때 이곳저곳에서 트레일 러닝 대회가 열렸고 그중에서 하나를 참가했다면 최선의 훈련이 됐을 텐데, 나는 대회를 뒤로하고 고향에 갔다. 삶의 전체적인 측면에선 대회에 참가하는 것보다 어머니를 보는 게 더 중요했다. 대신 고향에서도 뒷산을 달렸다. 대회만큼 긴 시간 열심히 달리진 못했지만, 적당한 위안을 얻을 수 있었다. 삶에 더 중요한 걸 했기에 마음은 더 편해졌다.

대회가 2주 앞으로 다가왔을 때 마지막 장거리 달리기를 했다. 산에서 달리면 좋았겠지만, 시간이 여의치 않아 퇴근 후 중랑천에서 달렸다. 산에서 안전하게 달릴 수 있는 주말까지 기다리면 장거리를 달릴 수 있는 결정적 시기를 놓치기 때문이다. 아직 여름이 끈끈하게 달라붙어 있어 달리는 동안 땀이 샘물처럼 솟았다. 다행히 중랑천 중간중간에는 아리수가 있어 급수에는 문제가 없었다.

세상 모든 엔진에는 냉각수가 있다. 냉각수가 없다면 엔진은 열을 받아 멈추거나 불이 날 것이다. 사람도 마찬가지다. 사람은 땀을 내며 체온 조절을 한다. 물을 먹어야 다시 땀이 배출되며 체온 조절이 이뤄진다. 30분마다 물을 먹고 뜨거워진 몸에 물을 뿌리며 몸을 식혔다. 대회에 참가할 때 차가운 물을 먹는 게 좋으냐 미지근한 물을 먹는 게 좋으냐는 사람마다 다를 것이다. 뜨거운 여름에 달릴 때, 특히 더워 환장할 상황에선 차가운 물을 마시며 몸을 급랭하는 것이 나는 더 나은 것 같다. 건강에는 미세하게 나쁠지라도 달리기 성능에는 확실히 더 낫다. 실제로 이날 자판기에서 차가운 포카리스웨트를 마시자 속도가 저절로 빨라졌다. 겨울에는 다를 수 있다. 몸이 뜨거워질 일이 없으니 따뜻한 물이 더 나을 것이다. 이런저런 상황을 따져보니 달리기에서 정답이 없는 사례가 수두룩하게 떠올랐다. 36km를 달리고 시계를 보니 자정이 막 지나고 있었다. 평소 같으면 아무것도 먹지 말아야 하지만, 격한 달리기를 한 뒤라 나는 무엇이든 먹기로 했다. 체중을 빼느라 먹는 데 소홀했는데, 그것이 오히려 회복을 더디게 하고 몸에서 진이 빠진 느낌이 들었기 때문이다. 그 시간에 선택할 수 있는 메뉴가 많지 않아 콩국수를 먹었다. 탄수화물과 단백질이 골고루 섞여 있어 회복을 위한 최고의 선택이라 여겼다.

UTMB 한 달을 앞둔 후부터는 스피드 훈련도 했다. 풀코스 기준으로 서브 3 실력은 갖추고 대회에 출전하고 싶었다. 매주 1번 5km로 속도 테스트를 했는데 생각보다 빨라지지 않았다. 기대대로 빨라지기 위해선 좀 더 일찍 스피드 훈련, 특히 인터벌 훈련을 했어야 하는데 나는 그만큼 정밀하게 훈련을 하지는 않았다. 아마추어 티를 팍팍 낸 것이다. 그래도 마지막 1주 전 5km를 달렸을 때 19분 3초를 기록하며 서브 3 근처에는 다다랐다고 스스로 위안했다.

출국 1주 전에는 동네 친구들의 응원을 받으며 달렸다. 각자 바쁜 시간을 쪼개 응원해 준 친구들의 마음이 온몸에 스며들었다. 건강 기능 식품을 보내준 친구들도 있었다. 맛있는 음식을 먹으라고 후원금을 전해준 선배도 있었고 출국 전에 같이 밥을 먹어야 한다며 회사까지 찾아온 친구도 있었다. 이 모든 사람의 공통점은 달리기로 이어진 인연이다. 적당한 호의는 감사히 받을 줄 알고, 또 그에 합당한 방식으로 돌려줘야 한다는 게 지금까지 살면서 듣고 배운 삶의 방식이다. UTMB 몽블랑을 건강히 다녀와서 이분들과 작은 파티를 하며 즐거운 한때를 보내고 싶었다. 출국 전날에는 우리 동네 동호회에서 훈련했다. 초안산에서 UTMB 첫 번째 구간을 상정하고 달렸는데, 생각보다 만만치 않았다. 고작 10km를 달렸는데도 전력 질주한 개 마냥 헐떡였다. 몽블랑에서 56km를 제대로 달릴 수 있을지 심히 걱정됐다. 집으로 오면서 지금부터는 걱정을 버리기로 했다. 아무리 열심히 준비해도 100% 만족은 없을 것이다. 뭔가 부족하다고 느끼는 건 조금 더 잘하고 싶은 마음이 있다는 것이니 긍정적으로 받아들이기로 했다.

대회가 다가올수록 45명이 모여 있는 UTMB 한국 단톡방은 더 분주해졌다. 서바이벌 블랭킷이나 진통제 같은 것들을 먼저 준비했다며 나눔 한다는 이야기와 경험 많은 분의 조언이 이어졌다. 그것은 몽블랑 대회가 처음인 나에게 배고플 때 먹는 뷔페 음식과 다름없었다.

6장

드디어 몽블랑

세렌디피티 속으로

과학에서 세렌디피티는 우연으로부터 얻는 발명이나 발견을 뜻하지만, 일상에서는 우연에서 얻는 재미나 기쁨을 뜻한다. UTMB를 향해 떠나는 순간부터 나는 완전히 새로운 환경에 둘러싸였고 전혀 모르는 사람들과의 인연이 시작됐다. 사람들과 함께 있을 때 힘이 빠지고 혼자 있을 때 에너지가 충전되는 사람이라면 아름다운 몽블랑이 더 기대될 것이지만, 사람과 함께 있을 때 에너지를 얻는 편인 나는 사람과의 인연에서 만들어지는 세렌디피티가 기대됐다.

UTMB 세렌디피티는 인천 공항에서부터 시작됐다. 한국에서 프랑스 샤모니로 가는 직항편은 없고 경유편은 각양각색이다. 나는 카타르 도하를 거쳐 스위스 제네바 공항에 도착한 뒤 버스로 샤모니에 가는 방법을 택했다. 어떤 사람들은 두바이나 아부다비를 거치거나 중동이 아닌 도시를 경유해 스위스 취리히 공항으로 들어간다. 이탈리아나 프랑스에서 여행하고 샤모니로 들어가는 사람도 있다. 여행 기간이나 여건에 따라 경유하는 도시가 달라지는 것이다. 비행기가 새벽 1시 30분 출발이라 11시에 공항에 도착했다. 국가가 인정하지 않는 국가대표지만, 멀리 떠나는 나를 위해 친구 재우가 공항까지 태워줬다. 집에서 공항까지 순식간에 도착했고 친구와 헤어진 나는 그와 함께 떠나지 못해 무척 아쉬웠다. 공항으로 들어가며 한번은 함께 떠나는 날을 그렸다. 그곳이 꼭 샤모니가 아니라도 괜찮다. 가까운 트랜스 제주부터 시작하면 된다.

인천 공항에는 함께 떠나는 동지들이 있었다. 샤모니에 머무는 동안 숙소도 같았다. 혼자 가는 것보다 훨씬 든든하고 의지가 됐다. 동지들은 일찌감치 공항에 도착했다. 이전에도 인사를 나눈 적이 있지만, 앞으로 며칠간 함께 보낸다고 생각하니 더 가깝고 친근하게 느껴졌다. 동지들과 웃으며 인사를 한 뒤 서로에 대해 신상 파악을 했다. 그러는 동안에도 시계 속 시침은 무던히 제 갈 길을 갔다. 마치 UTMB 출전 선수가 제 갈 길을 가는 것처럼. 샤모니까지 가는 데는 20시간이 넘게 걸린다. 공항에서 대기하는 시간까지 합하면 만 하루가 꼬박 필요하다. 하루가 만만한 시간은 아니지만 7개월간 UTMB를 준비한 사람에게 24시간은 그리 길게 느껴지지 않았다. 여행 일정은 6박 8일, 대회를 중심으로 최대한 앞쪽으로 일정을 잡았다. 7개월이라는 긴 시간 UTMB를 준비했기에 아무리 아름다운 샤모니 일지라도 여행보다 대회가 우선이었다. 시차 적응은 당연하고 고도와 트레일 적응도 필요하다. 충분히 좋은 컨디션으로 대회에 출전하고 싶었다.

비행기가 이륙하고 1시간쯤 지났을 때 첫 기내식이 나왔다. 쇠고기, 치킨, 오므라이스 3가지 중에 쇠고기가 들어간 음식을 선택했다. 적당히 먹을 만했다. 닷새 뒤 대회에 출전하는 선수에겐 무엇보다 잘 먹는 게 중요하다. 달린 만큼 먹듯 먹는 만큼 달리는 것도 어김없다. 그런 이유로 설령 맛이 없더라도 음식을 남길 마음은 전혀 없었다. 크루아상이 나와서 스튜어디스에게 우유를 부탁했다. 잠시 뒤 승무원은 밝은 미소로 맥주를 건넸다. '맥주? 영어로도 밀크와 비어는 완전히 다른데, 어떻게 밀크 대신 비어를 줬을까?' 속으로 milk와 beer를 중얼대봤다. 몇 번 반복해도 분명히 다른데, 승무원은 milk가 beer로 들렸나 보다. 내 발음이 이상한지 승무원의 귀가 이상한지 결론을 내릴 수는 없었다. 이것도 세렌디피티 중에 하나려니 했다. 나의 덩치가 그리 크지 않고 그간 살을 뺐고 의자가 뒤로 젖혀진 덕분에 이코노미석도 그리 불편하지는 않았다. 기내에서 잠을 자면 시간도 빨리 가고 시차 적응에도 좋다. 새벽에 출발한 건 신의 한 수였다. 식사를 마치자마자 눈을 감았다. 눈을 떴을 때 다시 식사 주문을 받고 있었다. 6시간을 내리 잔 것이다. 장거리 비행기를 탄 경험이 많지는 않지만, 기내에서 이토록 길게 숙면을 한 건 처음이다. 하루가 지나서 일어난 일이지만, 기내에서 숙면을 취한 건 시차 적응에 큰 도움이 됐다. 따로 시차 적응을 할 필요조차 없게 만들었다.

비행 출발 후 10시간 뒤 카타르 공항에 도착했다. 경유 대기 시간은 3시간 30분이었다. 공항을 둘러보거나 간단한 간식을 먹기에 적당한 시간이었다. 동지들과 공항을 한 바퀴 돌며 눈요기를 한 뒤 식당으로 갔다. 나는 이름만 라면인 우육탕을, 동지들은 토마호크 쇠고기가 반 볶음밥이 반인 할랄 음식을 골랐다. 동지들은 부부다. 그들에 관한 이야기는 앞으로 계속 이어질 것이다. 공항은 다른 곳보다 물가가 비싼 걸 고려하더라도 카타르의 식비는 비쌌다. 국민 소득이 세계 최고 수준이고 1인당 기본 소득을 700만 원씩 지급하는 나라다웠다. 카타르의 비싼 물가는 프랑스 샤모니와 스위스 도시에서도 이어졌다. 회사 근처 광화문의 식비가 비싸다고 생각했는데, 비싼 나라에서 식사를 해보니 서울 식비가 저렴하게 느껴졌다. 역시 모든 건 상대적이다.

다시 비행기를 타고 6시간을 이동해야 스위스 제네바 공항에 도착한다. 거기서 또 버스를 타고 1시간 40분을 가야 하고, 숙소는 샤모니 버스 정류장에서 1.1km 떨어진 곳에 있다. 아직 가야 할 길은 멀었다. 도하에서 제네바까지 가는 데 걸리는 시간은 6시간, 명절날 서울에서 고향까지 가는 시간이다. 명절에 자동차를 운전하며 6시간을 보내는 것은 여간 힘든 일이 아니다. 멈췄다 가고 또 멈췄다 가고, 그걸 반복하는 사이 몸에서 진이 빠진다. 비행기에서 보내는 6시간은 그렇지 않았다. 시간 또한 얼마나 상대적인지 느껴졌다.

책을 읽다 자고 다시 책을 읽고, 그걸 반복하는 사이 비행기는 제네바에 착륙했다. 제네바 공항은 김포공항보다 작은 느낌이었다. 아직 9월이 되지 않았지만, 가을 느낌이 났다. 출발할 때만 해도 더위가 걱정이었는데 비행기로 이동하는 하루 만에 기온이 훅 떨어진 탓이다. 이제 몽블랑 산에선 추위를 걱정해야 할 판이었다. 공항은 대체로 도시 외곽에 있다. 그래서 그런지 우리나라의 여느 시골 풍경과 다르지 않았고, 스위스다운 풍경도 별로 느껴지지 않았다. 유독 스위스다운 풍경이 하나 있었는데, 그것은 공항 벽에 걸린 롤렉스 시계였다. 시계가 "여기 스위스 맞아"라고 말하는 것 같았다.

수하물이 나오기까지 기다리는 동안 남아공에서 온 가족 여행자를 만났다. 해외여행을 하다 보면 여행이 주는 설렘으로 타인에 대한 경계가 허물어진다. 시작은 공항 바닥에 널브러져 노는 두 아이였다. 초등학교 저학년쯤으로 보이는 아이들은 세상에서 가장 편한 자세로 누워 있었다. 마치 자신들의 집 거실에 있는 것 같았다. 전혀 이상하거나 나쁘게 보이지 않았다. 아이들 옆에는 부모로 보이는 남녀가 흐뭇한 미소로 아이를 보고 있었다. 나는 그 아이들의 부모가 아닌데도 그들의 표정과 결을 맞추고 있었다.

한국에선 서로 얼굴을 마주치면 얼굴을 붉히지만, 외국에선 얼굴을 보면 미소를 짓거나 인사를 한다. 미소를 짓고 인사를 하고도 시간이 남으면 사소한 대화가 이어진다. “어디서 왔냐, 왜 왔냐?”부터 시작하는 게 예사다. 마침 수하물이 나오는 컨베이어벨트가 고장 났다. 전혀 스위스 시계답지 않은 공항이었지만, 우리에게 적당한 시간이 생겼다. 멀뚱히 기다리는 대신 즉석 대화를 시작했다. 남아공에서 여기까지 24시간 이상 걸렸다며 웃으며 말하던 브렛은 UTMB 참가자였다. 아내도 UTMB에 참가한다고 했다.

‘서프라이즈, 해외에서 처음 대화를 나눈 사람이 UTMB 참가자라니. 세렌디피티가 진짜 시작하는구나!’

그는 최장거리인 UTMB 코스를, 그의 아내는 나와 같은 OCC 코스에 참가한다고 했다. 두 종목의 날짜가 달라 아이들을 돌보는 데도 문제없었다. 여기까지도 살짝 부러웠는데, 대회가 끝난 후엔 가족들과 캠핑을 떠난다고 했을 때 나는 완전히 녹다운됐다. 남아공에 사는 가족이 프랑스 샤모니에서 UTMB 대회에 참가하고 다시 프랑스, 스위스, 이탈리아로 이어지는 캠핑을 한다? 나는 향후 10년간, 아니 살아생전에 하지 못할지도 모를 여행이다. 그사이 컨베이어벨트가 작동하기 시작했다. 우리는 샤모니 길거리나 대회 중에 혹시라도 만나면 인사를 하자고 했다.

버스 정거장은 공항 3번 출구로 나와 Coach station(시외버스 터미널) 표시를 따라가니 바로 있었다. 공항 출입문에서 50m 정도 거리였다. 공항이 넓거나 복잡하지 않아 버스 정류장을 찾는 건 어렵지 않았다. 그래도 혹시나 해서 버스를 기다리는 동양인에게 우리가 제대로 온 건지 물었다. 그녀는 자기도 이곳이 처음이지만, 여기가 맞는 것 같다고 말했다. 태국에서 왔다는 그녀는 UTMB 몽블랑 대회에 참가하는 친구의 서포터라고 했다. 서서히 UTMB 선수들이 샤모니로 모여들고 있었던 것이다. 곧 그녀의 친구이자 UTMB 참가자가 왔다. 그녀도 여성이었다. 트레일 러닝은 남자들의 운동이라 생각하면 오산이다. 남자들이 더 많긴 하지만, 여성도 많다. 등산과 크게 다르지 않은 것이다.

한국에서 오미오 앱으로 한 달 전 일찌감치 스위스 투어 버스를 예약했다. 우리나라와 달리 유럽의 대중교통 요금은 예약 시기에 따라 달라진다. 일정이 변동만 없다면 일찍 예약할수록 유리하다. 비행기 연착과 입국 수속 시간을 고려하여 2시간 여유 있게 예약한 덕에 40분쯤 기다리다 버스를 탈 수 있었다. 스위스 투어 버스는 우리나라 45인승 버스와 비슷했다. 고급스럽지는 않았지만 불편하지도 않았다. 버스는 제네바를 빠져나가기 전에 한 번 더 멈춰 승객을 태우고 곧장 샤모니로 향했다.

이국적인 풍경을 바라보니 드디어 몽블랑에 온 게 실감 났다. 버스는 1시간 40분 만에 샤모니 버스 정류장에 도착했다. 샤모니는 크지 않다. 샤모니 시외버스 정류장에서 반경 1km 내에 모든 것이 있다고 봐도 된다. 샤모니 여행의 장점은 숙소에서 시내버스와 기차를 이용할 수 있는 무료 교통권을 준다는 것이다. 그걸 이용하면 샤모니에서 꽤 떨어진 외곽까지 여행할 수 있다. 버스는 잘 운영되고 있었지만 30분에 한 대씩 다니는 건 기억해야 한다. 이것도 처음 오는 사람은 알 수 없는 정보라 미리 알고 오면 좋다. 달리기를 하는 사람들에게 1~2km는 버스보다 걷거나 뛰는 게 더 빠르기에 굳이 버스를 탈 이유는 없다.

캐리어 같은 무거운 짐을 끌 때는 버스를 타는 게 낫지만, 러너인 우리는 1km를 걸어서 숙소에 갔다.

비가 조금 내렸지만 문제 되진 않았다. 비조차 우리를 환영하는 것 같았다. 1km를 걸은 후 드디어 숙소인 알펜로제에 도착했다. 알펜로제는 유스호스텔 정도 된다. 1인실부터 2인실 4인실까지 있다. 나는 4인실을 이용했다. 샤모니에서 어떻게 저렴한 숙소를 잡을 수 있냐고 누가 묻는다면 먼저 다녀간 경험자들의 도움 덕이었다고 대답하겠다. 사람들과 소통하기 좋아하고 숙소 컨디션에 민감하지 않은 사람이라면 추천할 만한 곳이다. 방에 들어갔을 때 약간 좁은 느낌이 있었지만, 넓었다면 가격이 비쌌을 테니 불평거리가 되지 않았다. 진짜 걱정거리는 방 안에 있었다. 나보다 20cm나 크고 귀에서부터 턱까지 수염을 잔뜩 기른 산적을 만났다. 외국인과 같은 숙소를 쓰는 것도 처음인데, 산적이라니!

다행히 산적은 나에게 웃으며 인사했다. 그는 독일에서 온 클라이머였다. 몽블랑 암벽을 계획하고 왔는데 비가 와서 예정된 등반을 하지 못했다고 한다. 내일 다시 고국으로 돌아갔다가 한두 달쯤 뒤 다시 온다고 했다. 아무리 실력이 뛰어나도 날씨라는 변수를 만나면 어쩔 수 없는 건 달리기에만 국한된 게 아니었다. 그래도 달리기는 웬만한 악천후라도 할 수는 있으니 꽤 좋은 운동이다. 독일 청년은 묻지도 않은 이야기를 알아듣지도 못하는 나에게 장황하게 쏟아내고는 밖으로 나갔다.

한국의 시간은 제네바보다 7시간 빠르다. 샤모니 숙소에 도착했을 때 한국 시각은 하루가 지난 새벽 2시였지만, 샤모니는 저녁 7시였다. 샤모니까지 오는 비행기에서 8시간을 잔 덕에 잠이 오지 않았다. 바로 잠을 자면 다음 날 지극히 일찍 잠이 깰 것이기에 설령 잠이 왔더라도 바로 잘 수 없었다. 샤모니가 바로 자게 내버려 두지도 않았다. 동지들과 함께 샤모니 시내로 나갔다. UTMB 골인지는 이미 준비되어 있었다. 내일 PTL(단체전) 종목부터 대회가 시작되기 때문이었다.

숙소가 있는 곳은 우리나라의 여느 시골과 다르지 않았지만, 샤모니의 중심은 확실한 관광지였다. 여행자를 위한 식당이 즐비하고 호텔이 곳곳에서 여행자들을 지켜보고 있었다. 다른 여행지와 다른 점은 옷 가게가 대부분 아웃도어라는 것이다. 다양한 아웃도어 브랜드를 모아 파는 편집숍부터 살로몬과 호카, 파타고니아와 노스페이스 같은 브랜드가 한껏 조명을 받은 채 골목 곳곳에서 여행자를 유혹하고 있었다. 샤모니에서 유명하다는 포코로코 햄버거 가게에 갔다. 자리는 없고 기다리는 사람은 많아 깔끔하게 포기했다. 대신 바로 옆에서 적당한 식당을 발견했다. 적당히 많은 사람이 있지만, 자리가 적당히 남아 있고 주위 풍경도 적당히 괜찮아 여행 분위기를 누리기에도 적당했다. '적당히'의 재발견이었다. 부부 동지와 함께 하하 호호 웃으며 샤모니의 첫 식사를 기분 좋게 마치고 곧장 숙소로 돌아왔다. 아무리 여행이 좋아도 대회를 준비하는 것이 더 중요하다.

방에 도착했을 때 산적 옆에 청년 한 명이 더 있었다. 그는 프랑스에서 온 UTMB CCC(100km) 참가자였다. 우린 서로 UTMB 참가자라는 것을 안 순간 누가 먼저랄 것도 없이 눈빛이 달라졌고 경계심은 눈 녹듯 사라졌다. 그가 얼마나 반가웠던지 한국에서 공수한 나의 최애 과자 초코다이제를 그에게 선물로 주었다. 언어의 차이로 프랑스 청년과 깊은 이야기를 나누지는 못했지만, UTMB와 트레일 러닝에 관해 소통하고, 공감하고, 서로의 레이스를 응원하는 것만으로도 충분히 좋았다.

밤 9시가 되자 사위가 조용해지고 모두가 한마음 한뜻으로 취침 준비를 마쳤다. 샤모니 여행은 주로 산을 오르거나 걷는 것이라 저녁이 되면 피곤한 게 정상이다. 이른 아침부터 여행이 시작되는 까닭에 일찍 자게 된다. 누웠더니 언제 잠들었는지 모를 만큼 바로 잠들었다. 눈을 뜨니 새벽 4시가 되어 있었다.

코스 답사와 고산 적응

UTMB 대회 참가로 온 샤모니 여행은 다른 여행과 달랐다. 보통의 여행은 관광 명소와 음식점, 카페와 쇼핑으로 채워지지만, 이번 달리기 여행은 대회 준비가 먼저였다. 가장 중요한 건 몽블랑의 높이와 트레일에 적응하는 것이다. 우리나라에는 없는 2,000m 이상의 높이에서 달려보는 것이 필수였다.

대회 전날에는 무조건 쉬기로 했다. 충분한 휴식이 좋은 컨디션을 만든다. 그것이 그간의 경험이다. 대회일을 역으로 계산해 대회 전날은 쉬고, 그 전날은 고산 적응을 하고, 그 전날에는 트레일에 적응하기로 했다.

D-3. 대회를 앞두고 무작정 많이 달리면 피로가 쌓인다. OCC 코스를 8구간으로 나눴을 때 마지막 2개 구간인 아흐장

띠에흐에서 샤모니 골인 지점까지는 12km다. 몽블랑 트레일에 적응하기 위해 그곳을 달리기로 했다. 숙소에서 도보 5분 거리에 있는 역에서 기차를 타고 40분간 달려 아흐장띠에흐역에 도착했다. 길을 찾지 못하면 어쩌나 하는 건 기우였다. 많은 트레커와 트레일 러너들이 산으로 걷거나 달려가고 있었고 표지판이 기가 막히도록 잘 되어 있었다.

역에서 300m쯤 가자 산 입구가 나왔고 내가 달릴 중간 지점인 라플레제르 표지판도 반갑게 서 있었다. 라플레제르까지는 5km 거리에 누적 고도 700m였다. 1km당 100m씩 높아져도 쉽지 않은데, 그 이상이니 만만치 않은 코스다. 대신 거기까지만 가면 그때부터 계속 내리막으로 이어지고 마지막은 평지다. 실전에서 라플레제르까지만 가면 완주는 문제없을 것 같았다. 라플레제르는 고도 1,950m라 고산증 적응에는 도움이 되지 않는다. 5km를 가는 동안 700m를 올라야 한다는 생각에 잔뜩 긴장했지만, 생각보다 괜찮았다. 중간중간 달릴 만한 곳도 있어 계속 걷지만은 않았다. 시간이 흐를수록 걷기 힘든 오르막이 나왔고 호흡도 쌓여 속도가 느려지는 건 피하지 못했다. 트레일 폴은 든든한 힘이 됐고 중간중간 반갑게 등장한 표지판은 길을 잃을 염려를 없게 했다. 기울기는 가파른 편이었지만, 길 자체는 마음에 쏙 들었다. 서울 둘레길처럼 달리기 좋은 트레일이었다. 주위 풍경은 몽블랑이지만 길 자체는 서울 둘레길을 달리는 마냥 편안했다. 길을 가다 종종 트레커나 트레일 러너들을 만났다. 눈만 마주치면 웃거나 인사했다. 그곳에 있으니 그들과 닮아갔다. 입에 익지 않은 "봉쥬르"도 자연스러워졌다.

대회 당일에는 41.5km를 달린 후 아흐장띠에흐에 도착한다. 0km에서 시작하는 달리기와 사흘 뒤 41.5km에서 시작하는 달리기는 차원이 다르다. 그런데도 이 정도면 꽤 달릴 만하지 않을까 싶었다. 긍정 회로를 돌리며 자신감을 조금씩 채웠다. 4km쯤 달렸을 때 숲이 끝나고 자갈이 깔린 길이 나타났다. 어디가 끝인지 알 수 없었지만, 가민 시계는 1km 정도만 가면 정점에 이른다는 걸 알려주었다. 나보다 위쪽에서 다른 트레일을 걸어가는 사람들이 보여 길을 잃었나 싶었지만, 길이 여러 개 있었을 뿐 나는 제대로 된 길을 가고 있었다. 쌓인 호흡으로 나는 토끼 속도로 걷거나 거북이 속도로 달렸다. 100보 달리고 50보 걷고 다시 100보 달리고 50보 걸었다. 도대체 정상이 어디냐며 한숨을 내쉬는 순간, 정상에 도착했다. 이런 일은 많다. 가장 어두울 때가 새벽의 끝이라는 명언이 생각났다.

길이 여러 곳이었다. 내가 내려가려는 길이 맞나 안 맞나 확인하고 사진도 한 장 찍어달라 부탁할 의도로 곁에 있던 외국인에게 샤모니로 가는 길이 어디냐고 물었다. 마침 그들도 샤모니로 내려간다며 동행을 자처했다. 그 순간에는 이 만남이 샤모니 여행 기간과 대회 당일에 얼마나 큰 행운이 될지 짐작조차 하지 못한 채 그냥 '오호 잘 됐구나' 정도로 여겼다. 그럴 만한 이유가 있어 앞으로 이들을 루마니아 친구들이라고 부르겠다. 루마니아 친구들은 3명이었는데 둘은 출발하자마자 날개가 달린 듯 순식간에 자취를 감췄다. 우리나라였다면 대회마다 입상하고도 남을 실력자들이었다. 한 친구는 나와 동행했다. 이 친구의 실력이 나와 비슷한지 일부러 나의 속도를 맞췄는지 궁금했을 때 우연히 그의 진심을 알 기회가 생겼다.

"악."

대회를 3일 앞두고 발목을 제대로 접질렀다. 낭패였다. 루마니아 친구가 다가와 괜찮냐고 묻고는, 걷든 뛰든 내가 앞에 가면 그 속도에 맞춰 뒤따라가겠노라고 했다. 눈물이 나올 지경은 아니었지만, 잔잔한 고마움이 순식간에 나를 휘감았다. 나는 발목을 이리저리 움직이며 천천히 걷다가 조금씩 달리기 시작했다. 발목은 성치 않았지만, 천천히 달릴 수는 있었다. 천만다행이었다. 하지만 순간적으로 어떤 동작이 나왔을 때는 말로 표현하기 힘든 고통이 번개 치듯 스치기도 했다. 샤모니로 오기 전 현승 형이 곤텍스 발목 테이프를 세 쌍 줬는데, 미처 테이핑을 하지 않은 게 두고두고 아쉬웠다. 코스 답산데 굳이 발목 테이프를 하나 낭비할 필요가 있나 싶었다. 대회를 앞두고 최대한 몸을 아끼고 조심해야 하는 걸 간과한 것이다. 이번을 계기로 다음에는 같은 실수를 반복하지 않겠지만, 내 인생에서 어쩌면 이것이 가장 큰 대회일 수도 있다는 생각이 들자 머리에 꿀밤이라도 몇 대 때려주고 싶었다.

순식간에 사라진 다른 두 루마니아 친구들은 'challet de la floria'라는 레스토랑 앞에서 우리를 기다리고 있었다. 거기는 지금까지 만난 곳 중에서 가장 멋진 포토존을 품고 있어서 그런지 많은 사람이 사진을 찍거나 음식을 먹으며 한가로운 시간을 보내고 있었다. 그곳은 역에서 지금까지 만난 유일한 숲 레스토랑이기도 했다. 빈자리는 거의 없었다. 나중에 알게 됐지만, 식당은 현지 맛집이었다. 다음에 누군가와 함께 온다면 느긋하게 식사를 해도 좋을 곳이었다. 루마니아 친구들 셋과 사진을 찍었다. 내 폰으로 찍고 그들 폰으로도 찍었다. 이제 그들은 단순히 함께 달리는 사람이 아니라 여행 가이드가 된 것 같은 느낌이 들었다.

식당에서 좀 더 내려가자 임도가 나왔다. 대회 결승선까지 2km 정도 남았을 때다. 루마니아 친구들은 거기서 다른 곳으로 갈 모양이었다. 나와 함께 달린 친구는 다른 두 친구에게 코리안 친구가 잘 갈 수 있도록 조금만 더 길을 안내해 주겠다고 하고는 길을 안내하기 시작했다. 어찌 이렇게 친절할 수가 있는지 어리둥절하며 '나와 전생에 인연이 있었을까?' 하는 상상을 잠시 했다. 거기서 500m쯤 가자 드디어 눈에 익은 샤모니 시내가 나타났다. 그제야 루마니아 친구는 나에게 남은 길을 알려주고 제 갈 길로 돌아갔다. 나는 돌아가는 친구가 고맙고 아쉬워 그의 뒷모습을 사진으로 남겼다. 그들과 함께 한 건 고작 1시간인데, 친밀도로 따지면 최소한 2박 3일 같이 여행한 느낌이었다.

남은 1km를 홀로 천천히 달리며 대회 날을 상상했다. 마지막 두 구간을 답사하길 참 잘했다는 생각이 들었다. 주로 적응은 끝났다. 고도는 다를지라도 트레일의 모양새는 다른 구간과 오늘 달린 구간이 크게 다르지 않을 테니까. 3일 뒤 결승선에 들어오는 나를 상상했다. 그날은 머릿속에 무엇으로 가득할지 궁금했다.

2,500m까지는 대략 20%의 사람들이 고산증을 겪는다고 한다. 작년에도 고산증으로 대회 내내 고생한 한국 참가자가 있었다. 고산병이 심할 때는 내려오는 것 외에는 답이 없다고 한다. UTMB 몽블랑 OCC 코스는 최대 2,200m까지 올라가기

에 대략 10%의 사람들이 고산증을 겪을 거라 여겨졌다. 선수 중 누가 고산병에 걸릴지는 아무도 모른다.

샤모니 최고 명소는 고도 3,850m인 에귀디미디다. 거기까지는 케이블카로 쉽게 올라갈 수 있다. 에귀디미디까지 올라가서 괜찮으면 고산증은 걱정하지 않아도 된다. 고산증을 제대로 적응하기 위해서는 그곳에서 가만히 있는 것보다 달려보는 것이 낫다. 공간이 충분하지 않지만, 마음만 먹으면 방법은 있다. 코로나 시절 많은 러너가 격리된 채로 제자리 뛰기를 했다는 기억이 떠올랐다. 에귀디미디까지 가려면 중간 지점인 플랑드레귀유에서 내려 케이블카를 한 번 더 갈아타야 한다. 그 중간 지점이 2,300m다. 그곳에 내려 실제 대회처럼 달려보면 적응 훈련이 제대로 된다. 시간이 충분하다면 샤모니에서 뛰어 올라가면 더 좋다. 샤모니에서 플랑드레귀유까지 올라가는 길은 한두 개가 아니다. 가장 쉬운 방법은 샤모니 에뒤디미디 케이블카 탑승대 뒤로 올라가는 방법이다. 몽블랑 트레일은 표지판이 잘 되어 있어 길 찾는 건 수월하다. 그래도 걱정된다면 인터넷을 조금만 뒤져보자.

나는 트레일 적응은 끝낸 뒤라 고산 적응만 하면 됐다. 케이블카로 에귀디미디까지 올랐다. 거기서 2시간 동안 압도적인 몽블랑을 감상했다. 그랜드 캐니언 이후 만난 최고의 걸작이었다. 이리저리 뛰고 걸으며 고산증이 있는지 없는지 확인했다. 처음에 계단으로 전망대를 올라갈 땐 내 다리가 천근만근이었다. 무서워서 그런가 싶었지만, 몇 번 반복해도 똑같았다. 약한 고산증인 것 같았다. 100이 가장 심각한 수치라면 10 정도 됐다. 걷거나 가볍게 달리는 데는 지장이 없었다. 8월 말이었지만 에귀디미디 주위는 온통 눈이라 다운 패딩은 아니라도 방한 대비는 해야 한다. 나는 비니를 쓰고 장갑을 끼고 있었다. 갑자기 기온이 내려간 상황이라 겨울 바지를 준비하지는 못했다. 대신 긴 여름 바지를 2개 입었다. 그 정도 입었더니 밖에서 1시간은 있을 만했다. 내 딴에는 충분히 적응한 후 실내 카페에 들어갔다. 사람들은 몽블랑 풍경을 조금이라도 더 눈에 담으려 바깥을 바라보며 커피와 간식을 먹고 있었다. 나도 따뜻한 커피를 마시며 자연의 걸작을 바라보았다. 인간이 그린 예술 작품은 뭔 의미인지 생각하며 감상해야 하지만 자연이 만든 예술 작품은 그냥 느끼면 그만이다.

심심해질 찰나 UTMB 한국 참가자들이 들어왔다. 두말할 필요 없이 반가웠다. 그들과 인사하고, 사진 찍고, 이야기를 나누었다. 몽블랑을 같이 달린다는 것만으로도 든든했다. 일찍 헤어지는 게 아쉬웠지만, 다시 만나자는 인사를 하고 먼저 길을 나섰다.

케이블카를 타고 플랑드레귀유로 내려갔다. 2,300m 고도에서 달리기를 하기 위해서다. 전날 트레일 적응을 충분히 했기에 길게 달릴 마음은 없었다. 실제 대회 고도에서 호흡이 쌓였을 때 몸이 어떻게 반응하는지 느끼고 싶었다. 만약 달리는 데 지장이 있다면 약을 먹을 생각이었다. 슬슬 몸을 풀고 호흡을 끌어올렸다. 고산증에 관해서도 나는 행운아였다. 1km를 160 이상 맥박으로 달려도 아무렇지 않았다. 자신감이 조금 더 상승하는 순간이었다.

샤모니행 케이블카를 타러 가며 주위를 둘러보았다. 많은 사람이 휴식하거나 트레킹을 즐기고 있었고, 나처럼 뛰는 사람들은 나타났다가 사라지기를 반복했다. 그곳은 카페가 있어 만남의 장소로도 적당한 곳이었다. 둘이 왔다면 은은한 향이 모락모락 피어오르는 커피를 마셨을 것이다.

대회 준비를 위해 마지막으로 한 건 페이스표 점검이었다. 대회 거리가 56km에서 53km로 바뀌어 일부 미세 조정도 필요했다. 나의 목표 시간대와 비슷한 기록으로 달린 과거 주자들의 구간별 기록과 나의 트레일 러닝 실력을 고려해 구간별 목표와 도착 예정 시간을 산출했다. 7시간 32분과 7시간 37분, 2개의 목표를 구간별로 정했다. 7시간 32분은 오르막에서도 도전적인 목표를 적용했고, 7시간 37분은 오르막에선 현실적인 목표를 적용했다. 둘 다 내리막에선 도전적인 목표를 적용했다. 그래 봤자 5분 차이지만, 구간별로 보면 꽤 차이 나는 곳도 있었다. 전체 4개의 오르막 구간 중 2개 구간은 걸을 생각이었다. 내 실력에 비해 너무 가파른 곳이었다. 거기서 걷는 것이 더 좋은 완주 기록을 만들 거라는 판단이었다. 구간별로 물을 얼마나 채울지도 정했다. 모든 계획을 손바닥 반 정도 되는 종이에 적어 작은 지퍼백에 넣었다. 땀에 젖으면 아무 소용이 없기 때문이었다. 에너지젤 외에 넣은 건 닥터유 에너지바 2개와 찰떡파이 2개다. 혹시 배가 고플 때 먹을 생각이었다. 어떤 날은 먹은 게 없어도 배가 고파지지 않는데, 어떤 날은 충분히 먹고도 금방 배가 고파지는 까닭이다. 크램픽스도 하나 챙겼다. 쥐가 났을 때 특효라는 친구 한수의 말이 떠올랐기 때문이다. 식염 포도당은 넉넉히 챙겼다. 부족한 건 대안이 없지만 남으면 들고 오면 된다. 그걸 다 합해도 무게가 얼마 되지도 않는다.

이제 대회를 위한 현지 준비도 모두 끝난 셈이다. 남은 건 행운이고 그건 신의 영역이다.

현지 적응은 훈련의 영역이라 차분한 상태에서 이어진다. 반면 빌리지 체험과 기념품 구입, 러닝 이벤트 참가와 레이스빕 수령은 여행의 영역이라 한없이 가벼워졌다. 샤모니에서 러너들이 노는 가장 큰 놀이터는 빌리지와 그 근처였다. 빌리지는 대회 엑스포장쯤 된다. 대회 공식 스폰서는 물론 트레일 러닝과 관련된 거의 모든 업체가 전시 부스를 차리고 제품을 홍보하고 판매한다. 국내에는 없는 브랜드도 있었다. 우리나라에 들어온 브랜드도 국내 미출시 제품을 홍보하고 판매했다.

D-3. 빌리지가 오픈하기 전 TMB(뚜르 드 몽블랑)의 출발지 중 하나인 래우슈에 들른 후 빌리지 오픈 시간에 맞춰 샤모니에 갔다. 레우슈에 갈 때는 알펜로제에서 받은 무료 교통권을 이

용했다. 무료 교통권은 숙소에 머무는 기간 동안 무제한으로 사용할 수 있다. 버스뿐만 아니라 기차도 탈 수 있어 뚜벅이 여행자에게 무척 유용하다. 빌리지 오픈 시간에 맞춰 샤모니에 들어온 건 공식 후원사들의 UTMB 한정판 제품들이 조기에 매진된다는 소문 때문이었다. 실제로 UTMB 공식 후원사인 버프사의 핑크색 비니는 조기에 매진돼 살 수 없었다.

다른 제품들은 다음 날에도 남아 있었지만, 일부 제품은 일부 사이즈가 일찌감치 사라졌다. 쇼핑을 할 거라면 가능한 한 빨리 빌리지에 가라는 조언은 사실이었다. 빌리지 오픈 첫날인데도 참가자들이 모두 나와 같은 생각을 했는지, 계산 대기 줄이 족히 100m는 됐다. 마치 놀이공원에 온 듯 구불구불 이어진 줄을 보니 계산하는 데 시간이 한참 걸릴 것 같았다. 다행히 계산원이 10명쯤 있어 생각보다는 빠른 40분 만에 계산을 마칠 수 있었다. 유로화의 환율이 비싸서인지, UTMB의 공식 후원사의 제품가격이 타 브랜드보다 비싸서인지 용품들의 가격이 전반적으로 비쌌다. 몇 개 잡지 않았는데도 30만 원이 훌쩍 넘었다. 그래도 기념품을 뺄 수는 없었다. 다시 오고 싶어도 언제 올 수 있을지 알 수 없고 영영 못 올 수도 있다. UTMB를 준비하는 과정과 프랑스 샤모니에 오면서 물심양면으로 도움을 준 친구들에게 작은 보답을 하는 건 인지상정이다.

나를 바라보는 수많은 옷을 외면하고 비니 몇 개와 머그컵 몇 개를 샀다. 옷이나 신발은 비싸고 사이즈가 맞지 않을 수도 있지만, 비니는 프리사이즈라 웬만한 대두가 아니면 누구나 쓸 수 있고 머그컵은 두말할 필요 없이 어디서나 쓰임이 있다.

기념품을 다 산 뒤 제품 구경을 했다. 빌리지에는 온갖 제품들이 있었다. 나는 방한용품에 눈이 갔다. 날씨가 갑자기 추워져 방한 대비에 신경이 쓰였기 때문이다. 주최 측은 날씨에 따라 핫 웨더와 콜드 웨더 장비를 필수로 요구했다. 핫 웨더에는 변색 선글라스, 얼굴과 목을 가리는 사하라 모자, 1L 물백이 추가되고 콜드 웨더에는 보온용 상의와 비니, 방수 장갑과 방수 하의가 추가된다. 실제로 OCC보다 먼저 출발한 TDS(145km) 종목에서 콜드 웨더 장비가 추가됐다.

주최 측은 각종 정보를 이메일로 보내기도 하지만, 어떤 것들은 인스타그램 계정으로 알리기 때문에 주최 측 공식 인스타그램 계정을 팔로우하고 수시로 확인해야 한다. 이런 정보도 한국인들의 단톡방을 통해 알게 됐다. 빌리지를 둘러보다 방한 장갑과 방수 장갑을 패키지로 샀다. 가격은 비쌌지만, 한국에 돌아와서도 유용하게 쓸 것 같았다. 한국에서 준비해가지 않은 방수 바지도 사고 싶었지만, 쓰임에 비해 터무니없이 비싸거나 사이즈가 없었다. 실제로 주최 측이 콜드 웨더 필수품을 요구하면 그때 사기로 했다. 며칠 뒤의 이야기지만, 다행히 콜드 웨더

나 핫 웨더는 없었고 나는 보통의 필수 장비만 준비하면 됐다. 장비를 구경하는 사이 시간은 훌쩍 지났다. 장비에 별로 관심이 없고 당장 살 이유가 없더라도 둘러보는 건 좋았다. 좋은 제품을 알아야 좋은 제품을 살 수 있다. 사람을 많이 만나봐야 어떤 사람이 좋은지 아는 이치와 같다. 사고 싶은 마음이 솟구칠 때도 있었지만, 굳이 당장 필요 없는 제품을 살 필요는 없었다. 한국으로 돌아갈 때 짐만 된다. 하지만 정신을 차려보니 양손에는 물품이 한가득이었다. 나 말고도 그런 사람들이 종종 보였다.

샤모니에서 열리는 러닝 이벤트를 2개 신청했다. 이것도 서울에 있을 때 한국인 참가자들이 단톡방에 공유해줘서 알게 됐다. 러닝 이벤트 외에도 요가나 영화제 같은 이벤트도 있지만, 나는 일정과 취향에 따라 러닝 이벤트만 신청했다. 주요 이벤트는 메인 후원사인 호카에서 주최했지만, 오들로처럼 메인 후원사가 아닌 업체도 이벤트를 진행했다. 가장 반응이 뜨거웠던 건 아디다스의 테렉스 트레일 러닝화 무료 증정 이벤트였다.

제주에서 온 진환 님도 그 트레일 러닝화를 받았다. 이런 이벤트는 대회 분위기를 뜨겁게 하고 선수들에게 즐거움과 설렘을 안긴다. 이벤트를 사전에 알기 위해서는 공식 후원사의 홈페이지와 계정을 팔로우하고 수시로 확인하거나 참가자 단톡방에서 서로 활발히 정보를 교류하면 된다. 그것도 아니면 빌리지에서 죽치고 있거나.

저녁 7시, 오들로에서 진행하는 러닝 이벤트에 참가했다. 1시간 30분 동안 계획되어 있었다. 달리기는 30분 정도 하고 나머지는 레슨으로 채워질 거라 여겼는데 1시간 이상을 달렸다. 새벽에 슬리퍼를 신고 10km, 오전에 트레일 러닝으로 5km, 어쩌다 보니 저녁 러닝 이벤트에서 9km, 합해서 24km가량 달렸다. 모든 달리기를 천천히 달리고 중간중간 쉬기도 했지만, 대회를 앞두고 그만큼 달릴 건 아니었다. 옥의 티였다. 나 외에 한국에서 온 선수들도 꽤 많이 있었다. 러닝의 세계가 얼마나 좁냐 하면 이때 만난 참가자 중에 부울경 트레일런 동호회가 주최한 영남알프스 60km 대회에서 친구 문호와 함께 달린 러너가 있었다. 세상은 좁지만, 트레일 러닝의 세계는 정말 촌스럽게 좁다.

많은 사람과 달리다 보면 자연스럽게 속도가 비슷한 러너와 함께 달리게 된다. 국적은 말레이시아, 사는 나라는 스위스라는 청년과 함께 달리며 이런저런 이야기를 나눴다. 마침 그는 나와 같은 OCC 종목 참가자였다. 무엇이든 같거나 비슷한 게 생기면 호감지수가 올라간다. 그는 부모님이 사는 말레이시아에 돌아갈 예정이라고 했다. 나는 한국에도 UTMB 대회가 있고, 말레이시아에서도 멀지 않으니 꼭 오라고 했다. 트랜스 제주를 두고 한 말이었다. 러닝 이벤트의 출발지는 빌리지에 있는 오들로의 부스였고 도착지는 샤모니 중심에 있는 오들로의 매장이었다. 두 곳의 거리는 300m 정도 됐다. 오들로에서 준비한 음료수와 간단한 간식을 먹고 오들로 후원 선수 두 명과 한국 참가자들이 단체 사진을 찍는 것으로 러닝 이벤트를 마쳤다. 이벤트가 대단하지는 않았지만, 그 행사로 나는 트레일 러닝 축제의 한가운데 있음을 제대로 느꼈다.

D-2. 9시에 호카 러닝 이벤트가 예정돼 있었다. 아침 8시 30분, 알펜로제에 있는 한국인 참가자 5명과 함께 행사장으로 갔다. 행사장은 빌리지 광장이었다. 숙소에서 2.2km 떨어져 있어 걸어서도 충분히 갈 수 있었다. 1km는 달리고 1.2km는 걸어서 행사장에 도착했다. 빌리지 광장에는 호카가 마련한 전시 부스와 누구나 이용할 수 있는 릴랙스 체어가 꽤 넓게 여기저기 펼쳐져 있었다. 의자의 색깔이 알록달록해 바라보기만 해도 기분이 좋아졌다. 9시에 시작된 러닝 이벤트는 대규모였다. 오들로 이벤트는 20여 명으로 조촐히 진행됐는데 호카 이벤트는 100명이 넘는 러너들이 참가했다. 호카 직원들이 행사장에 참석한 러너들에게 다양한 색상의 러닝 티셔츠를 기념품으로 나눠주고 있었다. 사전 신청을 받은 이벤트였지만, 신청 여

부를 확인하지는 않았다. 현장에 온 누구라도 원하면 참가할 수 있었다.

참가자가 직접 티셔츠 색상을 선택할 수 있어 나는 노란색을 골랐다. 평소에는 선택하지 않는 색상이지만, 오늘 같은 날엔 왠지 특별한 색상이 더 어울릴 것 같았다. 주최 측에 대한 예의로 입고 있던 티셔츠 위에 노란 호카 티셔츠를 입었다. 대략 10명의 한국인이 참가했다. 한국인 비율이 꽤 높아 홈그라운드 같은 느낌도 났다. 처음 본 사람들과도 인사를 나누고 사진도 찍었다. 한국 사람들이 많다 보니 자연스럽게 함께 달리게 됐다. 오랜 시간 단톡방에 같이 있었지만 어울릴 기회는 거의 없었다. 미리 어울릴 기회가 있었으면 샤모니에 오기 전부터 친해졌을 텐데, 그러기는 쉽지 않았다. 서로 바쁘기도 하고 인간관계를 무한 확장해가는 나이가 아니기도 해서다. 그래도 함께 달리는 순간은 반갑고 의지가 된다. 한 번이라도 더 응원하고 격려할 사람이기도 했다.

주최 측은 달리기를 하다 멈춰 단체 사진을 찍었다. 그것을 반복했다. 러닝 이벤트의 루틴이었다. 어제의 오들로 이브닝 런도 마찬가지였다. 이벤트를 주최한 호카는 이벤트에서 찍은 사진을 홍보용으로 쓸 것이다. 세계 곳곳에서 설렘을 가득 안고 온 러너들의 얼굴에선 생동감이 넘친다. 그들의 역동적인 모습과 아름다운 샤모니와 몽블랑 풍경이 한데 어우러져 호카의 이미지를 한껏 올릴 게 분명했다. 1시간이 지났을 때 다시 출발지로 돌아왔다. 알록달록 릴렉싱 체어가 테이블 주위로 놓여 있고 눈을 들면 아름다운 몽블랑과 이국적인 건물이 가득했다. 주위에는 온통 러너로 둘러싸여 러너들의 천국에 온 것 같았다. 몽블랑에 둘러싸인 아름다운 풍경을 보며 지금을 영원히 저장하고 싶었다. 다른 사람도 나와 같았는지 너도나도 사진을 찍고 있었다.

도착지에서 러너들을 기다린 건 풍성한 음식이었다. 과일, 빵, 음료수, 견과류-. 간단한 호텔 조식 수준 이상의 음식에 입맛이 당겼다. 일찍 자고 일찍 일어났더니 벌써 아침 식사를 한 지가 4시간이 지나 있었다. 거기에 1시간 달리기까지 보탰으니 배가 고플 수밖에 없었다. 테이블 위에 있는 모든 음식을 맛본다는 생각으로 종류대로 하나씩 골고루 먹었다. 한국 사람들끼리 자연스럽게 원형으로 앉았다. 릴렉스 체어에서 풍성한 음식을 먹으며 서로의 근황과 생각, 느낌과 계획을 공유했다. 어떤 종목에 출전하는지, 숙소는 어딘지, 앞으로의 일정은 어떤지, 짧은 시간이지만 대회와 여행 정보를 교환하고 응원을 나눴다. 응원은 아무리 나눠도 줄어들지 않는 마법이다. 적당히 배가 부르고 충분히 휴식했을 때 한두 명씩 자리를 떴다.

호카의 베이스캠프는 빌리지 바로 옆에 있어 많은 사람이 자연스럽게 모여들었다. 나도 수시로 그곳을 찾았다. 유난히 아름답고 여유로워서다. 메인 스폰서인 호카가 제대로 명당을 잡은 것이다. 일부러 찾기도 하고 특별한 일 없을 때 의자에 앉아 햇살을 맞으며 한가한 시간을 보냈다. 그곳에 앉아 있으면 그냥 좋았다. 여기저기 싸돌아다니느라 지친 다리를 쉬게 하고, 지나가는 사람을 구경하고, 현실 같지 않은 하얀 몽블랑을 바라보고, 다음 할 일을 계획했다. 종종 이런저런 궁금증도 생겼다.

'내 옆에 앉아 쉬고 있는 사람은 어디서 왔을까? 여기 사는 사람들은 무엇을 하며 살아갈까?'

D-1. 오전에 레이스빕을 찾으러 갔다. 빕 수령 시간을 10~11시로 예약했지만, 꼭 그 시간을 지키지 않아도 된다고 했다. 시간은 12시를 향하고 있었다. 3,850m 에귀디미디에 다녀온 후였다. 빕 수령 장소는 엑스포에서 300m쯤 떨어진 실내 체육관이었다. 정확한 위치를 확인하지 않았지만 찾기는 쉬웠다. 여기저기 UTMB 배낭을 멘 사람들이 줄지어 있었다. 빕을 받아 오는 사람이란 걸 단번에 알 수 있었다. 그들이 나오는 곳을 향해 갔다. 빌리지에서 천천히 걸어서 5분 정도 걸렸다. 체육관 안에 들어서자 관계자가 친절히 안내했다. 내 앞에는 줄을 선 선수들이 열 명 남짓 있었다.

나는 약간 긴장하고 있었다. 장비 검사를 철저히 한다고 해서다. 혹시나 불합격하면 어쩌나 하는 불안감이 내 혈관을 타고 돌아다녔다. 그런데 어떻게 된 영문인지 장비 검사를 전혀 하지 않았다. 트레일 러닝 대회에 처음 출전하는 사람처럼 장비를 2~3번 점검하고 갖고 있던 서바이벌 블랭킷이 규격에 맞지 않아 다른 사람에게 부탁해서 새로 준비하기도 한 나는 김이 빠졌다. 당황이 사라지자 실망이 찾아왔다. 만반의 준비를 했던 것도 있지만, 좋은 대회일수록 장비 검사를 철저히 한다는 믿음이 깨졌기 때문이다. 하지만 스태프의 상냥한 미소와 응대에 언제 실망했냐는 듯이 나는 다시 들떴다. 빕을 찾아 한 발짝씩 이동했다. 안내에 따라 여권을 보여주고 레이스빕을 바로 찾았다. 관계자는 레이스빕을 건네고, 놀이공원 자유 이용권처럼 생긴 손목 밴드를 내게 채우고, 대회가 끝날 때까지 제거하지 말라고 했다. 밴드에는 50K M 로고가 새겨져 있었다. 내가 UTMB 선수라는 걸 확인하는 증표였다. 자세히 살펴보니 팔찌는 가위나 칼로 자르지 않으면 풀 수 없도록 특수 제작된 것이었다. 그걸 착용하고 있으니 조금 더 선수가 된 기분이 들었다.

숙소로 오는 길은 2km가 넘어 버스를 타기로 했다. 호카가 잡은 명당에서 릴렉스 의자에 앉아 버스 시간을 기다렸다. 버스 정류장이 바로 옆에 있었기 때문이다. 의자에 앉아서 몽블랑을 둘러보니 역시나 기분이 좋았다. 아무 이유 없이도 그 자리에 있는 것 자체가 좋았다. 이런저런 생각이 떠나지 않았다.

'이곳에 살면 좋겠다. 혼자 살면 외롭겠지만, 가족이나 친구들과 함께라면 꽤 오래 살고 싶다. 산과 산 주위에서 걷고 달리는 걸 좋아하는 나 같은 사람에겐 이곳이 천국이구나.'

잠시 뒤 시간 맞춰 버스 정류장에 갔는데 사람이 아무도 없었다. 뭔가 이상한 느낌이 들어 버스 정류장 주위를 둘러봤다. 안내 종이가 붙어있었다.

'대회 기간에는 운영하지 않음.'

약간 허탈했지만, 기분이 나쁘지는 않았다. 걸어서 숙소로 갔다. 달리는 자에게 2km는 별것 아니기도 하니까. 한국에 돌아와서 생각하니 그때 참 잘 걸었다 싶다. 걸으면서 봤던 샤모니가 더없이 그리워서다. 버스를 탔다면 아름다운 풍경을 눈에 담고 가슴에 새길 시간이 순식간에 사라졌을 것이다.

지상 최고의 달리기를 하는 사람들

고도 2,000m가 훌쩍 넘는 봉우리를 몇 개씩이나 넘는 산을 달리는 사람들은 도대체 누구인가? 얼핏 대단한 사람들이라고 여길 수도 있으나 막상 실제로 만나면 주위에서 흔히 볼 수 있는 사람들이다. 아직 산에서 달리기를 하지 않았거나 이제 갓 산에서 달리기를 시작한 사람들이 보기엔 그들과 달리기 격차가 하늘과 땅처럼 클 수도 있지만, 몽블랑을 달리는 사람들의 초보 시절을 거슬러 가면 그들도 한때는 산을 달리지 않았거나 1km도 힘겨워했다. 몽블랑을 달리는 사람들에 관한 이야기를 하기 전에, 달리기 거리나 높이를 올리다 보면 누구나 몽블랑을 달릴 수 있다는 말부터 하고 싶다.

2023년 UTMB 몽블랑 대회에 참가한 한국 선수는 모두 61

명이었다. UTMB 27명, CCC 13명, OCC 10명, ETC 6명, TDS 5명 순이다. UTMB, CCC, OCC 참가자들은 러닝스톤이나 본인의 실력으로, TDS와 ETC는 선착순으로 참가했다. 61명은 전년에 비해 배로 늘어난 숫자로 한국에서 트레일 러닝의 인기가 점차 커지고 있다는 걸 보여준다. 2024에는 100명 이상 참가할 것 같다. 위 숫자는 자료를 확인했지만, 1~2명 오차가 있을 수 있다는 걸 양해 바란다. 전부는 아니라도 가능한 한 많은 한국 참가자들과 소통하고 싶었지만, 뜻대로 되지는 않았다. 알펜로제 숙소에 한국인 참가자가 7명이나 있었던 건 행운이었다. 대회 기간 내내 그들과 함께 있다는 것 자체가 긴장을 풀어주었고 힘도 됐다. 어떤 참가자들은 한국에서부터 같은 비행기와 같은 숙소를 예약하고 여행도 함께 했다. 그들은 국내외 대회에서 자연스럽게 알게 된 인연이었다고 했다. 그들이 서로 응원하고 샤모니의 여기저기를 함께 여행하는 모습에 나는 덩달아 기분이 좋았다.

UTMB 몽블랑 대회에 참가하려는 러너는 시작부터 한국인 참가자들과 동행하면 좋겠다. 뜻이 있으면 길이 있다. UTMB 참가 결정을 했다면 최대한 빨리 인맥 안테나를 펼쳐 한국 참가자들을 찾는 것이 좋다. 어느 달리기 모임이든 마당발이 있게 마련이다. 한국 선수들의 단톡방을 적극적으로 운영한 문환 님은 UTMB 첫 참가자들에게 유용한 정보를 적극적으로 알려줬고 단톡방 내에서 소통이 활발히 이뤄지도록 노력했다. 친구 준혁의 소개로 그 단톡방에 들어간 날부터 꽤 시간이 흐른 지금까지도 내 마음엔 고마움이 흐른다.

모든 러너는 각자의 스토리가 있다. 한국에서 참가한 러너들 모두의 이야기를 다루면 좋겠지만, 꽤 오래 소통한 참가자 위주로 소개하려 한다. 먼저 서울에서 제네바로 오는 비행기에 같이 탔던 동살 · 희문 님 부부다. 그들은 우리 나이로 예순이 넘었다. 기록에 욕심이 없으며 주최 측이 주는 제한 시간을 충분히 누리고 제한 시간 내 완주하는 걸 행복으로 여긴다. 그들이 참가하는 종목은 OCC이며 이번에도 대회 제한 시간을 충분히 누리고 싶어 했다. 달리는 순간은 힘들지만, 당첨되기만 하면 내년에도 내후년에도 다시 올 거라는 말에 그들이 얼마나 달리기를 즐기는지 짐작할 수 있었다.

모든 사람이 기록에 집착한다고 생각하면 오산이다. 달리는 이유가 각양각색이듯 트레일 러닝을 하는 이유도 각양각색이다. 내 생각이 보편적이고 많은 사람이 나와 같이 생각할 거라 여기는 건 나를 세상의 중심에 두는 것일 뿐이다. 나를 중심으로 세상을 바라보고 사는 건 필요하지만, 그것이 정답이 아니라는 건 기억해야 한다. 천동설이 아닌 지동설이 맞았던 것처럼.

제주 러너 진환 님은 특별한 참가자였다. 그는 제주에서 진심으로 트레일 러닝을 좋아하는 실력자로 UTMB에 당첨된 순간 신혼여행지를 유럽으로 정했다. 16박 17일간 이어지는 신혼여행 일정에 몽블랑 대회를 넣었다. 신혼여행으로 왔으니 아무리 UTMB 몽블랑이 좋아도 신혼여행보다 우선할 수는 없었다. 100km 대회 경험이 충분한 그가 50km 종목을 선택한 이유도 신혼여행이 우선이었기 때문이다. 낭만의 도시 파리에서부터 신혼여행을 시작한 그는 대회 준비를 하기 어려웠을 것이다. 대회에 좋은 음식보다 신혼여행에 어울리는 음식을 먹어야 하고 산에서 달리기를 하는 것보다는 아내와 아름다운 거리를 산책하는 것이 먼저여야 했다. 신혼여행은 인생에 한 번이지만 UTMB 몽블랑 대회는 다시 참가할 기회가 있기 때문이다. 대회가 임박했을 때 그는 감기에 걸리고 말았다. 대회에서 100% 실력을 발휘하지 못하는 아쉬움이 컸을 것이다. 그래서 그는 언젠가는 다시 몽블랑 대회에 참가할 것 같다. UTMB 대회에서 원하는 목표를 달성한 사람은 다시 샤모니에 올 이유가 없지만, DNF를 하거나 원하는 레이스를 펼치지 못한 선수는 아쉬움을 풀어야 하기 때문이다.

OCC, CCC, UTMB 종목은 실력이나 러닝스톤이 당첨되어야 출전할 수 있다. UTMB 몽블랑에 처음 참가하는 러너라면 세 종목 중에서 가장 짧은 OCC부터 시작할 것 같지만, 어떤 사람들은 바로 CCC나 UTMB 종목에 도전한다. 샤모니에 오기 전 나는 '훗날 샤모니에 다시 갈 수 있을까?' 하는 의문이 있었다. 그런 생각이 들 때는 전혀 준비되지 않았는데도 CCC나 UTMB를 달리면 어떨까 하는 생각을 했다. CCC는 100km가 주는 의미가, UTMB는 몽블랑 둘레길을 한 번에 끝낸다는 의미가 컸다. 몽블랑 대회에 처음 도전하는 사람들이 OCC를 건너뛰고 CCC나 UTMB를 달린다고 해서 무모한 건 아니다. 그들은 이미 한국에서 최소한 50km 대회에 출전했고 대체로 100km나 100마일을 달려본 사람들이다.

천안에서 온 길영 님은 몽블랑 첫 출전인데 바로 UTMB에 출전했다. 달리기를 시작한 지도 몇 년 되지 않았다. 그는 등산을 좋아해서 산을 다니다 달리는 사람을 보고 트레일 러닝을 시작했다. 지금은 트레일 러닝도 하고 로드 러닝도 한다. 그는 정년퇴직 기념식 대신 UTMB 몽블랑 대회에 참가했다. 대회 참가가 정년퇴임식인 셈이다. 그의 이야기에 특별한 달리기 대회가 인생을 기념하는 날이 된다는 걸 깨달았다. 앞으로 나도 인생의 기념할 만한 날에는 특별한 달리기 대회에 참가할 거라 다짐했다. 그는 대회를 달리며 어떤 생각을 할까? 수십 년간 몸담은 직장생활을 돌아보고 인생 후반전을 멋지게 살아가리라 다짐하지 않을까? 인생 선배님의 삶에 행운이 가득하길 바랐다.

당첨되어야 참가하는 UTMB 몽블랑 대회에 해마다 참가할 수는 없지만, 해마다 대회를 신청하고 당첨될 때마다 참가하는 사람은 있다. 몇 년 전 트레일 러닝에 갓 입문했을 때 동네 동호회 만휴 형이 자신의 친구는 세계 곳곳의 산을 찾아 달리는 지구별 트레일 여행자라고 했다. 그의 이름은 조용국이다.

몽블랑 대회 전 마지막 실전 대비를 했던 OSK 서울 둘레길 한 바퀴 서바이벌 행사에서 그를 처음 만났다. 그는 자신이 다니는 회사의 유니폼을 입고 달린다. 그 덕에 나는 단번에 그를 알아봤다. 한 번도 본 적 없지만, 그가 아니면 안 될 것 같은 느낌이 들었다. 혹시 노원에 사는 만휴 형의 친구가 맞는지 물었다. 예상대로 그는 만휴 형의 고등학교 친구였다. 세상이 좁은 건 진작 알았고, 트레일 러닝 세상은 진짜 촌스럽다는 걸 다시 확인하는 순간이었다.

샤모니에서 나는 그와 같은 방을 썼다. 그는 여러 가지로 나를 놀라게 했다. 나는 고작(?) 라면과 햇반을 가져왔는데, 그는 김치는 물론 된장까지 챙겨왔다. 그의 완벽한 준비성에 혀를 내두를 수밖에 없었다. 그는 본인이 마음에 드는 대회는 최소 10번은 참가한다고 했다. UTMB 몽블랑도 마찬가지였다. 대단하다고 말할 수밖에 없었다. 아무리 어려운 일이라도 마음을 먹으면 누구나 한 번은 할 수 있지만, 10번을 한다는 것은 완벽한 자기 관리와 인내가 뒷받침되지 않으면 절대 할 수 없다. 그는 나에게 다시 UTMB 몽블랑 대회에 참가하기를 권했다. 그때는 UTMB 종목이 어떠냐고 말했다. 그 경험을 바탕으로 책을 쓰면 책도 훨씬 빛나고 많은 사람에게 도움이 될 것이라고 말했다. 그의 애정 가득한 조언이 고마웠다.

UTMB 몽블랑 대회에는 국내 최고 수준의 트레일 러너들도 참가한다. 트레일 러닝을 하는 사람들에게 잘 알려진 심재덕 선수, 김지수 선수, 김지섭 선수가 그들이다. 이 선수들은 대회에서 본인을 증명하기를 꿈꾼다. 오랜 시간 철저한 준비를 하고 트레일 러닝 업체에서 후원을 받는다. 그들이 각자 노력한 이상으로 좋은 성적을 내기를 바랐다. 50km 이내 단거리 울트라에서 탁월한 실력을 보여주는 김지섭 선수는 UTMB 몽블랑에서도 좋은 성적을 거뒀으나, 자신의 기대치에는 미치지 못한 모양이었다. 노력한 만큼 좋은 성적을 받지 못한 것이다. 하지만 그는 젊고 몽블랑 트레일의 경험을 더 쌓는다면 언젠가 포디엄에 꼭 설 것이다. 심재덕 선수와 김지수 선수는 UTMB 종목에 출전했다. 심재덕 선수는 추위와 고산증을 극복하지 못하고 DNF 했다. 한국에 돌아와서 그 소식을 들었을 때 안타까움이 밀려왔다. 많은 선수를 응원했지만, 그에 대한 응원은 더 특별했기에 아쉬움이 클 수밖에 없었다. 내년에 다시 도전한다는 소식은 무척 반가웠다. 그때는 꼭 원하는 레이스를 펼치기를 바라며 올해보다 더 큰마음으로 응원할 것이다. 2022년 UTMB 몽블랑 대회에서 51위를 하며 국내 최고 트레일 러닝 스타가 된 김지수 선수는 올해 더 높은 곳을 향해 준비했다. 대회에서 작년 기록을 넘어서지는 못했지만, 명성답게 좋은 기록으로 완주했다.

열심히 준비한다고 항상 그만한 결과를 내는 건 아니다. 준비한 것 이상으로 결과가 나올 때도 있고 반대의 경우도 있다. 하지만 목표를 포기하지 않는 한 노력은 어디 가지 않는다. 내공으로 쌓여 다음 기회에 실력으로 나온다고 나는 믿는다. 그의 2024년이 더 기대되는 이유다.

한국에서 UTMB 몽블랑 대회에 참가하려면 큰 뜻을 품어야 하지만, 샤모니 주위에 사는 사람은 다르다. 가까운 곳에 산다고 대회 출전 확률이 높은 건 아니지만, 대회에 출전하는 각자의 각오는 샤모니에서 떨어진 거리만큼 차이 날 것이다. 물론 최고 기량을 내고 싶은 선수는 다르겠지만. 샤모니에서 OCC 출발지인 오흑시에흐까지 가는 버스 옆자리에 앉은 러너는 고작 100km 떨어진 프랑스 어느 마을에 산다고 했다. 우린 자연스럽게 대화를 시작했다. 그는 100% 취미로 대회에 참가한다고 했다. '100%'를 유난히 강조하는 그에게 UTMB 몽블랑 대회는 나만큼 대단한 무엇은 아니었다. 나에겐 세계 최고의 트레일 러닝 대회였지만, 그에겐 유명한 자국 대회 정도 되는 것이다. 마라톤으로 치면 그에게 UTMB 몽블랑은 나에게 JTBC 서울마라톤 정도 되는 것 같았다. 첫 계획은 아내와 함께 오는 것이었지만, 아내가 임신해서 부득이 혼자 오게 됐다고 했다. 그 말을 하던 그는 갑자기 만면에 미소를 머금고 말의 속도를 높였다. 아내와 배 속 아이 생각에 기분이 좋아진 모양이었다.

짧은 거리인 ETC와 OCC 종목에 출전한 한국 선수들은 전원 완주했지만, 더 긴 종목에 출전한 선수 중에는 완주하지 못한 선수도 있다. 대회 날 계속되는 비바람에 포기한 선수도 있고 완주보다 기록이 중요해 스스로 DNF를 선택한 선수도 있다. 누구보다 열심히 준비하고 주위의 기대를 받았던 선수들이라 아쉬움이 컸을 것이다. 하지만 그들의 회복 탄력성은 누구보다 뛰어나다. 하루 이틀의 아쉬움 뒤에 다시 자신감을 회복하고 도전 의지를 불태웠다. 이번에 DNF를 한 선수들은 반드시 더 강해진 모습으로 돌아올 거라는 생각이 들었다. 2024년에 그들이 좋은 기록으로 멋진 완주를 해내는 상상을 했다.

OCC, CCC, UTMB에 완주하면 피니셔 조끼를 준다. 작년에도 그랬고 올해도 그랬다. 아마 내년에도 그럴 것이다. 완주한 러너들은 피니셔 조끼를 입고 기쁨을 만끽한다. 그날 샤모니에 있는 모든 사람은 완주자를 향한 축하와 감탄의 눈빛을 보낸다. 완주자의 얼굴에는 자신감과 성취감이 넘실댄다. 완주자는 한결같이 행복한 표정이다. 피니셔 완주 조끼는 당일에만 보이는 건 아니다. 제네바 공항과 서울로 돌아오는 비행기 안에서도 나는 피니셔 조끼를 입은 러너를 봤다. 완주자들이 그토록 피니셔 조끼를 입고 뿌듯해하는 이유는 그것이 그간의 노력을 보여주는 훈장이기 때문이다.

피니시 세리머니

레이스 출발 5시간 15분 전, 새벽 3시에 눈을 떴다. 레이스는 7개월간 이어진 모든 준비의 결정판이다. 테이핑하고, 배를 비우고, 다시 배를 채우는 것은 대회 출발 전의 루틴이다. 발목과 무릎에 테이핑했다. 트레일 러닝을 할 때 발목은 가장 취약한 곳이고 무릎은 달리기에 가장 중요한 관절이다. 발목에는 현승 형이 준 곤텍스 제품을, 무릎에는 올레 형이 준 마라닉스 제품을 사용했다. 코스 답사 때 왼쪽 발목을 삔 것이 신경 쓰여 평소보다 꼼꼼히 테이핑했다. 트레일 러너가 테이핑하는 건 경찰이나 군인이 방탄복을 입는 것과 비슷한 효과를 낸다. 방탄복과 테이핑을 비교하는 건 과장이지만, 테이핑했을 때 훨씬 보호받는 느낌이 들어 과감한 달리기를 할 수 있다. 화장실에도 다녀왔다. 가고 싶어서 간 건 아니지만, 대회 중 급한 일을 당하는 것보다 미리 짜내는 것이 좋다. 비웠으니 다시 채워야 한다. 인천공항에서부터 나의 동지였던 동살 · 희문 님 부부 러너가 만들어준 주먹밥은 맛도 좋았고 배도 적당히 불렀다. 출발 시각 3시간 전, 나는 모든 준비를 마쳤다.

OCC 종목은 샤모니가 아닌 오흑시에흐에서 출발한다. 샤모니에서 오흑시에흐까지는 차량으로 50km가 넘어 이동하는 데 1시간 이상 걸린다. 한국에 있을 때 5시 10분에 출발하는 셔틀버스를 예약했다. 숙소에서 셔틀버스 정류장까지는 1.5km 떨어져 있다. 셔틀버스 이용료는 무료였다. 5시에 숙소에서 나와 몸을 푼다는 생각으로 걷고 뛰고를 반복하며 버스 정류장으로 갔다. 대기 줄에서 내 차례가 오기를 기다리며 현장 분위기를 느꼈다. 나는 혼자라 조용했지만 둘이나 셋이서 함께 온 참가자들은 설렘과 기대, 걱정을 분수처럼 쏘아대고 있었다.

선수들을 가득 채운 버스는 즉시 출발했고 버스는 90분쯤 후에 목적지에 도착했다. 버스에서 내리자 많은 선수가 이미 도착해 광장에서 막바지 준비를 하거나 긴장된 마음으로 출발을 기다리고 있었다.

7시 15분, 출발까지는 아직 1시간이 남아 있었다. 닭살이 돋을 만큼 싸늘했다. 어디든 실내로 들어가고 싶었다. 함께 있던 한국 참가자와 함께 또 다른 한국 참가자가 있다는 카페로 갔다. 카페는 대회 출발선 근처였다. 카페에 들어서자 온기가 차올랐다. 일찌감치 명당에 자리 잡은 한국 참가자 덕에 따뜻하게 출발을 기다릴 수 있었다. 시간은 8시를 향하고 있었다. 올레 형의 도착 전화에 출발선으로 이동했다. 우린 서로 웃음으로 반가움을 교환했다. 한국에서도 친구나 가족이 출발선에서 응원하면 힘이 나는데 먼 스위스 땅에서야 두말할 필요가 있을까. 출발선에는 다른 한국 선수들도 있었다. 그들과 인사하고 응원하며 사진도 찍었다. 언제 어디서나 있는 대회 분위기다. 들뜬 분위기와 달리 시간이 흐를수록 나는 긴장하고 있었다.

8시 15분. 출발 신호와 함께 '쿵쾅쿵쾅' 발소리가 거리를 덮쳤다. 내 발도 한몫 거들었다. 생각보다 선수들의 속도는 빨랐다. 시계를 보니 4분대였다.

'이렇게 끝까지 달릴 수 있으면 얼마나 좋을까?'

내 실력으로는 불가능했다. 오버페이스였지만, 속도를 늦춰서는 안 됐다. 잠시 뒤면 길이 좁아져 가능한 한 빨리 산으로 들어가는 게 유리하다는 경험자의 조언이 있었다. 조언을 한 러너는 굿러너컴퍼니의 망키 님이었다. 그는 이번이 3번째 참가였다.

OCC 코스는 총 8개 구간으로 나눌 수 있다. 기울기가 가팔라 달릴 수 없는 구간이 2개, 기울기가 있지만 달릴 수 있는 구간이 2개, 평지와 내리막으로 이루어져 달려야 하는 구간이 4개다. 얼핏 오르막 내리막 오르막 내리막 오르막 내리막 오르막 내리막으로 아주 공평하게 보이지만 실제 달려보면 모든 구간이 만만치 않다. 그래도 오르막이 제일 부담되는 건 확실하다. 평지가 끝나고 언덕이 시작되자 바로 숨이 턱밑까지 차올랐다. 그 와중에 스위스의 작은 마을과 집들은 감탄을 자아냈고 나를 추월하는 사람들은 한두 명씩 늘어났다. 다른 러너의 페이스를 의식하지 않고 나의 페이스를 이어갔다. 나는 예상보다 빠르게 달리고 있었다. 초반 오버페이스가 한몫했다. 그것이 어떤 결과를 만들지 미리 알 수는 없었다. 유난히 컨디션이 좋은 날인지, 그것이 독이 될지는 중후반이 지나야 알게 된다.

첫 번째 CP가 나왔다. 경험자들이 CP 음식이 별로라 해서 전혀 기대하지 않았다. 웬걸, 과일의 종류는 다양했고 대회 후원사인 냐크에서 나온 와플 과자는 초코다이제만큼 맛있었다. 수박과 오렌지, 사과를 먹고 싶은 만큼 먹고 와플 과자도 충분히 먹었다. 충분히 먹는다는 건 내가 조금 지쳤다는 뜻이다.

2구간은 내리막이었다. 평지와 도로에서 몇 명을 겨우 따라잡았지만, 내리막에선 그들이 여지없이 나를 추월했다. 나와 비슷한 실력의 사람들은 오르막과 내리막에서 나보다 잘 달렸고 나는 겨우 평지에서만 그들보다 나았다. 평지를 달리자 호흡이 돌아오고 몸도 편해졌다. 눈에 들어온 건 주위 풍경이었다. 잔잔한 호수처럼 여유롭고 평화로웠다. 선수들이 지나가자 사람들은 모두 박수를 치며 "알레알레"를 외쳤다. 나와 다른 색상의 피부와 머리카락을 가진 그들의 응원에 기운이 차올랐다. 잠깐 구름 위에 선 듯한 착각이 들었다.

3구간은 다시 가파른 언덕이었다. 6.4km를 이동하는 동안 775m를 올라야 한다. 처음부터 달릴 곳이 아니라 판단해 부지런히 걸었다. 스틱의 도움을 받기 시작했다. 내가 아무리 부지런히 걸어도 나를 추월해나가는 사람들은 있었다. 달리는 동안 꾸준히 앞서거니 뒤서거니 하는 사람이 생겼다. 12km를 지난 지점이라 실력이 비슷한 사람들끼리 뭉쳐져 있었던 것이다. 모두 각자의 레이스에 집중하고 있었다. 선수들 사이에는 그저 헉헉대며 "먼저 가라", "먼저 간다", "힘내라" 정도의 짧은 구호 수준의 말이 간혹 오갈 뿐이었다. 아직 갈 길이 멀었는데 급격히 당이 떨어지는 느낌이었다. 배낭에서 찰떡파이를 하나 꺼냈다. 혹시 이런 상황이 생길까 봐 챙겼다. 이걸 먹어야 할 만큼 체력이 떨어졌나 싶어 걱정됐지만, 찰떡파이의 힘은 대단했다. 그걸 먹자 갑자기 힘이 솟았다.

오르막이 끝나고 4구간이 시작됐다. 라지에테에서 트리엔트로 가는 길은 내리막이라 마음이 놓였다. 마음과는 달리 여지없이 나를 추월하는 사람은 많았고 나는 고작 몇 명을 추월할 뿐이었다. 걷지 않는 한 1km를 가는 데 걸리는 시간은 충분히 예측할 수 있다. 시간이 지나면 다음 구간이 나타난다는 말이다. CP는 언제나 반갑다. 음식을 먹을 수도 있고 그걸 핑계로 약간의 휴식도 할 수 있기 때문이다. 두 번째 CP가 보였을 때 CP보다 더 반가운 사람이 나타났다. 올레 형이었다. 몽블랑에서는 아무나의 응원도 큰 힘이 되는데 아무나가 아닌 소중한 친구일 경우에 그 힘은 상상을 초월한다. 절로 얼굴에 웃음이 만들어졌고 힘이 솟았다. 짧은 시간이었지만 내 몸의 에너지는 이전보다 월등히 솟구쳤다.

5구간은 전 구간에서 가장 높은 콜데발머까지 가파른 오르막이 이어진다. 그곳은 고도 2,200m로 고산증의 위험이 도사린다. 초반에는 평지로 시작됐다. 곧 기울기가 급격해지리란 전조였다. 마음을 단단히 먹었다. 오르막이 시작되면서 지금까지 단축한 시간을 마구마구 토해내기 시작했다. 속도가 더뎌지는 건 오르막의 법칙 때문이었다. 가민 시계 속 고도의 숫자는 내가 움직이는 족족 올라갔다. 2,000m에 오르기 전부터 불편한 기분이 느껴졌다. 그게 고산증인지 아닌지는 알 수 없었다. 그래도 버틸 만했다. 근육이 아우성쳐서 힘들었지 호흡으로 힘든 건 아니었고 달리지는 못해도 걸을 수는 있었다. 2,200m 지점에 이르렀을 때 평지와 내리막이 오가는 능선이 시작됐다. 기온이 훅 내려가 팔이 싸늘해졌다. 달릴 수 있는 구간이었지만 달리기엔 지쳐 있었다. 걷다 뛰기를 반복했다. 내 딴에는 쥐어짜고 있었다. 걷기에 달리기를 조금만 보태도 1km를 가는 데 걸리는 시간이 훨씬 짧아진다. 다리는 묵묵히 움직이고 시간은 꾸역꾸역 흘렀다. 가장 힘든 구간을 끝내기 직전이었다. 마치 열심히 달린 나에게 보상을 주는 것처럼 CP가 나타났다. 과일과 와플로 에너지와 허기를 채웠다. 약간의 여유를 부리며 이곳저곳 몸 상태도 살폈다. 괜찮았다. 가장 힘든 구간을 넘어선 동시에 나는 30km를 넘게 달렸다. 남은 거리는 20km 남짓이었다. 꽤 많이 왔다는 기분이 들었고 이대로만 가면 계획대로 완주할 거라는 희망이 솟았다.

6구간은 다시 내리막이다. 꼬부랑길을 달려가는 동안 발이 신경 쓰였다. 스패츠를 착용했는데도 양쪽 발에 작은 돌이 뛰어다니고 있었다. 어디서 어떻게 들어갔는지 알 수 없었다. 신경 쓰일 만큼 돌이 이리저리 날뛰었다. 나만 뛰어다녀도 충분한 상황인데 돌까지 뛰어다녀 정신이 없었다. 수차례 고민 끝에 멈추기로 했다. 발에 신경 쓰는 것보다 돌을 빼는 걸 선택한 것이다.

"으악!"

신발을 벗기 위해 고개를 숙이는 순간 허벅지에 경련이 났다. 달릴 때 아무렇지도 않던 허벅지가 갑자기, 왜, 하필 지금 경련을 만들었냐고 물을 수는 없었다. 이리저리 움직이며 원상회복될 때까지 기다리는 수밖에 없었다. 다행히 몇 분 걸리지 않아 괜찮아졌다. 천천히 걷다가 다시 달리기 시작했다. 트레일 러닝 대회에서 예상치 못한 상황을 만나는 건 경험으로 익숙했다. 어제의 경험이 오늘의 실전에 도움이 되는 건 당연하다. 허벅지 경련은 일시적 오류로 끝났고, 내리막을 달릴 수 있는 속도로 내려갔다. 꼬부랑길이 끝나고 다시 숲이 지나고 끝내 평지가 나타났다. 미리 답사를 한 아흐장띠에흐였다. 먹거리가 있는 CP가 보여 기분이 좋아졌다.

그때 나를 향해 누군가 손뼉을 치며 "빡빡빡빡빡"을 외쳤다. 손뼉 치는 저 외국인들이 누군가 생각하는 순간, 섬광처럼 루마니아 친구들이라는 걸 깨달았다. 루마니아 친구들이 응원하러 온다는 건 생각조차 하지 않고 있었다. 그 옆에는 만나면 좋은 친구 올레 형도 있었다. 나는 다국적 친구들에게 응원을 받는 호사를 누리기 시작했다. 좌청룡 우백호처럼 어찌나 큰 힘이 되던지 심장이 하나 더 달라붙고 다리에는 철갑을 두른 듯했다. 루마니아 친구들은 산 입구까지 함께 달리며 길을 안내해 주었다. 올레 형은 산 위까지 올라와서 함께 달렸다. 대회에서 친구들이 함께 달려주면 혼자 달릴 때보다 몸뚱이가 반이 된 것처럼 가벼워진다. 옆에 올레 형이 있을 때는 언덕이었는데도 힘들지 않았지만, 그가 사라진 순간 가벼워진 몸은 정확히 원래대로 돌아왔다.

코스를 답사한 건 큰 도움이 됐다. 달리면서도 앞으로 나타날

길을 예측할 수 있었다. 머리는 길을 안내하고 다리는 반 박자 빨리 길을 밀어냈다. 답사 때는 충분히 달릴 만했는데 40km를 달린 후 다시 산은 만만치 않았다. 누적 거리가 이미 나를 지치게 한 것이다. 다리는 진작에 천근만근이었지만 달릴만한 길은 달리기로 거리를 쌓았다. 답사 때도 이토록 비탈이 가팔랐나 싶었지만, 이틀 만에 산이 바뀔 리는 없었다. 그래도 한 명씩 한 명씩 추월했다. 다른 선수들이 나보다 더 지쳐가고 있었던 것이다. 7번째 구간의 고지가 나타나자 조금 더 기운이 솟았다. 고지에 올라도 마지막 8구간이 남아 있었지만, 마지막 구간은 긴 내리막과 짧은 평지다. 거리도 길지 않아 걸어서도 완주할 수 있다. 결승선을 통과하는 상상을 하자 입꼬리가 올라갔다.

곧 루마니아 친구들을 처음 만났던 마지막 고지에 올랐다. 드디어 레이스의 마지막 구간이다. 기분 좋게 내달리기 시작했다.

'앗!'

10리는커녕 100m도 가지 못하고 멈춰 허리를 주물렀다. 갑자기 허리가 아프기 시작한 것이다. 처음에는 그냥 허리가 아픈 거라 여겼다. 조금씩 걷다가 다시 뛰고, 다시 걷다가 다시 달렸다. 허리를 돌리고 손으로 꽉꽉 주무르기도 했다. 그렇게 100m를 움직였다. 그런데 아무런 소용이 없었다. 통증이 조금씩 더 심해지는 느낌이었다. 문득 그냥 아픈 게 아니라 쥐가 아닐까 싶었다. 친구 한수가 준 크램픽스를 마셨다. 샤모니로 출발하기 전날 그와 점심을 먹으며 나눈 대화의 소재 중에 쥐와 크램픽스가 있었다. 그가 한 말이 그 순간 귀에 쩌렁쩌렁 울렸다.

"크램픽스 먹으니까 쥐가 순식간에 사라지더라. 나눠 먹으면 안 돼. 한 번에 먹어야 돼."

크램픽스가 필요할 일이 있을까 반신반의하며 챙겨왔는데 지금이 결정적 순간이었다. 친구가 조언한 대로 한 번에 먹었다. 썩은 막걸리 맛이었지만, 허리는 순식간에 괜찮아졌다. 도대체 어떻게 이것이 가능한가 하는 궁금증이 솟구쳤지만 그걸 알아낼 상황은 아니었다. 그때부터 다리에 터보가 달린 듯 달렸다. 길도 눈에 익어 속도는 배가 됐다. 그야말로 탄탄대로였다. 비탈길은 꼬불꼬불 험난했지만, 답사로 적응을 끝낸 나에겐 아무런 문제가 되지 않았다. 열심히 달리면 한국 시각으로 밤 11시 전에 완주할 것 같았다. 아내와 아이들이 자기 전에 무사 완주 소식을 전하고 싶었다.

순식간에 거리는 쌓여 샤모니 시내가 나타날 즈음이었다. 루마니아 친구가 또 나타났다. 상상도 하지 못한 응원이라 그저 감탄만 했다. 잠시 뒤 샤모니 시내로 진입하는 고가교 건너편에는 올레 형이 기다리고 있었다. 내 얼굴엔 기쁨의 미소가 거센 파도처럼 출렁댔다.

"올레!"

선수들의 안전을 위해 설치된 UTMB 펜스 사이로 달릴 때 벅차오름을 느꼈다. 이유를 짐작할 수 없었다. 입상한 것도, 순위권에 든 것도, 마라톤의 서브 3만큼 대단한 기록을 한 것도 아니었다. 그저 완주만 눈앞에 뒀을 뿐이었다. 이유를 알아내기도 전에 결승선이 눈앞에 나타났다.

피니시 세리머니를 할 차례였다. 한국에 있을 때 미리 생각해뒀다. 막판까지 2가지 세리머니가 경합했다. 하나는 작년 UTMB 종목에 출전한 김지수 선수의 태극기 세리머니다. 그는 양손으로 태극기를 휘날리며 결승선을 통과했었다. 봐도 봐도 멋진 세리머니다. 또 하나는 관중들과 호흡하고 그들의 응원에 감사하고, 스스로 자축하는 세리머니다. 어떤 세리머니든 미리 머릿속에 그리고 정해놓는 게 도움이 된다. 즉석에서 떠오르는 대로 하면 될 것 같아도 준비하지 않으면 잘 되지 않는다.

남은 100m를 달리며 관중들과 호흡하고 그들의 응원에 답했다. 마지막 힘을 끌어모아 결승선을 넘었다. 응원해주는 관중들이 고마웠고 열심히 달려준 내가 기특했다. 나를 응원하며 함께 들어온 올레 형과 포옹했다. 지난 7개월간 이어진, 어쩌면 트레일 러닝을 알게 된 순간부터 시작된 UTMB 몽블랑 여정이 해피엔딩으로 막을 내리고 있었다.

입상은 못 해도 축배는 해야지

레이스는 끝났지만 모든 게 끝난 건 아니었다. 입상은 못 했지만, 축배가 남아 있었다. 그것까지 끝나야 진짜 끝이다. 나에게 달리기와 트레일 러닝은 혼자 할 땐 수양과 명상의 영역이지만 함께 달리거나 대회에 참가할 땐 재미와 즐거움의 영역이다. 재미와 즐거움을 추구하는 러너라면 모두 같은 마음일 것이다.

UTMB 몽블랑은 궁극의 대회다. 달리기 친구와 함께 비행기를 타고, 같은 숙소를 쓰고, 함께 고산에 적응하고, 함께 달리거나 서로 응원하면 더 좋다. 문득 그런 생각이 든 건 그렇게 하지 못했다는 아쉬움과 다음에 다시 샤모니에 온다면 그렇게 하겠다는 바람이 머릿속에 가득했기 때문이다. 조금 늦게라도 한국인 30여 명이 모여 있는 단톡방에 들어갈 수 있었던 건 행운이었다. 나 이후로도 10명 정도가 더 들어왔고 지금도 단톡방에는 44명이 있다. 단톡방의 존재를 알게 된 이후 나는 여전히 낙동강 오리알인 참가자들에게 단톡방을 권했고 그들 모두가 단톡방에 들어왔다. 지금 생각해도 잘한 일이다. UTMB 몽블랑 대회에 참가할 계획이라면 관심 있는 지인들과 함께 대회를 신청하고, 당첨 여부와 관계없이 몽블랑 여행을 준비하는 것도 좋다. 다른 사람들이 항공권과 숙소를 예약하기 전이니 비용도 적게 들 것이다. 5명이 신청하면 최소한 1명은 당첨될 것이다. 1명은 대회에 참가하고 나머지는 트레일 여행을 하면 된다. 대회에 참가하는 사람은 응원을 받아 좋고 대회에 참가하지 않는 사람은 응원하며 미리 UTMB 몽블랑을 경험할 수 있어 좋다.

아는 사람도 없고 별다른 계획이 없더라도 걱정하지 않아도 된다. 다른 러너를 향한 열린 자세와 대회를 즐기겠다는 마음만 있다면 세렌디피티가 당신을 즐겁게 할 것이다. 마치 계획을 세운 것처럼 순조로운 날들이 이어질 것이다. 마침 UTMB 몽블랑에 있는 동안 세렌디피티가 나에게 찾아온 것처럼 대회 참가자와 현지에서 만난 러너들과 교류하고 연결될 것이다.

UTMB 몽블랑 대회에 당첨된 후 얼마 지나지 않아 동살 · 희문 님 부부 러너를 알게 됐다. 자연스럽게 몽블랑 대회 이야기를 하게 됐고 같은 비행기를 타고 제네바에 도착했다. 샤모니에 있는 동안 같은 숙소에 머물렀다. 그들 덕분에 인천 공항에서 심심하지 않았고 카타르 공항에서 함께 아랍을 구경하고 밥도 먹었다. 한국인은 밥을 같이 먹어야 친해진다는 건 그냥 나온 말이 아니었다. 밥을 먹는 횟수가 더해질수록 친밀감이 커졌다. 샤모니에 도착하자마자 시내로 나가 몽블랑 입성 기념 파티도 했다. 자칫 혼자 감상에 젖거나 심심할 뻔했던 샤모니의 첫날이 웃음과 즐거움으로 가득했다. 알펜로제 앞 버스 정류장에서 샤모니 시내 반대 방향으로 20분쯤 가면 TMB의 시작점인 레우슈가 나온다. 샤모니에서 둘째 날, 그들과 함께 레우슈에서 가볍게 트레일을 걷고 달렸다. 버스에서 내려 300m밖에 오르지 않았지만, 풍경은 2,000m 이상이었다. 위로는 만년설을 쓴 몽블랑이, 아래로는 스위스풍의 아름다운 마을이 멋을 한껏 뽐내고 있었다. 거기서 5km를 걷고 달린 것은 앞으로 만날 몽블랑을 미리 보는 시간이었다. 그 이후에도 우리는 밥을 같이 먹고 커피를 함께 마시고 오들로와 호카의 러닝 이벤트도 함께 했다. 샤모니와 이별하는 순간에도 두 사람과 함께 했다. 앞으로 우리의 인연이 어떻게 이어질지 모르지만, 서로 꾸준히 달리기를 이어간다면 매년 어느 산에서 만날 것이다.

달달한 브로맨스의 시간도 찾아왔다. 동살 · 희문 님 부부 러너와 레우슈에서 트레일을 걷고 뛰며 노닐 때 MCC 대회가 열리고 있었다. 빌리지 오픈 시간에 맞춰 샤모니 시내에 들어오니 MCC 선수들이 결승선을 향해 달려가고 있었다. 근처에 있는 사람들처럼 우리도 그들에게 "알레알레알레"를 외치며 응원했다. 대회가 열리는 샤모니 시내는 응원으로 한껏 들떠 있었다. 우리는 선수들이 보이는 2층 카페에 앉아 따뜻한 커피를 마셨다. 아이스 아메리카노가 없기도 했고 샤모니의 날씨가 이미 시원해졌기 때문이다. 그때 달리기 절친의 전화가 왔다. 러너라면 누구나 아는 '마라닉TV'의 올레 형이다. 잠시 뒤 50m 앞에서 환하게 웃으며 달려오는 그를 보았다. 나도 두 팔을 흔들며 "올레"를 외쳤다. 드디어 동네 형을 이역만리 샤모니에서 만나게 된 것이다.

한국에서 24시간 동안 이동해야 닿을 수 있는 이역만리에서 절친을 만나는 건 견우와 직녀의 만남에 비할 만하다. 좀 과하지만 그렇다 치자. 그 어려운 행운이 찾아온 것도 계획한 건 아니었다. 계획이었다면 같은 비행기를 타고 왔을 것이다. 비행기도 다르고 숙소도 달랐지만, 넘어지면 코 닿을 곳에 친구가 있어 든든했다. 그날 저녁 그와 샤모니에서 만난 기념 파티를 했다. 알펜로제 야외 테라스에서 식사를 했는데 뒤쪽으로는 하얀 모자를 쓴 몽블랑이 앞으로는 한적한 샤모니 시골 마을이 컴퓨터 윈도우 화면에서나 볼 수 있는 명작을 만들었다. 우리 앞과 옆에는 유럽의 다른 나라에서 온 트레커들이 하하 호호 웃으며 저녁 식사를 하고 있었다. 어떤 식당보다 멋스러웠다. 만약 그곳이 한국 식당이었다면 우리는 최고급 레스토랑 밥값을 내야 했을 것이다.

올레 형이 큰 힘이 된 때는 단연 대회 날이다. 그는 스위스 오흑시에흐 출발선에서, 2CP 트리엔트에서, 4CP 아흐장띠에흐에서 응원했고 결승선 1.5km 앞에서부터는 결승선을 통과할 때까지 함께 달리며 응원했다. UTMB를 달리면 현지 주민들과 여행자들, 트레커들의 끝없는 응원을 받는다. 그들의 응원은 달리는 내내 큰 힘이 되었다. 고맙고 또 고마웠다. 하지만 절친의 응원은 또 다른 차원이었다. 한없이 힘겨운 상황에서도 그의 얼굴을 보는 순간 얼굴에 미소가 살아났고 알 수 없는 힘이 온몸을 휘감았다. 그는 몽블랑에서 응원하며 다음에는 선수로 참가하고 싶어 했다. 무엇이든 장담할 수 없는 것이 인생이지만, 여건이 허락된다면 나는 그가 선수로 출전하는 그때 함께 출전하거나 서포터로 힘이 되고 싶었다.

나는 행운의 도움으로 대회를 달리며 친구의 응원을 받을 수 있었지만, 샤모니에서 만난 참가자들과 응원 품앗이를 하는 것도 좋을 것이다. 대회 일정상 OCC 종목은 CCC나 UTMB 종목과 대회 일이 다르다. OCC 참가자가 CCC나 UTMB 참가자를 응원하고 CCC나 UTMB 참가자는 OCC 참가자를 응원할 수 있다. 응원은 모두에게 득이 되는 마법이다.

상상도 하지 못한 러너와의 연결도 있었다. 몽블랑 마지막 2개 구간을 답사할 때 우연히 루마니아 삼총사를 만났다. 달리는 동안 그들이 보여준 배려는 놀라움 그 자체였다. 발목을 접질린 나의 페이스를 무작정 맞춰주었고, 자신들은 굳이 가지 않아도 되는 곳까지 길을 안내해주었다. 헤어질 때 그들은 대회 때 응원하겠다며 배번을 알려 달라고 했다. 종종 친하지 않은 사람이 "언제 밥 먹자"라고 말하는 느낌이었다.

'언제 한국 문화가 루마니아까지 갔지?'

고맙고 유쾌했지만, 헤어지자마자 잊었다.

다음 날 산악열차를 타고 몽땅베르에 갔다. 빙하 동굴로 내려가려고 케이블카를 기다리는데 뒤에서 누군가 '빡'을 외쳤다. 돌아보니 누군가가 나를 보며 환히 웃는다. 주위를 둘러봐도 아무도 그들을 주목하지 않았다.

'정말 나?'

나를 보고 외친 소리였다. 그들은 루마니아 삼총사 중 둘이었다. 한국의 친한 친구를 프랑스에서 우연히 만난 것처럼 반가웠다. 그들은 헤어지며 또 말한다.

"내일 응원할게."

나는 또 그냥 하는 말이겠거니 하고 잊었다.

대회 날 40km 지점이었다. 앞에서 누군가 "빡빡빡빡빡" 소리를 지른다.

"오 마이 갓!"

루마니아 친구들이었다. 감탄사밖에 안 나왔다. 그것이 정말 끝인 줄 알았는데, 샤모니 시내에 들어서기 직전에 또 나타났다.

'이젠 정말 끝이겠지?'

대회가 끝나고 나는 선수들을 위한 간이 테이블에서 올레 형과 맥주를 한잔 마시고 있었다. 루마니아 삼총사가 또 왔다. 이제 정말 그들을 친구라 부를 수밖에 없었다. 잠시 뒤 맡겨둔 짐을 찾으러 가는 중이었다. 완주한 선수가 나에게 "네가 '빡'이냐"고 물었다. 내 배번을 본 모양이다. "내가 빡 맞다"고 했더니 자기도 루마니아인이고 친구들에게 너에 관해 들었다며 악수를 청했다. 대단한 환대가 아닐 수 없었다. 마흔이 넘도록 한 번도 루마니아에 주목한 적이 없다. 올림픽을 즐겨 봤기 때문에 한때 체조 강국이었던 루마니아를 기억하기는 한다. 하지만 이제 내겐 루마니아가 특별한 나라가 됐다. 최소한 친구라 부를 수 있는 사람이 사는 나라니까.

대회를 마치고 주최 측이 준비한 간단한 뷔페 음식을 먹으며 올레 형과 완주의 기쁨을 나눴다. 나보다 더 활짝 웃는 그가 고마웠다. 그는 결승선 근처에서 한턱낸다고 했다. 어디서 축배의 시간을 보내는 건 그다지 중요하지 않았다. 친구와 함께 축하할 수 있다는 것 자체가 감사하고 행복한 일이다.

한국 시각은 밤 11시가 지나 있었다. 라이브 중계 방송을 지켜보던 친구들의 축하 메시지가 속속 도착했다. 목요일 밤 권은주 감독님이 운영하는 쥬디 러닝 클래스에서 달리기 훈련을 마치고 맥주를 마시던 T4H 친구들이 영상 통화를 걸어왔다. 왁자지껄 시끄러운 소리와 느린 속도의 데이터로 서로의 말이 100% 전달되지는 않았지만, 무슨 내용인지는 듣지 않아도 알 수 있었다. '축하해'와 '잘했어'의 반복이었다. 나는 고맙다는 말만 계속했다. 다른 어떤 말도 필요하지 않았다. 완주의 여운이 공기에 희석될 때까지 주위의 응원 소리를 들으며 완주 후 축하를 주고받는 선수들을 바라보았다. 적당히 먹고 몸도 조금씩 회복되자 씻고 싶어졌다. 버스를 타고 숙소로 돌아갔다. 53km를 달렸지만, 이것저것 먹은 후라 당장 배가 고프진 않았다. 샤워장에 들어가 옷을 벗으니 몸이 염전 같았다. 몸에 묻은 소금과 먼지를 싹싹 씻어내자 기분 좋은 상쾌함이 찾아왔다.

사소한 문제가 생겼다. 숙소까지는 왔는데, 다리가 굳어 시내까지 나가기 힘들었다. 올레 형에게 연락해 알펜로제 테라스에서 축배를 들자고 했다. 한국 참가자가 숙소 앞 마트 옆에 정육점이 있다고 말한 게 생각나 안주는 삼겹살로 정했다. 시간은 막 저녁 6시를 지나고 있었다. 샤모니 상점은 우리나라보다 일찍 문을 닫아 서둘러 나갔다. 삼겹살은 없었지만, 목살이 있었다. 고기 1kg을 사고 와인 2병과 맥주 2캔을 샀다. 각자 와인 1병과 맥주 1캔이면 충분할 것 같았다. 술을 못 먹어 환장한 사람처럼 때려 붓고 싶지는 않았다. 샤모니와 몽블랑의 일몰을 바라보며 오늘 달린 달리기를 회상하고, 친구와 즐거운 이야기를 신나게 하며 자축하고 싶었다.

마트에서 돌아오고 얼마 지나지 않아 올레 형이 도착했다. 둘이 같이 음식을 준비하고 몽블랑을 배경으로 마주 앉았다. 와인 한 잔씩 채우고 건배를 하고, 짙은 향기와 깊은 맛을 내는 와인을 느끼고, 잘 익은 목살을 먹으며 탄성을 토해냈다.

"크아, 좋다."

모든 게 좋았다. 오늘 달린 몽블랑 둘레길이 좋았고 잘 완주해낸 나도 좋았다. 응원해준 친구와 멋진 공간에서 함께 축배를 들 수 있어서 더 좋았다. 같은 숙소를 쓰는 네 분의 한국인 동지들이 함께 자리해줘서 더더욱 좋았다. 서로에 대해 아는 건 쥐뿔도 없지만, 같은 목적으로 같은 공간에 있다는 것만으로도 최고였다. 밤은 서서히 찾아왔다. 밤이 지나지 않기를 바랐지만, 몽블랑을 달리는 트레일 러너처럼 시간은 묵묵히 제 갈 길을 갔다. 7개월에 걸친 몽블랑 대장정도 어둠과 함께 막을 내리고 있었다.

epilogue: 아무도 몰라도 나는 안다

대회를 마치고 안전하게 집으로 돌아왔다. 24시간을 가고 또 가고 또 가야 닿을 수 있는 샤모니에서 보낸 6박 8일은 짧으면서도 적당했다. 샤모니에는 아름다운 몽블랑과 멋진 UTMB 대회가 있지만, 한국엔 사랑하는 가족과 보고 싶은 친구, 살아가야 할 일상이 기다리고 있었다.

달리기를 시작한 이후 이토록 긴 시간 달리기 대회를 준비한 적은 없었다. 지난 시간을 돌아보니 모든 시간이 소중하고 꿈같았다. 대회 준비 기간은 몰입의 시간이었다. 때로는 힘들어 버텨내야 했고, 가끔은 내가 왜 이 짓을 하고 있나 싶었지만, 하루가 지나면 또 언제 그런 생각을 했냐는 듯 힘차게 달리고 있었다. 그런 날들은 삶을 더 충만하게 했고, 수많은 날은 쌓여 샤모니에서 벅찬 행복을 안겼다.

다시 샤모니를 찾을 날을 기대한다. 그때가 언제일지, 단순한 여행으로 갈지, 대회 참가자로 갈지, 친구를 응원하러 갈지 아무것도 정해지지 않았다. 지금 마음먹는다고 해서 그대로 될 일도 아니다. 확실한 건 언제가 됐든 다시 그곳에 가서 2023년에 내가 걷고 달렸던 발자취를 밟을 거란 것이다.

대회 피니시를 1km 남겨두고 벅차오름을 느낀 이유를 알게 된 건 샤모니에서 돌아온 열흘 뒤였다. 철원 마라톤을 마친 후 동네 형들과 집 근처 카페에서 커피를 마시는 중이었다. 띠동갑 로기 형이 가수 이효리 부부의 이야기를 꺼냈다. 이효리 씨가 나무 의자의 구석을 사포질하는 남편에게 "누가 알지도 못하는 곳을 뭘 그리 정성 들여 사포질하냐?"라고 묻자 남편 이상순 씨는 "내가 알잖아"라고 말했다고 한다.

그 순간 나는 UTMB 몽블랑 결승선을 들어오며 내가 왜 그렇게 뭉클해졌는지 알게 됐다. 지난 7개월의 대회 준비 과정을 누구보다 내가 잘 알기 때문이었다. 아무도 몰라도 나는 누구보다 열심히 UTMB 몽블랑 대회를 준비했고, 대회에선 할 수 있는 모든 걸 쏟았고, 그 결과를 목전에 두고 있었기 때문이다. 누군가에겐 아무것도 아닐 수 있지만, 스스로에겐 충분히 칭찬할 만한 결실이었다.

샤모니에서 돌아온 후 나는 산이 진심으로 좋아졌다. 달리기가 좋아 산으로 올라간 내가 이젠 산이 좋아 산을 오르는 사람이 된 것이다. 남쪽 제주도부터 북쪽 경기도와 강원도까지 아름다운 산과 길을 걷고 달릴 생각에 설렘이 한껏 차오른다. 예전에는 트랜스 제주나 울주 트레일 나인피크 같은 트레일 러닝 대회를 앞두면 호텔을 찾는 게 당연했지만, 이제는 텐트를 칠 만한 적당한 곳을 찾을 것 같다. 실제로 그렇게 하기는 쉽지 않겠지만 산과 자연의 아름다움이 자석처럼 나를 끌어당긴다.

우리나라 산에 몽블랑만큼 웅장한 멋은 없어도 아기자기한 아름다움은 분명히 있을 것이다. 이젠 그걸 모르고 살아가는 건 상상할 수 없다. 100km와 100마일을 달리는 사람들은 종종 나에게 100km로 넘어오라고 한다. 그럴 마음이 전혀 없는 건 아니다. 100km를 완주하는 건 문제가 되지 않는다. 50km보다 힘들겠지만, 완주를 목표로 한다면 그리 어려운 건 아니다. 머지않은 날 그런 날이 올 것 같은 불길한(?) 예감도 든다. 100km에 도전한다고 해서 2023 UTMB 몽블랑 대회를 준비한 것처럼 목표를 정하고 훈련하지는 않을 것이다. 50km와 100km 사이에 경험의 차이는 있겠지만, 100km 러너가 된다고 해서 50km를 달리는 지금보다 더 나은 러너가 되는 것은 아니다.

일상에서 달리기 비중이 높아지는 것이 전체적인 삶을 위해 좋은 것인지 아닌지 판단하기는 어렵다. 지금까지 내가 100km에 도전하지 않는 이유는 지금보다 달리기 비중을 더 높여야 한다는 생각 때문이었다. 직장을 다니며 가장의 삶을 살아야 하는 내가 지금보다 더 많이 달리는 것이 과연 삶을 더욱 충만하게 하느냐는 질문에 온전히 "Yes"라고 답하긴 어려웠다. 하지만 달리기에 속도를 빼자 거리에 대한 부담이 사라졌다. 속도 대신 내면과 호흡하고 자연의 아름다움을 바라보는 여유를 가지면 지금처럼 꾸준히 달리는 것만으로도 100km를 완주할 수 있다는 걸 이제는 어렴풋이나마 알게 됐다.

목표가 있는 달리기와 목표가 없는 달리기는 천지 차이다. 목표가 있으면 몰입하게 되고 몰입은 행복과 성장을 일군다. 그러면 달리기가 더 재미있어지고 자신감도 솟는다. 앞으로 나는 무엇을 목표로 달릴 것인가? 100km 피니셔가 되는 것도 목표가 되겠지만 아직 아무것도 정해지지 않았다. 우선 가보지 않은 산에서 달려보고 싶다. 많은 사람이 100대 명산을 목표로 등산을 하듯 나는 더 많은 산에서 달리며 다양한 경험을 쌓을 것이다. 우리의 삶이 삶의 답을 찾아가는 과정이듯 나의 산 달리기도 삶의 답을 찾아가는 과정이다. 항상 그랬듯 길은 또 다른 길을 만들 것이다.

트레일 러닝을 하는 동안 수많은 사람이 도움을 줬다. 트레일 러닝을 주제로 영상을 찍고 편집하는 유튜버들, 트레일 러닝에 관해 책을 쓴 작가들, 산에서 만나 크고 작은 도움을 줬던 트레일 러너와 하이커들. 트레일 러너를 응원하는 모든 분들이 고맙다. 그분들 덕분에 우리 트레일 러너들은 오늘도 안전하고 건강하게 산을 달리며 삶을 더 충만하게 살아간다.

한결같은 응원을 보내주는 마라닉을 피크닉처럼 달리는 '마피아'와 동갑내기 '78 Runners' 친구들이 고맙다. 모두가 '달리기'라는 운동으로 함께 응원하며 건강한 삶을 살아가면 좋겠다.

대회를 준비한 지난 7개월 내내 함께 달리고 응원해준 우리 동네 T4H 친구들도 빼놓을 수 없다. 훈련을 즐겁게 할 수 있었던 건 오롯이 친구들 덕이다. 앞으로도 함께 산에서 걷고 달리고 싶다.

UTMB 몽블랑 대회 참가에 가족의 응원이 없었다면 대회를 온전히 준비하지도 대회를 무사히 마치지도 못했을 것이다. 무한한 지지와 응원을 보내준 아내와 아이들은 나의 원천 에너지다.

끝으로 이 책을 읽은 독자분들에게 감사의 말씀을 드린다.

산과 달리기가 삶을 더 건강하고 즐겁게 하는 도구가 되길 바란다. 지금은 책으로 만나지만 다음에는 꼭 함께 호흡하며 달릴 수 있기를 바란다. 대회나 산에서 만나 함께 달리면 더할 나위 없이 기쁠 것이다.

산을 달리는 러너

2024년 7월 1일 초판 1쇄 펴냄

펴낸곳 (주)꿈소담이 / 뜰Book
펴낸이 이준하
글 박태외(막시)
책임미술 · 편집 오민규

주소 (우)02880 서울특별시 성북구 성북로5길 12 소담빌딩 302호
전화 02 – 747 – 8970
팩스 02 – 747 – 3238
등록번호 제6 – 473호(2002. 9. 3.)
홈페이지 www.dreamsodam.co.kr
북카페 cafe.naver.com/sodambooks
전자우편 isodam@dreamsodam.co.kr

ISBN 979 – 11 – 91134 – 46 – 9 03810

- 책 가격은 뒤표지에 있습니다.
- 뜰Book은 꿈소담이의 성인 브랜드입니다.
- 잘못된 책은 구입하신 곳에서 교환해 드립니다.
- 본 도서에 언급된 상표들은 광고나 협찬이 아니며
  독자들의 직관적인 이해를 돕기 위해 언급한 점을 알려드립니다.